Aus dem Englischen
von Antje Görnig

Schneiderbuch
EGMONT

Weitere Bücher von Perdita & Honor Cargill
sind bei Schneiderbuch in Vorbereitung.

1. Auflage

verlegt durch EGMONT Verlagsgesellschaften mbH,
Alte Jakobstraße 83, 10179 Berlin

Die englische Originalausgabe erschien 2016 unter dem Titel
»Waiting for Callback« bei Simon & Schuster UK Ltd

Published by arrangement with Simon & Schuster UK Ltd
1st Floor, 222 Gray's Inn Road, London, WC1X 8HB
A CBS Company

Übersetzung aus dem Englischen: Antje Görnig
Umschlagillustration: Eva Schöffmann-Davidov
Umschlaggestaltung: Anke Koopmann, Designomicon, München
Satz: Achim Münster, Köln
Printed in Germany (670421)
ISBN 978-3-505-14036-5
www.schneiderbuch.de

MIX
Papier
FSC® C083411

Scraps 2001–2015

Apportieren hast du nie gelernt, aber du warst
ein großartiger Hund und der beste Schreibgefährte
aller Zeiten. Du fehlst uns (und wenn wir was verdienen,
bekommst du deine Urne).

Ich bin als Spinne kostümiert und muss gleich auf die Bühne, um eine Karotte darzustellen.

Es könnte schlimmer sein: Ich könnte als Karotte kostümiert sein und auf die Bühne müssen, um eine Karotte darzustellen. Das wäre noch demütigender, obwohl ich mich in meinem schwarzen engen Gymnastikanzug schon ziemlich unwohl fühle. Ich habe mir diesen Karotten-Monolog nicht ausgesucht. Ich hätte so gut wie alles genommen (irgendwas mit Tod oder Trauma oder wenigstens einer prügelnden Mutter), aber garantiert nichts mit einem Spinnentier, das ein Gemüse spielt. Das ist nicht gerade eine Traumrolle.

Das ist Entertainment.

Oder was beim Galaabend im ACT so als Entertainment durchgeht.

Mir läuft der Schweiß vom Rücken in meine schwarze Strumpfhose, und ich muss dringend aufs Klo.

Schon wieder.

Die Tanznummer, die vor mir dran war, ist zu Ende. Es gibt kein Zurück mehr. Mein Kopf ist total leer. Alle Wörter sind weg. Mir wird schlecht. Ich glaube, ich muss jeden Moment brechen.

»Elektra, du bist dran«, sagt jemand in den Kulissen.

Und irgendwie bin ich plötzlich auf der Bühne und mache den Mund auf, und die Wörter sind da …

»Es ist dunkel und kalt.
Und unter der Erde
hört dich niemand schreien …«

Und jetzt will ich auch nicht mehr zurück. Ich will gar nicht mehr von der Bühne runter. Ich erinnere mich daran, wie sehr ich dieses Gefühl liebe. Ich bleibe einfach hier oben im Scheinwerferlicht und sauge die ganze Energie auf, bis ich eine Spinne bin, die es mit der ganzen Welt aufnehmen kann und die immer die Siegerin ist (ja, das hat es schon gegeben).

Ich bin im Schauspiel-Rausch.

KAPITEL 1

»Ich meine, bis man vierzehn oder fünfzehn ist, passiert im Leben eigentlich nichts.«

Chloe Moretz

»Ist schon komisch, dass sie ausgerechnet Elektra haben will.«

»Danke für dein Vertrauen, Dad.« Manchmal wurde in diesem Haus nicht genug Rücksicht auf meine empfindliche Teenager-Seele genommen.

»Ich mache mir Sorgen darüber, wo das alles *hinführt*«, sagte meine Mutter. (Ich nehme es zurück: Bitte ignoriert meine empfindliche Teenager-Seele weiterhin!) »Ich weiß nicht, ob das so gesund ist. Seht euch Lindsay Lohan an.«

»Du hast zu Mrs Haden gesagt, dass das alles ›sehr aufregend‹ ist«, meinte ich.

»Nun, das ist es ja auch.« Mum guckte etwas verlegen. »Aber ich mache mir einfach Sorgen.« (Sie machte sich auch immer noch Sorgen, wenn ich allein mit dem Bus fuhr, obwohl ich schon fünfzehn war.) »Und Mrs Haden hat nicht gesagt, dass sie dich *auf jeden Fall* haben will. Sie hat uns nur zu einem Gespräch eingeladen. Sie klang allerdings sehr begeistert.«

»Ihr *müsst* Ja sagen!«

Taktischer Fehler.

»Wir *müssen* gar nichts«, sagten Mum und Dad wie aus einem Mund.

»Bitte! Es wäre mein Traum!«

»Tatsächlich?« Dad hatte seine Zweifel.

»Ich will Schauspielerin werden.«

»Was? Lieber als Vogue-Herausgeberin oder Entdeckerin des Heilmittels gegen Krebs?«

»Ja.« (Also, ich würde natürlich gern das Heilmittel gegen Krebs »entdecken«, aber wenn ich nicht buchstäblich darüber stolpere, wird wohl nichts daraus.)

»Wir sollten Elektra wenigstens zuhören«, sagte meine Mutter. Sie zog einen Stuhl für mich heran, und wir setzten uns an den großen weißen Küchentisch, als wollten wir eine Art familieninterne Vorstandssitzung abhalten. Unsere Küche war sehr weiß und schmucklos. Nur ein großes Schwarz-Weiß-Foto von einer Tomate hing an der Wand. Alle Fotos im Haus waren schwarz-weiß, denn Farbfotos wären eine Beleidigung für das Stilempfinden meines Vaters gewesen. Er war nämlich Architekt. Sogar unser Hund (Digby, der Ersatzsohn und Liebling meiner Eltern) war ein Dalmatiner – ein roter Setter wäre niemals infrage gekommen. Mein Vater kann Farben genauso wenig ertragen wie Unordnung. Er hat irgendwie ein gestörtes Verhältnis zu Farben. Mein Zimmer zu betreten ist für ihn die absolute Folter.

Ich bemühte mich, einen vernünftigen, erwachsenen Eindruck zu machen, obwohl ich mich nicht so fühlte (und auch nicht so aussah – ich trug ein altes Nachthemd, das mir gerade noch über den Po reichte und aus meiner Snoopy-Zeit stammte).

»Bist du sicher, dass es nicht wieder nur eine Phase ist? Was ist, wenn du die Lust am Schauspielern verlierst wie damals am Klettern und am … Ballett?« Das letzte Wort flüsterte Mum.

Dad schnaubte. »Ha, die Kletterstunden hatte ich ganz vergessen. Das war ein ziemlicher Tiefpunkt.«

»Fairerweise muss man sagen, dass Schauspielern das Einzige ist, was Elektra jetzt schon lange macht. Sie geht seit Jahren jeden Donnerstag ins ACT«, meinte Mum.

Das ACT war nur eine Freizeit-Theaterschule für Kinder und Jugendliche und keine richtige Akademie für darstellende Künste, wo Mathe und Physik um das Gesangs- und Tanztraining der talentierten Schüler herumgruppiert wurden. Und deshalb liebte ich es umso mehr.

»Weißt du noch, als sie Tinkerbell gespielt hat?«, fragte Mum.

»Da ist sie doch von der Bühne gefallen, oder?«, meinte Dad.

Die beiden lachten ein bisschen zu viel. »He, ich bin noch hier!«, sagte ich. Meine Tinkerbell war genial gewesen. Ich hatte mich nur zu sehr auf meine Flügel verlassen, weil ich so vertieft in meine Rolle gewesen war.

»Entschuldige, Liebes«, sagte meine Mutter. »Du warst gestern fantastisch.«

»Nun, in den Augen dieser Mrs Haden war Elektra offenbar eine glaubwürdige Karotte«, sagte Dad. Sein Ton verriet, dass er ihre Meinung nicht unbedingt teilte.

»Sie muss es wissen. Anscheinend vermittelt sie schon seit Jahren Kinderschauspieler. Sie hat ihre eigene Agentur – sie hat mir ihre Karte gegeben.« Meine Mutter legte die Karte auf den Tisch, und wir betrachteten das kleine weiße Rechteck aufgeregt, als könnte Mrs Haden gleich persönlich daraus erscheinen. »Lens kennt sie.«

Lens war unser Lehrer im ACT. Ich liebte ihn (nicht nur, weil er wie Will Smith aussah, aber das war auf jeden Fall auch ein Grund). Er war der Einzige, der mich davon hatte überzeugen können, dass der Karotten-Monolog der richtige Weg war. Und er war wahrscheinlich auch der Einzige, der eine Agentin dazu hatte bringen können, sich eine Show mit Gemüse-Nummern anzusehen.

»Das scheint alles seriös zu sein«, sagte Mum.

Gott, ich war gar nicht auf die Idee gekommen, dass die Agentin unseriös sein könnte. Was bedeutete das überhaupt?

»Vielleicht hat sie einfach gerade Bedarf an sprechendem Gemüse?«, warf Dad ein.

Ich beachtete ihn nicht. »Du findest, wir sollten Ja sagen, nicht wahr, Mum?« In unserem Familiendreieck war es immer wichtig, sich mit einem Mitglied zu verbünden, um auf der richtigen Seite des zwei zu eins zu stehen.

»Ich weiß nicht, Liebes. Wir wollen nicht, dass die Schule zu kurz kommt. Du musst jetzt schon an die Prüfungen denken und –«

»Es dauert noch eine Ewigkeit, bis ich mir darüber Gedanken machen muss.« Gott sei Dank, denn ich hatte die Kreissätze noch längst nicht im Griff. »Und Emma Watson zum Beispiel, die soll voll intelligent sein.«

»Sag nicht immer ›voll‹«, sagten beide gleichzeitig (wie so oft).

Ich ignorierte die Unterbrechung (wie so oft). »Sie hatte lauter Einsen und Eins-Plussen und war an der Uni, und jetzt leitet sie buchstäblich die UNO oder so.« Außerdem sah ich in europäischen und amerikanischen Zeitschriften immer wieder Fotos von ihr mit schicken, gut aussehenden Jungs von Privatschulen (was bewundernswert war, mir aber jetzt nicht weiterhalf).

»Falscher Gebrauch von ›buchstäblich‹«, bemerkte mein Vater, der auf die seltsamsten Dinge achtet. »Und ich dachte, Hermine sei die Intelligente.« Er hat mir früher vor dem Schlafengehen die Harry-Potter-Bücher vorgelesen, bis die Handlung ein bisschen heftig wurde und meine Mutter damit aufhörte, mein Zimmer aufzuräumen.

»Ja, schon, aber –«, fing ich an.

»Die Schule ist auf jeden Fall das Wichtigste, Prüfungen hin oder her«, unterbrach mich meine Mutter.

»Natalie Portman hat in Harvard studiert und spricht sechs Sprachen«, konterte ich. »Und Dakota Fanning war an der Universität von New York.«

»Ich habe keine Ahnung, von wem du redest«, sagte Dad.

Ich überlegte, welche cleveren Schauspieler mit guten Manieren es gab, von denen meine Eltern vielleicht schon mal gehört hatten. (Clevere Schauspieler mit schlechtem

Benehmen wie Lindsay Lohan oder unzählige andere wollte ich natürlich nicht nennen.) Ich wusste *alles* über diese Leute (auch Sachen, die ich sehr gern wieder vergessen hätte), was mindestens genauso viel mit meiner peinlichen Begeisterung für Promi-News aus Internet und Klatschpresse zu tun hatte wie mit meinem Schauspielwahn. So ganz gesund war das wahrscheinlich nicht.

»Wenn ich die Zeit mit Geigenunterricht oder so verbringen würde, dann hättet ihr nichts dagegen«, fuhr ich fort.

Mein Vater schnaubte – wahrscheinlich, weil niemand meine kurze, aber leidvolle Geigen-Phase vergessen konnte.

»Aber ich habe recht, oder? Ihr würdet euch keine Gedanken machen, wenn diese Agentin mich für ein Jugendorchester haben wollte. Na, ihr solltet mal hören, was an der Pro-Corda-Schule für Kammermusik so abgeht!« Es wurde gemunkelt, dass die klassischen Musiker und Musikerinnen mehr Zeit damit verbrachten, sich die Zungen in die Hälse zu stecken, als mit Mozarts Werken (oder denen irgendeines anderen musikalischen Genies). Aber über sie sagte nie jemand, dass sie alle in der Entzugsklinik landen würden.

Mein Telefon bellte. (Ich war nicht zu cool für witzige Klingeltöne, und es war eine Huldigung an Digby, den ich von Herzen gernhatte, obwohl er das Lieblingskind war.)

»Denk nicht mal dran, den Anruf anzunehmen«, sagte meine Mutter und sah mich streng an.

»Wollte ich gar nicht!«, log ich.

»Wer ist es?«

»Geht dich nichts an«, wollte ich eigentlich sagen, aber ich überlegte es mir noch mal anders. »Moss.«

»Moss kann warten.«

»Ihr predigt mir immer, dass man seine Freunde nicht vernachlässigen soll«, wollte ich eigentlich sagen, aber auch das überlegte ich mir noch mal anders. Es ging um Wichtigeres. »Hört mal, wahrscheinlich kriege ich sowieso keine Rollen.«

»Warum willst du es dann überhaupt machen?«, fragte mein Vater, der einem mit seiner Logik-Tour gewaltig auf die Nerven gehen konnte.

Ich nahm einen großen Bissen von meinem Toast. »Weil ich welche kriegen *könnte*«, nuschelte ich mit vollem Mund. Digby kam in die Küche, pflanzte sich neben mir auf und sah mich schmachtend an (na ja, wahrscheinlich eher den Toast, denn von Kohlenhydraten konnte er nicht genug bekommen).

»Aber es kann sehr frustrierend sein, wenn du keine bekommst«, sagte meine Mutter. »Wie willst du mit so viel Ablehnung zurechtkommen?«

Als wären fünfzehnjährige Mädchen nicht an Ablehnung gewöhnt!

»Ich werde schon damit klarkommen. Ihr sagt doch immer, dass man im Leben Risiken eingehen muss, und jetzt habe ich zum ersten Mal die Gelegenheit, etwas zu riskieren, und ihr stellt euch total an.«

Mein Handy bellte noch einmal.

GEH ENDLICH DRAN!

Kann nicht. Eltern.

Haben sie Ja gesagt?

Noch nicht. ☹

Meine Mutter stürzte sich wie ein Geier (also, wie ein Geier in Kaschmirpulli und engen Jeans) auf mein Handy und kassierte es ein. Es war, als würde das Jugendamt einer Teenie-Mutter das neugeborene Baby wegnehmen.

»Wir führen gerade ein wichtiges Gespräch, und du wirst deinem Handy nicht mehr Aufmerksamkeit schenken als uns.«

Ich fand es natürlich nicht in Ordnung, dass sie mein Handy beschlagnahmte – es gibt schließlich Grenzen –, aber manchmal genügt es einfach nicht, im Recht zu sein.

»Komm, Julia, wir müssen eine Entscheidung treffen.« Dad wollte das Gespräch schnell wieder auf Kurs bringen. Wahrscheinlich weil er es hinter sich haben wollte, damit *er sein* Handy checken konnte. »Am besten machen wir eine Liste mit Pro und Kontra.«

Mein Vater ist ein großer Fan von Listen. Ich zwar auch, aber seine Listen hatten Hand und Fuß, während meine fast immer chaotisch (und meistens peinlich) waren. Seine Listen sahen auch ganz anders aus als meine, weil er aus freier Hand gerade Linien ziehen konnte und sehr wählerisch war, was Papier und Tinte anging.

Nach einer streckenweise hitzigen Diskussion kamen wir zu folgendem Ergebnis:

Pro	**Kontra**
Fördert innere Stärke	Schlechter Einfluss
Zusätzliche Fähigkeiten	Verlust der Kindheit
Kreativer Ausdruck	Ablenkung vom Lernen
Spaß	Zu viel Spaß
~~Geld~~	

Ich konnte nicht begreifen, warum wir uns über den Punkt »Geld« stritten. Für mich war es eindeutig ein Pro. Für meinen Vater (den einzigen Brotverdiener im Haus) wohl auch, aber für meine Mutter (die Haupt-Geldausgeberin) war es überraschenderweise ein Kontra. Wenn man ihr zuhörte, konnte man meinen, dass der Besitz eines Bankkontos für jeden unter einundzwanzig der direkte Weg in die Gosse war.

»Was glaubt ihr eigentlich, was ich mache, wenn ich tatsächlich Geld verdiene? Harte Drogen kaufen?«

Mum erschauderte. »Hat es alles schon gegeben.«

»Aber es geht um *mich*! Ich mag nicht mal Fiebersaft einnehmen. Ich verwandle mich doch nicht plötzlich in so eine Hollywood-Drogenabhängige, nur weil mir jemand ein paar Hundert Pfund für eine kleine Rolle bezahlt.«

»Schön wär's«, sagte Dad, was (wenn man davon ausgeht, dass er das Geld meinte) eine ziemlich harte, wahrscheinlich aber richtige Bemerkung war.

Wir kamen einfach nicht weiter. Erst waren meine Eltern in Sorge, dass mir mein zukünftiges Leben nur Ablehnung und ein mickriges Selbstbewusstsein einbringen könnte (und ich wahrscheinlich magersüchtig würde), und im nächsten Moment sorgten sie sich, dass ich es nicht schaffen würde, mit einem Vertrag über drei Filme klarzukommen (und wahrscheinlich magersüchtig würde). Wir machten erschöpft Pause. Ich brauchte mehr Toast (das Risiko, dass ich eine Essstörung bekam, war echt *extrem* gering), und sie brauchten mehr Kaffee.

Die Zeit war reif, um meinen Trumpf auszuspielen.

»Es würde sich natürlich hervorragend in meiner Uni-Bewerbung machen.«

Innerhalb von fünf Minuten beschlossen sie, Mrs Haden anzurufen (»nur um das mal durchzusprechen«). Ich verzog mich aus der Küche (und holte mir dabei mein gestohlenes Eigentum zurück). Ich hatte wichtige Dinge mit Moss zu besprechen, zum Beispiel, was wir bei der Oscar-Verleihung anziehen würden.

»Elektra, hör auf zu telefonieren und mach dich fertig!«, schrie meine Mutter nach einer Weile.

»Ich rede gerade mit Moss!«, schrie ich zurück.

»Brüll nicht so rum!«, schrie mein Vater.

»Tschuldigung!«, schrie ich zurück.

»Im Ernst, Elektra! Hör auf zu telefonieren, sonst kriegst du noch einen Hirntumor!« Meine Mutter durfte anscheinend rumschreien (allerdings wäre ihre Stimme auch durch sämtliche Wände gegangen, wenn sie geflüstert hätte).

»Hat deine Mutter gerade gesagt, dass du einen Hirntumor kriegst?« Moss hatte es mitbekommen. War ja auch nicht zu überhören gewesen.

»Japp.«

»Vom Telefonieren?«

»Japp, das ist megagefährlich.«

»Meint sie das wirklich? Gott, es muss anstrengend sein, deine Mutter zu sein.«

Da hatte sie wahrscheinlich recht.

Von: Stella, Agentur Haden

Datum: 4. November 16:21

An: Julia James

Cc: Charlotte, Agentur Haden

Betreff: Gespräch über eventuelle Vertretung

Anhänge: Anfahrt.doc

Liebe Julia,

wir freuen uns sehr, dass Sie und Elektra herkommen möchten, um mit uns über eine eventuelle Vertretung zu sprechen. Ich habe Charlie (meiner Assistentin) gerade erzählt, was für eine energiegeladene, überzeugende Karotte Elektra war!

Ich verstehe vollkommen, dass Ihnen ein Termin nach der Schule am besten passt, und könnte nächsten Montag, den 10. November, 17 Uhr, anbieten. Lassen Sie mich wissen, ob Sie einverstanden sind. Ich habe eine Karte mit der Wegbeschreibung angehängt. Wir sind direkt über einer Zahnarztpraxis – wenn Sie das meterhohe Backenzahn-Modell sehen, wissen Sie, dass Sie uns gefunden haben!

Wir freuen uns darauf, Sie und Elektra kennenzulernen.

Herzliche Grüße

Stella Haden

KAPITEL 2

»Es passieren Sachen [in der Schule], die hinter verschlossenen Türen bleiben. Ich wäre jetzt nicht hier, wenn es nicht so wäre, denn das alles hat Eingang gefunden in das, was ich mache.«

Alex Pettyfer

»Dann kannst du heute also früher gehen, um sie zu treffen?«, fragte Moss am Montagmorgen im Bus, als wir zur Schule fuhren.

»Wen?«, fragte ich zerstreut, während ich in meiner Tasche wühlte und nach meinen Französisch-Hausaufgaben suchte.

»Deine Agentin«, sagte Moss. »Und wie verrückt ist das denn, dass ich das gerade gefragt habe?«

»Es *ist* verrückt. Sie ist nicht meine Agentin.« Keine von uns konnte das Wort »Agentin« in normalem Ton sagen: Es war so etwas Besonderes, dass wir das Gefühl hatten, es müsste kursiv oder in Großbuchstaben oder in Anführungsstrichen sein oder so.

»*Noch* nicht«, sagte Moss mit einem Optimismus, der allein unserer Freundschaft geschuldet war. »Aber heute ist der große Tag!«

»Ich darf nicht mal dran denken, so sehr wünsche ich mir, dass es klappt.« Außerdem bekam ich feuchte Hände, wenn ich daran dachte. »Und nein, ich kann nicht früher gehen, weil meine Mutter den Termin ›freundlicherweise‹ nach der Schule gemacht hat.« Ich sah den Inhalt meiner Tasche zum hundertsten Mal durch. »So ein Mist, ich habe sie wirklich nicht dabei.«

»Was ist es diesmal?« Moss kannte das Spiel schon.

»Meine Französisch-Hausaufgaben. Ich habe sie vergessen … schon wieder.«

»Na und? Du bist bald ein Hollywood-Star.«

Das stimmte natürlich, aber jetzt war erst mal Montagmorgen, und bis fünf Uhr nachmittags gab es noch eine Menge durchzustehen – unglücklicherweise eben auch Französisch.

»Ich helfe dir suchen.« Moss kippte den kompletten Inhalt meiner Tasche zwischen uns auf die Sitzbank. Heraus kamen: ein Tampon, der zur Hälfte aus seiner Hülle herausgeplatzt war und fast aussah wie eine kleine Maus (für die Jungs im Bus nur viel erschreckender); zwei Päckchen Mini-Oreos, leider leer; die neue GRAZIA (Titelgeschichte: »Alex Pettyfer über aufregende Dates mit Filmpartnerinnen« – hoffentlich irgendwann mal nützlich, obwohl im Augenblick meine Französisch-Hausaufgaben nützlicher gewesen wären) und alle möglichen Hefte und Bücher für jedes Fach außer Französisch.

»Madame Verte brummt mir bestimmt eine Stunde Nachsitzen auf. Das macht sie glücklich. Sie ist echt eine Zicke.« (Ihr richtiger Name ist allerdings Mrs Green, und sie kommt aus Essex.)

»Dann leiste ich dir Gesellschaft. Mrs Lawal hat mir am Freitag auch eine Stunde aufgebrummt.«

»Weshalb?«

»Ich war zu spät im Physiksaal. Wieder mal.«

Das hätte ich mir denken können. Moss und ich hatten schon viele Strafstunden zusammen abgesessen.

»Hast du Archie von dem Termin erzählt?«, fragte sie.

»Rate mal!«

»Das heißt also nein.«

»Richtig.«

»Weil du immer noch nicht mit ihm geredet hast?«

Ich schüttelte den Kopf, und sie sah mich voller Verzweiflung an. Ich war im ACT schon länger in derselben Gruppe wie Archie Mortimer, aber die Sache war nicht so einfach.

Archie sah hervorragend aus. Das war eine allgemein anerkannte Tatsache: Er war groß und gut gebaut (ich hatte mich auf Facebook selbst davon überzeugt) und hatte eine Menge Knochen im Gesicht (ich weiß, dass jeder eine Menge Knochen im Gesicht hat, aber seine sind perfekt angeordnet). Ich übertreibe wirklich nicht, denn alle anderen sahen es genauso. Was ich nicht unbedingt gut fand. Für mich wäre es viel besser gewesen, wenn sein Charme ganz unaufdringlich gewesen wäre und sich außer mir kein Mädchen von ihm angezogen gefühlt hätte. Aber nein, dass Archie ein geiler Typ war, fiel nun wirklich jeder auf!

Natürlich hatte ich noch nicht mit ihm geredet.

In meinem Kopf führten wir lange Gespräche, und ich war geistreich und bezaubernd und machte witzige Bemerkungen. Im Prinzip war ich seine Filmpartnerin in sämtlichen Liebeskomödien der Welt, und er war von mir hingerissen und tat immer, was im Drehbuch stand.

Fantasie-Dates – der Weg zum Erfolg!

Aber im echten Leben spielte Archie in einer ganz anderen Liga als ich. So einen Unterschied darf man nicht ignorieren. Er hatte bei einer Episode einer BBC-Krimiserie mitgemacht (fette Statuspunkte), er war mindestens ein Jahr älter als ich (zusätzliche Punkte: Jahrgangsstufen sind wie gesellschaftliche Schichten), und dann war da eben noch sein gutes Aussehen (noch viel mehr Punkte). Ich konnte es nicht riskieren, ihn anzusprechen, weil ich dann womöglich einen roten Kopf und/oder Stressflecken bekam.

Er versuchte manchmal, mit mir zu reden. Also, er unterhielt sich nicht richtig mit mir, er sagte nur ab und zu mal ein paar unvermeidliche Worte. Zum Beispiel: »Hey, Elektra, was geht?« (Ich so: murmel, murmel.) Oder: »Hey, Elektra, was macht die Schule?« (Ich so: murmel, murmel.) Oder: »Hey, Elektra, hast du gehört? Lens will, dass wir [beliebige Lehrer-Anweisung einsetzen, denn ich hatte wegen Archies Nähe nichts mitbekommen]. (Ich so: murmel, murmel, knallrot.) Als Gespräch konnte man so was beim besten Willen nicht bezeichnen, als lustige Neckerei schon gar nicht und als Flirt erst recht nicht.

»Ich freue mich schon auf die Schule«, sagte Moss und riss mich aus meiner Archie-Welt.

Diesen Satz hatte ich noch nie von ihr gehört. »Aber nicht wegen der Schulversammlung, nehme ich mal an.«

»Nein. Wegen Flissys Gesichtsausdruck, wenn du ihr von deiner Agentin erzählst.«

»Das erzähle ich Flissy doch nicht!«

»Warum nicht? Sie wird so neidisch sein, dass wir uns über ihr Gesicht kaputtlachen werden.«

Moss hatte recht. Damit, dass ich von einer echten Schauspielagentin angesprochen worden war, konnte ich Flissy möglicherweise beeindrucken (nur halb so sehr wie damit, von einer Modelagentin entdeckt worden zu sein, aber immerhin). Bis jetzt war sie noch nie von mir beeindruckt gewesen. Der Gedanke war verlockend.

»Und Talia auch. Bitte sag es den beiden, bitte, bitte! Ich bezahle auch was dafür!«

Flissy und Talia waren unzertrennlich, eine Art Power-Duo, das aus Gemeinheit (Flissy) und Schönheit (Talia) bestand. Sie konnten uns nicht ausstehen und wir sie auch nicht. Wir wussten alle, wo wir standen.

»Echt?«

»Äh, also, nicht wirklich.«

»Aber das bringt doch nichts. Dann verfolgen sie mich nur das ganze Schuljahr lang.«

»Ich an deiner Stelle könnte nicht widerstehen«, sagte Moss, aber sie war immer mutiger (dusseliger?) als ich.

»Ich sage es *niemandem*.«

»Aber Jenny und Maja *musst* du es sagen«, meinte Moss schnell. Das schlechte Gewissen sprang ihr praktisch aus dem Gesicht.

»Das bedeutet, dass du es ihnen schon gesagt hast, oder?« Keine Antwort. Na ja, vielleicht war es ja auch okay. Wir hingen ziemlich viel mit den beiden rum. Jenny war voll cool und eher ruhig, und Maja war echt witzig und unsere Hauptinformationsquelle in Sachen Tratsch. Ich weiß nicht, wie sie es anstellte, aber sie wusste *alles* über *jeden*. Eine lebenswichtige Begabung.

»Sag den beiden, sie sollen es nicht weitererzählen«, sagte ich. »Mach es vor allem Maja klar. Es wäre einfach zu demütigend, wenn nichts daraus wird.«

Bloß nicht zu früh freuen! Der Gesprächstermin stand zwar fest, aber alles andere stand noch in den Sternen.

In der Schule bin ich immer sehr damit beschäftigt, die Zeit im Auge zu behalten. Erstens, weil in jedem Klassenzimmer eine riesige Uhr an der Wand hängt – zur Erhöhung des Stressfaktors bei Tests und Klausuren –, und zweitens, weil es den meisten Unterrichtsstunden nicht schaden würde, wenn sie mindestens zehn Minuten kürzer wären. Aber heute war ich noch mehr auf die Uhr fixiert, und die Zeit verging noch langsamer als sonst (und das an einem Montag). In der Doppelstunde Geschichte kam es mir vor, als würden wir den Deutsch-Französischen Krieg in Echtzeit durchnehmen. Chemie ging ein bisschen schneller rum, aber nur, weil ich es schaffte, unter dem Tisch auf meinem Handy »Teenie-Star roter Teppich Pannen« zu googeln. In Französisch kam um 11.52 Uhr ein bisschen Leben in die Bude, als ich wie erwartet eine Stunde Nachsitzen aufgebrummt bekam. Von Sport und der Doppelstunde Mathe will ich erst gar nicht anfangen. Und als dann Geografie an der Reihe war, die letzte Unterrichtstunde des Tages, wusste ich, dass ich endlos lange vierzig Minuten vor mir hatte.

»Gut, dann nennt mir fünf weitere Probleme oder Gefahren, die Bewohnern von Elendsvierteln drohen können. Kommt schon, wer meldet sich freiwillig?«, fragte Mrs Gryll. »Niemand? Ist ja toll, dass ihr euch alle so gut auf die heutige Stunde vorbereitet habt. Also, wer kann mir wenigstens einen Punkt nennen? Elektra?«

Voll die Drucksituation. Okay, zugegeben, die Frage war nicht so schwer, aber je näher der Schulschluss rückte, desto schlechter konnte ich mich konzentrieren. Außerdem war ich durch die Arbeit an einer besonders kniffeligen Liste abgelenkt (Romeo-Kandidaten für meine Julia).

»Elektra? Muss ich auf die Antwort warten, bis die Polkappen im Zuge der globalen Erwärmung abgeschmolzen sind?«

Eigentlich ein guter Geo-Witz, fand ich. »Äh … Brände?«, sagte ich, verbannte Archie aus meinem Kopf und schrieb »RPatz« (alias Robert Pattinson) auf. Nicht besonders originell. Ich faltete das Blatt zusammen und reichte es unter der Tischplatte an Jenny weiter.

»Sehr gut. Brände sind in überbevölkerten Gebieten tatsächlich eine ernste Gefahr. Jenny? Jenny, bist du überhaupt bei uns? Was ist nur mit euch allen los?«

Jenny sah schuldbewusst auf. »Tschuldigung. Äh, wie war noch mal die Frage?«

»Das wüsstest du, wenn du nicht so beschäftigt mit dem wärst, was auch immer hier vor sich geht. Möchtest du nicht mit uns teilen, was du da schreibst?«

Typisch! Als gäbe es nur ein einziges Drehbuch für alle Lehrer.

»Es ist nur eine Liste … für Englisch.« Ein kläglicher, vergeblicher Rettungsversuch von Jenny.

»Englisch? Das interessiert mich«, sagte Mrs Gryll und kam hinter dem Pult hervor, um Jenny den Zettel wegzunehmen.

»Coole Jungs, die meinen Romeo spielen könnten. Vorschläge bitte!«, las sie vor. »Um wessen Romeo handelt es sich denn? Um deinen, Jenny?«

»Um meinen«, sagte ich ziemlich leise.

»Du spielst die Julia?«, fragte Mrs Gryll.

»Ja … In meinem Kopf.«

»Freak!«, zischte Flissy, leider nicht leise genug.

»Und das macht ihr in Englisch? Komisch. Ich könnte schwören, dass *Warten auf Godot* eure Pflichtlektüre ist.«

Warum wussten Lehrer immer so viel?

»Douglas Booth … Rpatz …« Sie begann, die Namen auf der Liste vorzulesen.

»Wie süß, dass du noch Listen mit imaginären Freunden machst, Elektra«, stichelte Flissy. »Wie in der siebten Klasse.«

Voll gemein. Ich ignorierte sie.

»Ach, Flissy, das ist wie damals, als du in dein Mathebuch die ganze Gedichte für diesen Hen–«

»Oh mein Gott, halt die Klappe, Talia«, fauchte Flissy.

»Und weil du seine Aufmerksamkeit wolltest, hast du –«

Flissy warf ihr Heft nach Talia, um sie zum Schweigen zu bringen. Ganz schön krass – nicht nur deshalb, weil Talia wahrscheinlich nicht viel mehr wog als das Heft.

»Tja, ein paar von uns sind wenigstens schon über das Stadium der puren Schwärmerei hinausgekommen«, sagte Flissy, um ihre Position in der Klassenhierarchie zu behaupten. Dazu hätte sie garantiert mit den Wimpern geklimpert, wenn das immense Gewicht ihrer Mascara es nicht verhindert hätte. »Ihr werdet es verstehen, wenn ihr selbst mal einen Freund habt. Korrigiere: *falls* ihr jemals einen Freund haben *solltet*.«

Moss und ich sahen uns an. Wenn Flissy von ihrem Freund redete (was sie täglich mehrmals tat), dann wollte man am liebsten einsam mit ein paar Katzen sterben.

Mrs Gryll schenkte dem kleinen Schlagabtausch keine Beachtung, weil sie sich meine Romeo-Kandidaten genauer ansah. »Also, meiner Meinung nach ist das eine recht einfallslose, langweilige Aufstellung.«

Wie bitte? Wusste sie überhaupt, wer diese Leute waren? *Langweilig?*

»Wer würde denn auf Ihrer Liste stehen, Mrs Gryll?«, fragte Maja.

»Gregory Peck«, entgegnete Mrs Gryll sofort und lächelte, wie Lehrer eigentlich nie lächeln. Es war regelrecht beunruhigend.

»Wo spielt der mit?«, fragte ich, weil die Elendsviertel anscheinend erst mal in Vergessenheit geraten waren, und das konnte nur gut sein.

»Er ist tot«, antwortete sie.

»Das tut mir leid«, sagte ich, weil es a) noch nicht lange her sein konnte und bestimmt noch schmerzlich für sie war und mir b) womöglich immer noch Ärger drohte.

»Gregory wäre mein perfekter Romeo gewesen«, sagte Mrs Gryll. Man konnte die vielen kleinen Herz-Emojis praktisch in ihren Augen sehen.

»Zeigen Sie uns ein Bild. *Bitte!*« Maja war als Lieblingsschülerin genau die Richtige, um weiter vom eigentlichen Thema abzulenken.

»Wir sollten eigentlich …« Mrs Gryll wurde schwach. »Okay, aber nur eins, und dann kehren wir sofort zu der unzulänglichen Versorgung zurück.« Sie suchte auf ihrem Laptop, und dann erschien er auf dem interaktiven Whiteboard – in seiner ganzen Schwarz-Weiß-Pracht.

Das ist nicht spöttisch gemeint. Gregory Peck kommt sofort auf meine Romeo-Liste. Jemand, der so aussieht, hat (auch wenn er tot ist) eine Fan-Base verdient, die nicht nur aus Geografie-Lehrerinnen mittleren Alters besteht.

★

KAPITEL 3

»Als Schauspieler kannst du viele unterschiedliche Hüte aufprobieren, du kannst Hüte mit anderen teilen und Hüte besitzen und Hüte ausleihen und wieder zurückgeben. Und weggenommen bekommen. Und das finde ich wundervoll.«

Shailene Woodley

Wie Stella geschrieben hatte, befand sich das Büro der Agentur über einer Zahnarztpraxis. Es gab nur ein kleines Schild am Nebeneingang, das wir übersehen hätten, wenn wir nicht danach gesucht hätten.

Zweiter Stock
Agentur Haden
Führende Schauspielagentur für Kinder seit 1990

Vielleicht lag das Büro absichtlich so versteckt, damit nicht jeden Tag Hunderte hoffnungsvolle Bewerber mit frisch gewaschenen Haaren und dem Text von »Im Bann der Hexe«

auf gut Glück vorbeischauten. Dass Mrs Haden mich eingeladen hatte, hätte mir meine Nervosität nehmen sollen, doch ich bibberte trotzdem.

Ich fühlte mich wie vor einer Prüfung.

Aber eigentlich habe ich ständig irgendwelche Prüfungen zu bestehen:

1. **Echte Prüfungen** (natürlich) – und davon gibt es an meiner Schule Unmengen. Der verhauene Physiktest (Hydraulik – ich hatte Pascal mit Newton verwechselt) war mir noch gut in Erinnerung.
2. **Prüfungen in Sachen Aussehen** (Unterkategorien »eigentlich« und »tatsächlich«, wobei »eigentlich« die wichtigere ist). Ich befürchte, dass Gewicht auch eine Kategorie ist – aber nicht auf *meiner* Liste.
3. **Tägliche Modeprüfungen** – bei denen fiel ich regelmäßig von Montag bis Freitag durch. Niemand konnte mich davon überzeugen, dass es irgendetwas brachte, unsere hässliche Schuluniform umzustylen und mit Accessoires aufzupeppen.
4. **Gesellschaftliche Prüfungen** – »Wie? Du bist nicht zu Talias Party eingeladen? Echt nicht?« »Was? Dein Profilbild hat nur dreißig Likes? Im Ernst?« Die Tatsache, ob man diese Prüfungen bestand oder nicht, hing von den Ergebnissen bei 2. und 3. ab.

5. **Unzählige »Braves Kind«-Prüfungen** – »Nein, ich habe nicht gesagt, dass du vor zehn zu Hause sein sollst, aber wenn du nur halb so verantwortungsbewusst wärst wie [Namen einer beliebigen Freundin von mir einsetzen], hättest du es von dir aus getan.« (Mum) »Wenn du dich mehr mit Geometrie beschäftigen würdest, fändest du das Thema viel interessanter.« (Dad – und nein, fände ich nicht.)

Die Liste könnte noch viel länger sein, aber das wäre zu deprimierend.

Der Gesprächstermin mit Stella war ohne Frage eine Prüfung. Und der Zahnarztgeruch im Treppenhaus verringerte meine Angst nicht. (Was war das überhaupt? Desinfektionsmittel? Eine sonderbare Mischung aus Knochen und Pfefferminz?) Das Agenturbüro war nur ein kleiner Raum mit zwei einander gegenüberliegenden Schreibtischen, auf denen klobige altmodische Computer standen, deren Kabel sich auf dem Boden ringelten. Es war nicht so, wie ich es mir vorgestellt hatte; von Hollywood-Glamour keine Spur.

»Mrs James, Elektra, vielen Dank, dass Sie es einrichten konnten, uns zu besuchen.« Mrs Haden zeigte auf die Stühle vor ihrem Schreibtisch. Sie war unheimlich groß, und wenn ich so dünn gewesen wäre wie sie, wäre ich beim Schulmittagessen auf die Beobachtungsliste gekommen. Und sie machte einen ziemlich Respekt einflößenden Eindruck. Japp, es war eindeutig eine Prüfung (ich hatte eine neue knallharte Kategorie gefunden: »berufliche« Prüfungen).

»Vielen Dank für die Einladung, Mrs Haden«, sagte meine Mutter mit ausgesuchter Höflichkeit.

»Bitte nennen Sie mich Stella. Das gilt natürlich auch für dich, Elektra.«

Als würde ich es wagen, sie überhaupt anzusprechen! Ich war viel zu eingeschüchtert.

»Und das ist Charlie«, sagte Stella und wies auf die Frau an dem anderen Schreibtisch, die praktisch komplett hinter ihrem Computer versteckt war. Sie war viel jünger als Stella und ein gutes Stück kleiner als sie. Charlie winkte uns nur kurz zu und vertiefte sich wieder in ihre Arbeit.

Eine Wand des Büros hing voller Porträts von Kindern in verschiedenen Altersstufen. Unter jedem Foto stand ein Name, und bei manchen waren auch Daten und Kürzel dazugeschrieben, die wie Codes aussahen. Stella fiel auf, dass ich sie mir ansah. »Das sind die Kinder, die wir vertreten. Daisy Arnold kennst du bestimmt. Sie ist doch auch im ACT, nicht wahr?«

Ich nickte. Daisy war zauberhaft und zierlich wie eine Elfe. Sie hatte blonde Ringellocken und große runde blaue Augen. Ihr Look war ein bisschen retro und immer perfekt, und im Gegensatz zum Rest von uns war ihre Wimperntusche nie verschmiert, und sie hatte auch keine faustgroßen Löcher in der Strumpfhose. Und man konnte sie wegen alldem nicht mal hassen, weil sie voll liebenswert war.

»Dein Foto könnte auch bald da hängen, Elektra.«

Tja, wenn dazu erforderlich war, so gut auszusehen wie die meisten an der Wand, dann wohl eher nicht. Daisy passte perfekt in diese Sammlung.

»Dann erzähl mir doch mal, wie du zur Schauspielerei gekommen bist.«

Die erste Frage ist immer die leichteste, aber ich kam direkt ins Schleudern. Ich meine, wie viel Vorgeschichte wollte sie haben? Ich konnte ihr von meinen frühen Jahren als Barbie-Synchronsprecherin erzählen oder von der intensiven Doktorspiel-Phase mit Freddy von nebenan (er ist inzwischen weggezogen; wahrscheinlich, um näher bei seinem Therapeuten zu wohnen), aber das wäre wohl zu viel Information. Schauspielern machte mir einfach großen Spaß, und ich war darin auf jeden Fall besser als in vielen anderen Dingen (Korbball, Mathe und natürlich Ballett). Und ich hatte es nicht aufgegeben, was für die anderen außerschulischen Aktivitäten, die ich schon mal angefangen hatte, nicht galt. Aber wie ich dazu gekommen war? Ich hätte sofort irgendetwas sagen müssen, weil Stille beängstigend ist. Vor allem, wenn man selbst diejenige ist, die die Stille ausfüllen müsste, und weil ich meiner Mutter so die Möglichkeit gab, sich einzuschalten und für mich zu antworten. Grundlegender Fehler.

»Nun ... Elektra hat schon als Kind jede erdenkliche Gelegenheit genutzt, um auszuprobieren, wie es ist, jemand anders zu sein ...«

In diesem Moment wäre ich schrecklich gern jemand anders gewesen, die Tochter einer anderen Frau zum Beispiel.

Ich fiel Mum schnell ins Wort und erzählte von den Schauspielstunden im ACT. Ich sagte Stella natürlich nicht alles. Dass es am Anfang ganz schön hart gewesen war, weil die meisten anderen Kinder mich schräg und eingebildet fanden, ließ ich weg. Und ich verriet ihr auch nicht, dass ich nicht so wild drauf war, mich zu alten Songs von Britney Spears aufzuwärmen, und dass ich mit manchen Rollenspielen Probleme hatte (vor allem mit solchen, bei denen man eine nicht menschliche Figur spielen muss). Weil ich ziemlich sicher war, dass Stella das nicht alles wissen musste, sagte ich nur, dass ich Worte gern lebendig werden ließ und dass es mir besonders gefiel, wenn sie sich so echt anfühlten, als sei ich plötzlich jemand oder etwas ganz anderes. Und das stimmte auch.

»Und warum hast du dir den Monolog ausgesucht, den ich letzte Woche gehört habe?«, fragte Stella.

»Äh … also, den hat Lens ausgesucht, mein Lehrer.« Ich wusste, das war nicht die »richtige« Antwort. Ich hätte sagen sollen, dass mich die pure Energie der geistigen Reise dieser Spinne/Karotte berührt hätte. Denn ich war mir zu neunundneunzig Prozent sicher, dass der Monolog eine extrem bedeutungsvolle Metapher war. Ich wusste nur nicht, wofür die Metapher stand.

»Nun, er war sehr gut.« Stella bemerkte anscheinend meinen Gesichtsausdruck, denn sie fügte hinzu: »Aber wir versuchen natürlich auch, nicht gemüsige Rollen für unsere Schützlinge zu finden.«

»Danke.« Ich wurde wahrscheinlich knallrot. Das passiert mir andauernd. Und als auf einmal mein Handy anfing zu bellen, lief ich ganz sicher rot an.

»Entschuldigung, tut mir leid.« Ich kramte hektisch in meiner chaotischen Tasche.

»Ist schon *okay*«, rief Stella über das Gebell hinweg.

Mum warf einen Blick auf mein Handy, mit dem sie Stahlträger hätte schmelzen können. Sie angelte es sich ruck, zuck und schaltete es auf stumm. Ich hatte das Gefühl, als würde mich jedes einzelne perfekte Kind an der Wand ansehen. Und ich geriet ins Schwitzen.

»Aber es hat dir doch Spaß gemacht, oder?« Charlie befreite mich aus meinem Elend. Sie kam zu uns herüber und brachte ihren Stuhl mit.

»Was?« Gut möglich, dass ich nicht gerade in beeindruckender Form war. Außerdem lenkte mich Charlie irgendwie ab. Sie sah aus wie eine gothmäßig gestylte Schulleiterin: pechschwarze Haare, knallenger schwarzer Rock, makelloser schwarzer Nagellack, drei kleine Kreuze im rechten Ohr und ein Totenkopf-Tattoo auf der Hand.

»Na, das Performen. Auf der Bühne zu stehen.«

Ich versuchte zu erklären, wie es gewesen war und dass es so viel mehr als »Spaß« für mich war. Stella und Charlie lächelten und nickten, und ich entspannte mich ein bisschen. Ich hatte wohl endlich etwas gesagt, was sie hören wollten.

»Gut, Elektra, bist du dir sicher, dass du wirklich Schauspielerin werden möchtest?«, fragte Stella.

Das war eine leichte Frage, und ich wusste (oder glaubte zu wissen), wie die richtige Antwort lautete. Natürlich wollte ich Schauspielerin werden – aber wo Stella mich jetzt so direkt fragte, zögerte ich …

Ich wusste, dass ich sofort Ja sagen würde, wenn mich jemand für seine Fernsehserie oder seinen Film haben wollte. Ich wusste, dass ich vor Publikum auf der Bühne stehen wollte (zur Not auch vor leeren Sitzen). Ich wusste, dass ich mein Foto an dieser Wand sehen wollte. Ich wusste, dass ich eine Agentin wollte. Ich wusste, dass ich die Julia an der Seite von Douglas Booth *und* Gregory Peck sein wollte. Ich wusste viele Dinge – in meinem Kopf und in meiner Fantasie. Aber Stella hatte gefragt, ob es *wirklich* mein Ziel war, Schauspielerin zu werden, und das war die große Preisfrage.

Stella, meine Mutter und Charlie beugten sich gespannt vor und warteten auf meine Antwort.

Gott, voll der Druck! »Es ist … Ich weiß, dass ich es *jetzt* machen möchte, aber ich glaube, wenn man fünfzehn ist, ist es vielleicht auch ein besserer Job, als wenn man dreißig ist.«

Stella starrte mich an. Meine Mutter rutschte auf ihrem Stuhl hin und her. Selbst Charlie machte einen betroffenen Eindruck. Die perfekten Kinder an der Wand verurteilten mich. Ich wurde (schon wieder) rot.

Eine ganze Weile herrschte Stille, dann lächelte Stella und sagte: »Ganz recht, Elektra. Ich denke, du wirst deine Sache richtig gut machen.« Sie hielt inne und wechselte einen Blick mit Charlie. »Hör mal, ich weiß, du musst noch mal in Ruhe darüber nachdenken …« Musste ich nicht. »Aber von unserer Seite aus kann ich jetzt schon sagen, dass wir dich sehr gern vertreten würden.«

Ich hatte eine Prüfung bestanden! Ich war total von den Socken.

Stella fing an, mit meiner Mutter über Verträge und Finanzen zu sprechen, und als ich mich ein bisschen beruhigt hatte, riskierte ich einen Blick auf mein Handy. Es waren gleich mehrere Nachrichten von Moss eingegangen.

Viel Glück!
VIEL GLÜCK!
VIIIIIEL GLÜÜÜÜÜCK!
Wollte dich anrufen, aber du gehst nicht ran.
Extrem ärgerlich! Wollte nett sein und dir GLÜÜÜÜÜCK wünschen!

Es war typisch für Moss, dass sie daran gedacht hatte, mich anzurufen, um mir Glück zu wünschen – und dass sie ungefähr eine Stunde zu spät gewesen war. Sie war so gut wie immer eine Stunde zu spät, bei so ziemlich allem. Für mich war es wiederum typisch, dass ich vergessen hatte, mein Handy auszuschalten. Ich vergaß andauernd irgendwas.

»Wir müssen noch dein Spotlight-Formular ausfüllen.« Stella bezog mich wieder in das Gespräch ein. »Das ist eine Art Lebenslauf.«

Die Angaben zur Person waren leicht: Größe, Augenfarbe (braun – klingt besser als schlammfarben, was sie eigentlich sind), Haarfarbe (braun – noch mehr Mittelmäßigkeit) und so weiter. Unter »Muttersprachlicher Akzent« trug Stella »Britische Standardaussprache« ein (die ein winziges bisschen feiner ist als die normale). Dann wurde es schwierig.

»Hast du noch andere Akzente?«

Ich sah Stella fragend an.

»Du weißt schon, kannst du mit amerikanischem Akzent sprechen oder mit irischem oder schottischem?«

Ich schüttelte den Kopf.

»Du guckst doch bestimmt amerikanische Fernsehserien. *Friends* zum Beispiel?«

Ich schüttelte den Kopf. (Ich meine, ich kannte die Serie zwar, aber ich war keine Expertin).

»*Pretty Little Liars?*«

Ich nickte. Ich hatte gefühlt mehrere Hundert Folgen gesehen.

»Prima. Dann hast du wahrscheinlich den amerikanischen Standardakzent drauf. Das ist der nützlichste von allen. Probier es doch mal.«

In diesem Moment hatte ich einen Aussetzer. Ich wusste nicht, was ich sagen sollte. Mir fiel absolut nichts ein. An Stellas Schreibtisch klebte ein gelbes Post-it, auf dem geschrieben stand: »Jamies Mutter nach 17 Uhr anrufen wg. *Potato Boy*-Casting bei CBBC.« Ich versuchte, mich zu konzentrieren und nicht darüber nachzudenken, was für eine Kindersendung sich wohl hinter dem Titel *Potato Boy* verbarg, und las die Notiz mit dem – wie ich hoffte – richtigen amerikanischen Akzent vor.

Anscheinend war es überhaupt kein amerikanischer Akzent, denn Stella schrieb »KEINE« in die entsprechende Zeile.

»Sprichst du noch andere Sprachen?«

»Ein bisschen Französisch«, warf meine Mutter ein. Ich merkte, dass sie immer noch nervös war, weil sie ihre große, teure Handtasche auf dem Schoß vor sich hielt wie einen Schutzschild.

»Würdest du mit einem französischen Drehbuch zurechtkommen?«, fragte Stella.

Meine Mutter und ich sahen uns an und schüttelten den Kopf. Stella schrieb »KEINE« neben die Frage nach den Fremdsprachenkenntnissen.

»Halb so wild«, sagte sie freundlich. »Okay, machen wir mit Fähigkeiten und Begabungen weiter.«

Das hörte sich schon besser an. Hier konnte ich mit meiner hoffnungsfrohen, wenn auch unregelmäßigen Teilnahme an außerschulischen Aktivitäten punkten.

»Musikinstrumente?«, fragte Stella.

»Klavier und, äh … Geige«, sagte ich.

»Beides durchschnittlich oder besser?«

»Äh … nein.«

»Weder noch?«

»Ja.«

»Gesang?«

»Ich singe.« Das tat jeder, oder?

»Irgendeine Ausbildung? Musical? Klassischer Gesang? Schulchor?«

»Nein.« Vielleicht doch nicht.

»Was ist mit Tanzen? Jazztanz? Stepptanz? Artistische Fähigkeiten?«

Ich schüttelte den Kopf. Meine Mutter sank frustriert auf ihrem Stuhl zusammen. Sie hatte so viel Zeit investiert, um mich durch die Gegend zu kutschieren, und jetzt entpuppte ich mich als absolute Niete.

»Keine Sorge«, sagte Stella rasch. »Wir finden bestimmt etwas, das wir hier angeben können. Wie sieht es mit Schwimmen aus? Oder Eislaufen, Fechten, Reiten …?«

Meine Mutter richtete sich ruckartig auf und öffnete den Mund, aber ich hob die Hand, um sie zu bremsen.

»Muss ich so gut darin sein, dass ich es im Film machen könnte?«, fragte ich.

»Ja, oder auf der Bühne.«

»Also … dann schreiben wir da besser nichts hin.« Ich wollte diese Angelegenheit so schnell wie möglich hinter mich bringen. Mir war gar nicht klar gewesen, dass Schauspieler so talentiert waren. Ich hatte einfach gedacht, sie wären gut im Darstellen und entweder so attraktiv, dass sie auf dem roten Teppich und/oder auf der großen Leinwand eine gute Figur machten (was an sich schon eine Leistung war), oder so schräg, dass sie »Charakterrollen« spielen konnten, ohne zu viel Zeit für Haare und Make-up zu beanspruchen. Aber nein: Sie haben alle mehrere Sprachen drauf und können auf dem Seil tanzen und dabei einen Musicalsong schmettern.

Mein Begabungsmangel machte Stella anscheinend nicht viel aus. Sie legte mein überwiegend leeres Spotlight-Formular in den Ausgangskorb auf ihrem Schreibtisch und gab meiner Mutter (die sich bestimmt wünschte, sie hätte außer mir noch etliche begabtere Kinder) eine Liste von Fotografen für mein Porträt.

»Zieh ein schwarzes oder weißes Oberteil mit einem normalen Ausschnitt an, das ist für Fotos am besten«, empfahl mir Stella. »Es sollte ein ganz natürliches Bild sein, ungeschönt und ohne Make-up. Die Leute zu enttäuschen, wenn man zur Tür hereinkommt, bringt nichts.«

Was sicher auch ganz allgemein ein guter Rat fürs Leben war.

Stellas Weisheiten

1.

Es gibt viel mehr Rollen für Jungen als für Mädchen, aber es gibt viel mehr Mädchen als Jungen, die nach Rollen suchen. Mein Geschlecht war also ein Nachteil.

2.

Bei den meisten Rollen für Kinder geht es darum, erwachsene Schauspieler in jüngeren Jahren darzustellen. Diese werden zuerst gecastet. Die meisten Schauspielerinnen sind dünn, blond und hübsch. Mit anderen Worten waren meine Haare und auch alles Weitere ein Nachteil.

3.

Im wirklichen Leben ist es zwar anders, aber die meisten Rollen erfordern einen Akzent; entweder geschliffenes Hochenglisch oder Londoner Dialekt. Dass ich mit meiner Aussprache irgendwo dazwischenlag, war ein Nachteil.

4.

Meine Zähne sollten besser schön gerade bleiben. Eine Klammer oder, schlimmer noch, schiefe Zähne würden sich später auf jeden Fall als Nachteil erweisen.

5.

Es gibt mehr Rollen für süße kleine Mädchen als für Mädchen im »schwierigen« Alter. Mein Alter war daher von Nachteil. (Aber wenn ich bis sechzehn durchhielt, konnte ich auf Rollen in Filmen über das Erwachsenwerden hoffen. Immer her damit!)

6.

Die Pubertät ist insgesamt ein Nachteil (die hatten ja keine Ahnung). Wenn ich dicker oder pickeliger oder zu groß wurde oder zu viel Busen bekam (schön wär's), wurde ich einfach ausrangiert wie ein Weihnachtspulli im Januar.

7.

Wenn ich das Glück hatte, für eine große Rolle ausgesucht zu werden, wurde ich aller Wahrscheinlichkeit nach auf einen bestimmten Typ festgelegt und bekam danach nie wieder eine Rolle. Ein früher Erfolg war also von Nachteil.

8.

Selbstverständlich hat jeder Misserfolg, egal, zu welchem Zeitpunkt, nachteilige Auswirkungen.

9.

Alle Kinderdarsteller werden wahrscheinlich in Zukunft durch Computeranimationen ersetzt, was ziemlich unheimlich und natürlich ein Nachteil wäre.

Von: Stella, Agentur Haden

Datum: 14. November 16:51

An: Julia James

Cc: Charlotte, Agentur Haden

Betreff: Re**:** Vertrag Elektra James

Liebe Julia,

vielen Dank für die Zusendung des unterschriebenen Vertrags. Charlie und ich sind beide sehr erfreut, dass Elektra unserer Talente-Truppe beitreten möchte!

Wir können zwar mittlerweile recht gut einschätzen, welche Kinder Freude an dieser verrückten (!) Welt haben werden, aber wir sind uns der Tatsache sehr bewusst, dass die Begegnung mit unserem teilweise recht harten Geschäft ein Schock sein kann. Wenn Elektra sich nicht wohlfühlt oder unglücklich ist oder wenn Sie auch nur das Gefühl haben, dass sie ihre wunderbare Begeisterung für die Schauspielerei verliert, lassen Sie es uns bitte wissen. Wir sind hier, um Sie zu unterstützen.

Wir freuen uns, wieder von Ihnen zu hören.

Herzliche Grüße

Stella

PS: Bitte sagen Sie Elektra, dass Charlie so begeistert von ihrem Klingelton war, dass sie sich auch ein Tier (eine Kuh!) heruntergeladen hat. Ich sehe das, wie ich gestehen muss, eher mit gemischten Gefühlen.

KAPITEL 4

»Ich bin ein ganz normaler Typ. Die Schauspielerei ist ein Hobby, das ich neben dem Abitur betreibe.«

Nicholas Hoult

»Es ist offiziell! Mum hat heute den unterschriebenen Vertrag zurückgeschickt. Ich bin im Geschäft. Ich stehe sozusagen ›unter neuer Leitung‹!« Das klang zwar ein bisschen, als wäre ich ein Restaurant, aber ich fand es einfach cool, unter der Leitung von jemandem zu stehen, der nicht meine Mutter oder mein Vater war.

Eulalie ließ einen komischen französisch klingenden Schrei los (gut, sie war ja auch Französin). Daraus schloss ich, dass sie fast genauso begeistert war wie ich. »Wir müssen shoppen gehen!«

Ich liebte Eulalie (und nicht nur, weil sie Shoppen liebte). Sie hatte vor langer Zeit – noch vor meiner Geburt – Mums großartigen (leider verstorbenen) Vater aus den Klauen von Granny Gwen befreit, Mums schrecklichen (noch lebenden) Mutter. Eulalie war meine Lieblings-»Oma« (und die, mit der ich bis auf die Gene eindeutig die meisten Gemeinsamkeiten hatte).

»*Chérie*, du brauchst hübsche Kleider, wenn du all die berühmten Regisseure triffst. Nicht solche Fummel aus diesem entsetzlichen Large Shop.« Sie lud fast den ganzen Salat aus der Schüssel auf ihren Teller (was mich freute, weil weniger für mich übrig blieb).

»Top Shop, meinst du … Ich glaube nicht, dass es so sein wird. Ich meine, ich weiß nicht, ob ich berühmte Regisseure kennenlernen werde.«

»Aber natürlich, *bien sûr*! Wie sollst du denn sonst für sie spielen?«

Gutes Argument, aber ich konnte es mir trotzdem nicht vorstellen.

»Wir gehen zu Harrods.« (»Arrrods« sprach sie den Namen des Londoner Warenhauses aus, denn bei ihr war jedes »h« stumm und jedes »r« gerollt. Je länger Eulalie in London lebte, desto stärker schien ihr französischer Akzent zu werden.)

»Du verwöhnst Elektra.« Meine Mutter stellte mir eine Extraportion Salat hin, was meiner Meinung nach ein verdeckt aggressives Verhalten war.

»Es macht mir Spaß, sie zu verwöhnen«, sagte Eulalie leichthin. Dass sie mich verwöhnt, ist etwas, woran wir beide große Freude haben.

»Im Gegensatz zu Granny Gwen glaubt Eulalie nicht, dass Geschenke immer etwas mit einem schlechten Gewissen zu tun haben«, sagte mein Vater, der Eulalie wahnsinnig bewunderte.

Jeder bewunderte Eulalie, sogar Mum, die eigentlich widersprüchliche Gefühle haben müsste.

»Schlechte Gebisse?«, fragte Eulalie verdutzt. »Was soll das heißen?«

»Ein schlechtes Gewissen«, wiederholte Dad.

»Gewissen? Ich verstehe nicht.«

»Elektra, wie sagt man ›Gewissen‹ auf Französisch?«

»Was fragst du mich? Mum, was heißt ›Gewissen‹ auf Französisch?«

Meine Mutter zuckte nur mit den Schultern.

Was Sprachen anging, waren meine Eltern also auch nicht besonders begabt. Und ein schlechtes Gewissen pantomimisch darzustellen, ist echt schwer. Aber Eulalie war es auch gar nicht so wichtig, ein neues Wort zu lernen, und sie fing an, von etwas ganz anderem zu reden. Und zwar von ihrem schillernden Leben und den Partys, die sie in letzter Zeit mit Schauspielern auf schicken Jachten gefeiert hatte. Und wie so oft war das, was sie erzählte, ein bisschen ungehörig. In ihrer Welt waren übermäßiger Champagnergenuss, Partys rund um die Uhr und Liebesaffären ganz harmlose Vergnügungen.

»Ehrlich, Eulalie, ich kann nicht glauben, dass ******* [ich nenne den Namen der Schauspielerin nicht, weil ich sonst verklagt werde] tatsächlich so etwas mit ****** [bekannter Schauspieler, dasselbe Problem] gemacht hat!« Meine Mutter gab dieses missbilligende »Ts« von sich (was sie richtig gut konnte).

»Glaub mir, Julia, es ist wahr«, sagte Eulalie und machte eine Kunstpause. »Ich war dabei.«

Wenn Eulalie echt dabei gewesen war, als ******* und ****** das gemacht hatten, was sie erzählt hatte, dann war die Geschichte sogar noch unglaublicher. Ich wusste, dass Eulalie ein kleines Problem mit der Wahrheit hatte (das wussten wir alle), aber es war nicht auszuschließen, dass an der Geschichte etwas dran war.

»Jeder weiß, dass er der Vater von mindestens zweien ihrer Kinder ist«, fuhr Eulalie fort.

»Und ich weiß, dass das nicht stimmt.« Mum klang sehr sicher.

»Warst du auch dabei?«, fragte ich sie. Sie gab mir keine Antwort und bestrafte mich einfach mit noch mehr Salat.

»Nach dem dritten Baby hat sie sich neue Brüste machen lassen und nach dem dritten Ehemann ein neues Gesicht.«

»Das glaube ich sofort«, sagte Mum.

»Ich muss es sehen«, sagte Eulalie, und es dauerte einen Moment, bis wir begriffen, dass sie meinen Vertrag meinte und nicht die Schönheitsoperationen der Schauspielerin.

Ich trug das Dokument feierlich zum Tisch wie ein Hohepriester, der kostbare Opfergaben zum Altar bringt.

»Talent-Vermittlungsvertrag …«, las Eulalie. »Das Talent bist du, ja?«

»Allerdings«, sagte ich und ignorierte meine Eltern, die sich ansahen und die Augen verdrehten. Eulalie nickte, als wäre es selbstverständlich, mich so zu bezeichnen.

»Hiermit ermächtige ich die Agentur Haden, Verträge für meine künstlerische Tätigkeit in den Bereichen Film, Fernsehen, Bühne, Radio, Modeln …« Eulalie stutzte. »Modeln?« Da war sogar sie überrascht.

»Das ist eine Generalklausel«, erklärte ich. Ich wusste nicht genau, was das bedeutete, aber es war wohl ziemlich klar, dass ich nicht so bald auf den Laufsteg geschickt werden würde.

»Du musst ihnen *zwanzig* Prozent von die ganze Geld abgeben, das du verdienst?«

»Tja, entweder achtzig Prozent von etwas oder hundert Prozent von nichts«, sagte ich. Ich war zwar neu im Geschäft, aber ich war nicht dumm.

»Könnte auch auf achtzig Prozent von nichts hinauslaufen«, sagte Mum. »Stella hat uns eindeutig zu verstehen gegeben, dass Elektra vielleicht gar keine Rollen bekommt oder zumindest nicht in nächster Zeit.«

Eulalie zuckte mit den Schultern, als wäre diese Möglichkeit absolut unwahrscheinlich. »Du musst positiv denken, dann klappt es auch. Schließ die Augen, Elektra, und stell dir vor, du schlüpfst in deine Traumrolle.«

Ich kam mir ein bisschen blöd vor, aber Eulalie zuliebe tat ich, was sie gesagt hatte (so sah ich wenigstens nicht, was für Gesichter meine Eltern machten).

»Und jetzt beschreib doch mal, was du siehst«, sagte Eulalie wie eine Hypnosetherapeutin.

Was ich wirklich sah, war entweder nichts, wenn ich die Augen richtig fest zumachte, oder das Grinsen meines Vaters, wenn ich sie nicht fest genug zumachte. Und es fiel mir auch schwer, mich zu konzentrieren, weil Digby unter dem Tisch an meinem Bein leckte.

»Äh, Jeanne d'Arc?«, sagte ich. Ich weiß nicht, woher die Idee kam, aber die Rolle war auf jeden Fall großartig (bis auf die grauenhafte Frisur). Es war ganz schön schwierig. Eins von den hübschen, gemeinen Mädchen in *Die Girls von St. Trinian*? (Oder ein nettes, aber langweiliges Mädchen, das umgestylt wird und auf einmal total gut aussieht?) Irgendeine Figur aus *Doctor Who*? (Nur keinen Dalek, da würde ich Platzangst kriegen.) Aber mit keiner dieser Rollen konnte Eulalia etwas anfangen.

»Nein, Julia«, korrigierte ich mich, weil ich davon wirklich schon geträumt hatte. Ich öffnete die Augen. »Hat jemand von euch schon mal von einem Schauspieler namens Gregory Peck gehört?«

Es war, als hätte ich gefragt, ob jemand schon mal vom Papst, von Napoleon oder der Königin von England gehört hatte. Die Empörung über meine Unwissenheit war groß.

»Gut, wir werden uns also zuerst *Ein Herz und eine Krone* von 1953 ansehen, und *dann* wir gehen zu Harrods«, sagte Eulalie, als sie die Sprache wiedergefunden hatte.

Nebenan klingelte Dads Telefon. »Ist bestimmt was Berufliches«, meinte er. »Ich rufe später zurück.«

»Was baust du denn zurzeit, Bertie?«, fragte Eulalie.

Wir hatten es inzwischen aufgegeben, ihr zu erklären, dass Dad eigentlich nichts *baute*. Und ja, er wurde Bertie genannt. Das war das Kreuz, das er zu tragen hatte.

»Nicht genug, um ehrlich zu sein. Es ist momentan ziemlich ruhig. Zu ruhig. Ich kann mich nur bis zu einem gewissen Maß für Küchenerweiterungen begeistern.«

Mein Vater begeisterte sich normalerweise für Sachen wie geradlinige Profile und gebürstete Metallverkleidungen (nein, ich weiß auch nicht, was das ist).

»Nun, du kannst jederzeit vorbeikommen und mir helfen, meine *boiseries* herzurichten.«

Ich hatte keinen blassen Schimmer, wovon Eulalie redete, aber sie flirtete ganz ohne Frage. Sie flirtet mit jedem: mit Männern, Frauen, Kindern und Hunden.

»Ich weiß nicht, was *boiseries* sind, Eulalie, aber es wäre mir ein Vergnügen.«

Unfassbar! Er flirtete zurück.

Manchmal konnte ich mich über meine Familie nur wundern.

Moss tauchte auf, als Eulalie ging – was einerseits schade war, weil sie sich sehr gern mochten, andererseits aber gut, weil sie sonst jahrelang über Mode und Schuhe geredet hätten und ich mich ausgeschlossen gefühlt hätte. Wir schnappten uns Digby und eine Packung Kekse mit Vanillecreme und gingen nach oben in mein Zimmer, um alles in Ruhe zu bequatschen.

Mein chaotisches Zimmer ist hübsch, aber es ist auch sehr kalt dort. Ich mag es so (die Kälte – zu dem Chaos habe ich eine neutrale Einstellung, weil es einfach da ist), aber weil Moss anfing zu zittern, krochen wir (einschließlich Digby) unter die Decke.

»Und was kommt als Nächstes?«, fragte Moss.

Ich sah sie verständnislos an. »Ich weiß nicht. Warten, nehme ich mal an.«

»Was haben sie denn gesagt, was als Nächstes kommt?«

»Ich schätze, die rufen mich an, wenn sie etwas haben, das für mich geeignet ist.«

»Dann verlier bloß nicht wieder dein Handy!«

Ich wollte schon protestieren, aber im Grunde hatte sie recht. Ich verbummelte mein Handy ständig. »Die rufen wahrscheinlich eh meine Mutter an. Bis ich sechzehn bin, brauche ich sogar ihre Erlaubnis, wenn ich nur zu einem Casting gehe.«

»Ich werde die Erlaubnis meiner Mutter für *alles* brauchen, bis ich mindestens einundzwanzig bin.«

»Für alles?«

»Ja, für alles.«

»Hm, das wird aber peinlich.«

Moss stöhnte und stopfte sich einen ganzen Keks in den Mund.

»Willst du mein Porträt sehen?«, fragte ich.

»Oh ja!«

Ich holte es auf das Display. »Was meinst du?«

Sie nahm mein Handy und unterzog das Foto einer genauen, kritischen Prüfung, wie es sich gehörte. »Wow ... Das bist du, und gleichzeitig bist du es nicht. Das ist so 'ne Art verbesserte Version von dir.«

»Danke ... glaube ich.«

»Das musst du als Facebook-Profilbild nehmen.«

»Auf keinen Fall! Es ist zu ... perfekt.« Ich meinte natürlich das Foto, nicht das, was darauf abgebildet war.

»Flissy hat sich jedenfalls für ihr Profilbild extra fotografieren lassen.«

Aber natürlich! Flissy ließ sich auch die Haare föhnen und ging mit Smokey Eyes in die Schule. »Ich will Flissy keine Konkurrenz machen.« Mädchen, die nicht zu ihrer Clique gehörten, durften nicht allzu schönheitsbewusst sein. Dagegen hatte Flissy was.

»Wie war der Fotograf?«

»Alt, ruhig, ziemlich cool. Trotzdem war es schwierig. Ich hatte totale Hemmungen.« Und meine Zähne waren mir plötzlich so bewusst gewesen. Letzten Endes musste ich einfach eine megaselbstbewusste Schauspielerin (ohne Zahnkomplexe) spielen, die Porträts von sich machen lässt.

»Es war doch nur ein Foto. So schlimm kann es nicht gewesen sein.«

»Du hast ja keine Ahnung! Es hat eine halbe Ewigkeit gedauert, bis das Ding im Kasten war.« Buchstäblich Stunden – Hut ab vor allen Models! Wenigstens hatte ich Kekse futtern können, während der Fotograf am Licht getüftelt hatte. »Aber jetzt weiß ich, wie es läuft.« Ich nahm Moss mein Handy wieder weg. »Komm, ich mache ein Porträt von dir. Zeig mir deine beste Pose … Kinn runter … Hals strecken, Süße!«

»Er hat ›Süße‹ zu dir gesagt?«

»Ja, aber es war nett und nicht eklig. Konzentrier dich! Augen zu mir … Und jetzt mach mal die Haare hoch … Nein, so nicht … Lass sie wieder runter …«

»Es liegt an meinen Ohren, oder? Die sehen auf Fotos immer blöd aus.«

Sie hatte wirklich große Ohren. »Es sind halt Ohren. Niemand hat Bilderbuchohren. Hör auf zu schmollen.«

»Ich schmolle nicht.«

»Tust du wohl. Das war gerade eine echte Flissy-Schnute. Komm schon, ich will das perfekte Foto. Gesicht etwas nach links … NICHT DU, DIGBY!« Er war plötzlich ins Bild gekommen. »Jetzt nach rechts, Moss … Entspann dein Gesicht.«

»Und wie soll das gehen?«

»Weiß ich nicht, aber der Fotograf hat es total oft zu mir gesagt. Versuch, beim Ausatmen zu schnauben wie ein Pferd, und lass die Lippen flattern – das war auch so ein heißer Tipp von ihm.« Das war zu viel für Moss. Sie wieherte vor Lachen. Das *perfekte* Foto bekam ich nicht, dafür aber ein paar ziemlich witzige.

»Hast du eigentlich Bammel vor Castings? Also davor, Sachen vor Leuten zu machen?«, fragte Moss, als wir uns wieder eingekriegt hatten.

Ich überlegte. »Nee. Ich meine, wahrscheinlich werde ich aufgeregt sein, aber es ist ja noch nicht so weit, und es bringt nichts, wenn ich mich jetzt schon verrückt mache.«

»Ich könnte das nicht.«

Moss hatte in der siebten Klasse bei unserer Aufführung von »Alice im Wunderland« als Greif ein extrem traumatisches Erlebnis gehabt, und ich glaubte nicht, dass sie jemals wieder eine Bühne betreten würde.

»Aber es gibt doch bestimmt Sachen, die du nicht tun würdest.«

»Zum Beispiel?«

»Keine Ahnung. Nackt vor der Kamera stehen? Werbespots für Tampons?«

Über so was hatte ich noch gar nicht nachgedacht. »Hm, ich weiß nicht. Nacktaufnahmen wohl eher nicht.«

»Stell dir vor, du bist splitternackt auf einer zehn Meter hohen Leinwand zu sehen. In Hochauflösung! Und im Publikum sitzen Leute, die du kennst. Würde dir das nichts ausmachen?«

»Doch!« Ziemlich viel sogar.

»Was ist mit Horrorfilmen?«

»Ich denke, das wäre okay für mich.«

»Im Ernst, Elektra? Du kannst nicht mal *Doctor Who* gucken, ohne dich an mir oder Digby festzuklammern.«

Das stimmte allerdings. Genau genommen gab es eine ganze Menge Dinge, die ich nicht machen würde. Das beunruhigte mich, und wenn ich beunruhigt war, dann machte ich Listen. Mein Zimmer war zwar unordentlich, aber im Kopf hatte ich gern Ordnung. Ich suchte mir etwas, worauf ich schreiben konnte (die Rückseite eines Briefs von der Schule, in dem es um die Anmeldung zu Mannschaftssportarten ging und den ich »vergessen« hatte abzugeben) und einen Stift (genau genommen einen Eyeliner, aber weil ich ihn sowieso nicht vernünftig auftragen konnte, konnte ich ihn ruhig anderweitig verwenden). »Jetzt brauche ich noch eine Unterlage.«

»Nimm Digby«, schlug Moss vor und wuchtete ihn von ihrer Seite des Betts auf meine.

»Nein, der hält nicht still, solange es noch Krümel im Bett gibt, die er aufsaugen kann. Ich nehme ein Kissen.«

Was nicht infrage kommt

1. Drehbücher mit Szenen, in denen man halb oder ganz nackt sein muss. (Nicht aus moralischen Gründen, sondern eher wegen der von

Moss erwähnten Hochauflösung. Und vielleicht überlege ich mir das noch mal, wenn ich Brüste bekomme.)

2. Alles, was über Küssen hinausgeht. (Auch das hatte nichts mit Moral zu tun, und ich nahm mir vor, diesen Punkt regelmäßig zu überdenken.)
3. Drehbücher mit jemandem in der männlichen Hauptrolle, der so alt ist, dass er mein Vater sein könnte. (Es wirft ein schlechtes Licht auf die Leute, die Filme machen, dass ich auch diesen Punkt vielleicht irgendwann, in *ferner* Zukunft, noch mal überdenken muss.)
4. Jegliche Werbung für Damen-Hygieneartikel (erst recht, wenn Sport drin vorkommt), Inkontinenzprodukte, Mittel gegen Kopfläuse, Warzenentferner, Anti-Pickel-Cremes und alles Medizinische, was mit untenrum zu tun hat.
5. Rollen in Horrorfilmen.
6. Rollen, bei denen man mit echten Spinnen zu tun hat, mit großen oder kleinen, Haus- oder Amazonasspinnen und giftigen oder pflanzenfressenden.
7. Rollen, die mit Ungeziefer zu tun haben. (Einschließlich Käfern – Marienkäfer ausgenommen –, Raupen, Larven und Maden jeder Art, also im Prinzip allem, was sich kringelt.)
8. Rollen, die mit Schlangen aller Art zu tun haben; mit harmlosen Schlangen, Giftschlangen

usw. (Schlangen sind grundsätzlich übel. Auf meiner persönlichen Liste der schlimmen Dinge standen sie ganz weit oben. Auf Amphibien war ich auch nicht gut zu sprechen, aber die Liste wird allmählich ziemlich lang, und ich will sachlich bleiben.)

9. Rollen, die mit Höhe zu tun haben, womit ich natürlich alles meine, was höher ist als ich.
10. Rollen, die mit Gesangs- oder Tanzeinlagen verbunden sind. (Hat eher mit nicht können zu tun als mit nicht wollen – was auch für Punkt 2 gelten könnte.)

»Digby!«, rief mein Vater unten an der Treppe.

Digby stellte zwar die Ohren auf, aber die Nähe zu den Keksen war ihm wichtiger, und er blieb, wo er war.

»Komm schon, Junge! Komm runter und guck dir das Spiel mit mir an!« Dad bettelte regelrecht.

Digby zeigte keine besondere Begeisterung. Ich stieß ihn mit dem Fuß an. »Geh schon, Digby, du willst doch den Anstoß nicht verpassen!« Es gehörte zu Digbys Pflichten als Lieblingskind, dass er sich jedes Spiel von Chelsea mit meinem Vater ansehen musste (selbstverständlich vom Sofa aus). Dad sagte immer, es sei wichtig für ihre Beziehung. Gut, so kann man das gemeinsame Fußballgucken mit einem älteren Hund natürlich auch betrachten …

Moss (die das alles schon kannte, weil sie oft genug bei mir war) kletterte aus dem Bett und lockte ihn aus dem Zimmer. »Du brauchst auch eine Liste für Sachen, die du privat niemals machen würdest«, sagte sie, als sie zurückkam und wieder unter die Decke schlüpfte.

»Was meinst du damit?«

»Na ja, so ziemlich alles, was Lindsay Lohan macht. Und du darfst keine Fotos in der Cloud speichern.«

»Ich glaube nicht, dass sich jemand für meine Fotos interessiert.«

»Jetzt noch nicht, aber vielleicht später.«

»Du meinst also, eines Tages hackt jemand meinen Account? Was kann er schon groß weiterverbreiten? Das Foto von uns beiden in Weihnachtspullis vor Starbucks?«

Zugegeben, das wäre eigentlich schon ziemlich peinlich.

Von: Stella, Agentur Haden

Datum: 19. November 15:24

An: Julia James

Cc: Charlotte, Agentur Haden

Betreff: Re: Elektra

Anhänge: Spotlight_Zugangsinfo.doc

Liebe Julia,

vielen Dank für die Zusendung von Elektras Porträt. Es ist perfekt! Und ja, es ist gut, dass der Pickel digital entfernt wurde. Wir stellen Elektra jetzt bei Spotlight rein. Ihre PIN ist im Anhang, falls sie ihren Eintrag sehen möchte.

Es tut mir leid, dass ich Ihren Anruf verpasst habe. Wir fangen sofort an, Elektra für Jobs vorzuschlagen, aber ich muss Sie beide darauf hinweisen, dass es bei uns in der Vorweihnachtszeit eher ruhig zugeht (vergessen Sie nicht, uns über Ihre Ferienpläne zu informieren!) und dass es eine Weile dauern kann, bis Sie von uns hören. Das ist sicherlich schwierig nach der ganzen Aufregung um den Vertrag, aber der beste Rat, den ich Elektra (und Ihnen) geben kann, ist, einfach ganz normal mit dem Leben weiterzumachen.

Ich möchte nochmals betonen, wie sehr wir uns freuen, Elektra an Bord zu haben!

Herzliche Grüße

Stella

★

KAPITEL 5

»Zwischen den beiden Figuren muss die Chemie stimmen, und ich denke, bei uns hat alles auf Anhieb gepasst.«

Hailee Steinfeld
(über den Probedreh mit Douglas Booth)

Lust auf Schokodrops?

Ich kannte die Nummer nicht und sah mich suchend im Raum um.

Wer futterte Retro-Schokolade, statt sich auf die Aufgabe »als ein Tier, zu dem man eine spirituelle Verbindung hat, in den Supermarkt gehen« zu konzentrieren (eine der anspruchsvolleren Übungen im ACT).

Archie Mortimer.

Wahnsinn!

Schokolade angeboten zu bekommen, ist natürlich immer gut, aber von Archie nahm ich sie besonders gern an. Vielleicht ergab sich ja etwas, womit ich arbeiten konnte (und außerdem hatte ich Schokoladenhunger).

Jaaaaaaa! Damit wollte ich Begeisterung ausdrücken, keine Verzweiflung.

Dann fang ...

Das hätte ich gern getan, nur gehörte ich leider nicht zu den Mädchen, die Drops mit dem Mund auffangen können und dabei gut aussehen. Korrektur: Ich gehörte nicht zu den Mädchen, die fangen können. Punkt. Und mir fiel einfach keine witzige Antwort ein, die das Problem erklärte, ohne dass ich lahm rüberkam.

Geht nicht.

Vielleicht fand er meine Kurzantwort ja geheimnisvoll.

Dann musst du herkommen.

Wow, vielversprechend.

Geht nicht.

Mir fiel immer noch nichts Witziges ein.

Gut, ich reiche sie durch.

Ich guckte zu Archie rüber, um ihm mein bezauberndes, geheimnisvolles Halblächeln zuzuwerfen (das ich für genau solche Momente vor dem Spiegel geübt hatte), aber er schaute nicht in meine Richtung. Und auf sein Handy schaute er auch nicht. Wie es aussah, war er ziemlich vertieft in Jays Darstellung. Der mimte ein Nashorn, das Schwierigkeiten bei der Benutzung einer Selbstbedienungskasse hatte.

Unauffällig musterte ich die anderen Teilnehmer.

Daisy knabberte auch Schokodrops.

Es gab zwei Möglichkeiten: a) Archie hatte Daisy ebenfalls mit Drops versorgt, oder b) die Drops gehörten Daisy, und ich hatte mit ihr geflirtet (oder es zumindest versucht).

Weil Daisy gerade ihr Handy checkte und mir einfiel, dass Archie meine Nummer nicht hatte, war b) wohl am wahrscheinlichsten, aber a) gefiel mir auch nicht. Es konnte der Schokobeweis dafür sein, dass Archie auf Daisy stand und/oder Daisy auf Archie.

Ich hätte es mir denken können. Archie war Archie, und ich schätze, alle Mädchen und mindestens zwei von den Jungs standen auf ihn, und von Daisy waren wir mehr oder weniger alle hingerissen. Schokolade mit Daisy zu teilen war also eigentlich okay – es war nur ein klassischer Fall von enttäuschter Erwartung.

Jetzt sah ich auch, dass die Schokodrops tatsächlich von ihr und nicht von Archie kamen. Ich konnte ihren Weg verfolgen: Lizzy (langweilig, gut in Akzenten), Issam (nett, lustig), Maria (keine Ahnung, hab noch nie mit ihr geredet), Christian (großmäuliger, lauter Angeber mit schlimmer Akne) und »Big« Brian.

Ich konnte »Big« Brian nicht ausstehen. Ich mochte ihn sogar noch weniger als Christian (und das wollte schon was heißen). Brian war sechzehn, sah aber aus wie acht, weil er so klein war. Er war voll aggressiv, leider sehr begabt und extrem von sich eingenommen. Er war dazu bestimmt, (zu kurz geratene) Schlägertypen zu spielen und Jungen, die Schmetterlingen mit den Zähnen die Flügel ausreißen. Trotz seiner geringen Körpergröße würde er Erfolg haben, denn kleine Schauspieler haben in Hollywood Tradition: Tom Cruise, der sagt, er sei eins siebzig (na klar), Mark Wahlberg, der eins dreiundsiebzig angibt (wirklich?), Daniel Radcliffe mit eins fünfundsechzig (aber höchstens). Gute Nachrichten für kleine Schauspielerinnen, gute Nachrichten für Daisy, schlechte Nachrichten für mich.

»He.« Brian tippte mich an. »Ich hab hier was für dich!« Er hielt die kleine lila Tüte hoch. »Hol sie dir!« Er wedelte mit der Tüte über meinem Kopf, was unmöglich gewesen wäre, wenn er sich nicht auf eine Bank gestellt hätte. Es war ziemlich demütigend, aber für Schokolade muss man sich halt anstrengen.

»Ups, wieder verfehlt. Und noch mal!«

Er quälte mich ungefähr so, wie ich Digby früher mit Leckerlis gequält hatte – bis ich aus dem Alter raus war, in dem man Spaß daran hat, dusselige Tiere zu piesacken.

»Zu langsam. Sorry!« Brian schüttete sich den Inhalt der Tüte in den Mund. Das überraschte mich nicht, es war nur eine weitere enttäuschte Erwartung.

»Elektra, Brian! Ich weiß nicht, was ihr da treibt, aber es wäre mir lieber, wenn ihr nach dem Kurs damit weitermacht!« Au Mann, jetzt hatten wir Lens verärgert, und dazu gehörte schon einiges.

Archie zog die Augenbrauen hoch und grinste mich an. Na großartig. Jetzt dachte er, ich würde mich freiwillig mit Big Brian abgeben. Und ich verlor Statuspunkte.

»Elektra, du bist als Nächste dran«, sagte Lens. »Mit welchem Tier fühlst du dich seelisch verbunden?«

Ich hätte ernsthaft darüber nachdenken sollen, statt mich ablenken zu lassen. »Äh … mit einem Galago«, sagte ich hastig. Ich mochte die kleinen Tiere halt, die auch »Buschbabys« genannt werden. Und ich hatte den Verdacht, dass ich ziemlich dumm aus der Wäsche guckte.

»Prima! Dann zeig uns dein Buschbaby im Supermarkt.«

Ich bereute meine Entscheidung, bevor ich aufgestanden war. Ich wusste gar nicht genau, wie Buschbabys aussahen, nur dass sie große Augen hatten. Ich wusste nicht, wie ihre Körper beschaffen waren und wie sie sich bewegten. Ich wusste nicht, wie sie sich verhielten und welche Gewohnheiten sie hatten. Ich hätte mich für ein Erdmännchen entscheiden sollen! Mit Erdmännchen kannte ich mich aus (zumindest mit denen in dem Versicherungswerbespot im Fernsehen). Alle sahen mich an. Voll der Druck.

»Motivation!«, forderte Lens.

Ich übertrug meinen Schokoladenhunger auf mein gestaltloses, stummes Buschbaby.

»Hast du schon angefangen?«, fragte Lens ein paar Minuten später.

Natürlich hatte ich schon angefangen, aber ich war offensichtlich nicht so überzeugend, dass Steven Spielberg vor Begeisterung auf die Knie gefallen wäre. Das Gefühl fehlte. Was hatte mein Buschbaby bisher erlebt? Es war vielleicht schlimm traumatisiert. Womöglich hatte es seine Eltern und seine zwei kleinen Schwestern bei einem tragischen Verkehrsunfall verloren. Oder auch nicht. Wie sollte ich mich ohne diese wichtigen Informationen in das Buschbaby hineinversetzen?

»Komm, Elektra. Beweg dich, mach es instinktiv, zeig Neugier, zeig Angst – und man darf nicht merken, dass du nachdenkst.« Lens war aufgesprungen. Ich glaube, was ich zu sehen bekam, war *seine* »Buschbaby im Supermarkt«-Version, aber sicher war ich nicht.

Lens wurde dafür bezahlt.

Ich fand es unheimlich witzig, aber das konnte ich niemandem sagen.

Daisy kam zu mir, als ich nach dem Schauspielkurs meine Jacke holte und mein Handy suchte. Sie umarmte mich. »Wir sind bei derselben Agentur! Stella hat es mir erzählt. Ich freue mich so für dich!«

»Oh, danke.« Ich sah mich um, ob jemand in Hörweite war. Archie und Issam waren in der Nähe, aber sie lachten so sehr über irgendetwas, dass sie es bestimmt nicht mitbekommen hatten.

»Willst du es niemandem sagen?«, fragte Daisy.

»Also, ich habe es Lens gesagt, und ich freue mich auch total darüber, aber ich will es nicht an die große Glocke hängen. Wahrscheinlich kriege ich eh keine Rollen.« Seit wir den Vertrag zurückgeschickt hatten, waren ein paar Wochen vergangen, und wir hatten noch nichts gehört. Absolute Funkstille. »Und falls ich jemals eine Rolle kriege, erfahren es die anderen früh genug.«

Sie nickte verständnisvoll. »Aber du wirst schon Rollen bekommen. Stella ist großartig. Und wirklich nett.«

»Ein bisschen respekteinflößend.«

»Japp, aber sie ist nett. Charlie auch. Hör mal, wenn du irgendwas wissen willst, frag mich einfach. Aber jetzt muss ich los, meine Oma holt mich ab.«

Ich bedankte mich bei ihr (auch für die Schokodrops, die zur Feier des Tages gedacht gewesen waren – ein weiterer Grund, warum sie nicht in Brians Bauch hätten landen dürfen). Und wo war jetzt mein Handy? Die anderen waren schon fast alle gegangen. Lens klimperte mit seinem Schlüsselbund, um dem Rest von uns zu verstehen zu geben, dass er nach Hause wollte, auch wenn er uns noch so lieb hatte.

»Bis die Tage, Elektra«, sagte Archie auf dem Weg nach draußen, und ich winkte ihm verlegen zu, weil … na ja, weil ich so unheimlich cool bin.

Mitten aus einem Haufen Requisiten in der Ecke hörte ich auf einmal Gebell. Ich war nicht mal in der Nähe dieser Requisiten gewesen.

Mein Handy verstieß gegen die Gesetze der Physik.

KAPITEL 6

»Ich wurde von meinen Lehrern gemobbt … Unglaublich, oder? Die Mathelehrerin hat mir eine Sechs verpasst, weil sie meinte, ich lächele zu viel. Dabei bin ich gut in Mathe! Ich glaube, die fanden es einfach komisch, dass ich Schauspielerin werden wollte.«

Chloe Moretz

»Und mit ›bis die Tage‹ hat er vielleicht gemeint, dass er sich gern mit dir verabreden würde.« Moss und ich warteten nach einem besonders anstrengenden Mittwoch am Schultor, und sie analysierte meinen großartigen »Austausch« mit Archie. »Er könnte gemeint haben, dass es schön wäre, wenn ihr euch die Tage mal treffen könntet.«

Ich sah sie nur ungläubig an und verdrehte die Augen.

»Du bist auf seinem Facebook-Titelbild. Dann muss er ja auf dich stehen!«

Vielleicht hatte ich mich da ein bisschen zu ungenau ausgedrückt. »Wir sind alle auf seinem Titelbild. Der ganze Kurs.«

Ich nahm mein Handy aus der Tasche und zeigte ihr das Bild. Ich war nur ein winziges Pixel in einem großen Gruppenfoto. Daisy war viel besser zu sehen als ich. Sogar Brian war weiter vorn.

»Deine Beine sehen gut aus«, meinte Moss, um wenigstens etwas dazu zu sagen.

»Man kann doch nur eins erkennen.« Es war so kalt, dass bei jeder Äußerung kleine weiße Dampfwölkchen aus unseren Mündern kamen.

»Nein, alle beide …« Sie sah genauer hin. »Oh, tschuldigung, ich glaube, das andere ist gar nicht deins.«

»Nein, es ist Issams Bein.« Die Verwechslung war wenig schmeichelhaft, aber ich muss sagen, ich war wirklich schwer zu erkennen, und es gab eine Menge Arme und Beine auf dem Foto.

»Du wirst mich umbringen.«

»Was hast du gemacht, Moss?«, fragte ich, obwohl ich das ungute Gefühl hatte, dass ich ganz genau wusste, was sie getan hatte, weil sie mein Handy in der Hand hielt. »Oh Gott, du hast auf ›Gefällt mir‹ geklickt!«

»Genau genommen hast *du* das gemacht. Es ist dein Handy. Tut mir leid, war keine Absicht!«

Keine Absicht, von wegen! »Jetzt hält er mich für eine seltsame Stalkerin.« Ich verlor die Nerven.

»Bist du ja auch.«

Echt krass.

»Hör mal, es wird ihm doch gar nicht auffallen.«

»Es *wird* ihm auffallen. Es wird jedem auffallen!«

»Dann mach es wieder rückgängig«, sagte sie.

»Habe ich schon, aber es ist wahrscheinlich zu spät.« Jetzt hatte ich nicht nur Angst davor, dass er dachte, dass ich sein Foto gelikt hatte, sondern auch davor, dass er dachte, dass ich es wieder entlikt hatte. Ich würde also einen sonderbaren, verzweifelten *und* unentschlossenen Eindruck machen.

»Aber du musst ihm irgendwie zu verstehen geben, dass du an ihm interessiert bist. Wie soll er es denn sonst merken? Es ist ja nicht so, als würdest du ›Komm und sprich mit mir‹-Schwingungen aussenden.«

»Und ob!«

»Ich mag dich, Elektra, aber du kannst ganz schön schnippisch und sarkastisch sein und wirkst nicht gerade umgänglich.«

Sie klang wie meine Mutter. Und mein Vater. Und noch ein paar andere Leute.

»Also, letzte Woche hat Archie mich in seinen männlichen Armen gehalten.«

»*Waaaas?*«

»Nur weil wir Partner beim Vertrauensspiel waren.«

»Was ist das? Kann ich das auch mit Archie spielen?«

»Man stellt sich paarweise auf, und dann muss man die Augen zumachen und sich nach hinten fallen lassen und darauf vertrauen, dass der andere einen auffängt. Und nein, kannst du nicht.« Die Sache konnte übel schiefgehen, aber bei uns war alles gut gegangen, und seitdem war dieses Spiel meine absolute Lieblingsvertrauensübung.

»Hat es irgendwie … geknistert?«

»Nicht so richtig. Aber manchmal habe ich das Gefühl, dass er mich beobachtet.«

»Das ist eindeutig ein gutes Zeichen. Er ist wahrscheinlich von dir fasziniert.«

»Oder ich bin so von ihm fasziniert, dass ich die ganze Zeit beobachte, wohin er guckt.«

Moss verzog das Gesicht. Es war immerhin möglich.

Genau genommen war es die Wahrheit.

»Fang doch mit dem Rauchen an. Dann kannst du in der Pause mit ihm rausgehen und ihm näherkommen.« Moss bewegte die Augenbrauen auf eine Art und Weise, die ich sehr verstörend fand. »So hat Aba es beim Cello-Kurs mit Rob gemacht.«

»Japp, das kann ich mir lebhaft vorstellen! Nur glaube ich, dass Archie nicht raucht … Und Pausen haben wir auch keine … Und ich fange doch nicht wegen eines Jungen an zu rauchen! Mir wird schon von dem Gestank übel, und ich müsste wahrscheinlich brechen, was nicht so cool wäre … Und meine Mutter würde mich umbringen.«

»Alles gute Argumente. War wohl nicht meine beste Idee?«

»Eher nicht. Ach, wahrscheinlich hat er sowieso eine Freundin«, sagte ich, während ich meine Haare auf Spliss untersuchte.

»Glaube ich nicht. Die meisten Jungs haben keine. Jedenfalls nicht, wenn sie die Mädchen einfach so haben können – ohne sich zu binden.« Moss las jede Menge Ratgeber, aber für unser Leben hatte uns das noch nicht viel gebracht. »Vielleicht kommt er ja zum Neujahrstreffen. Hältst du es so lange aus?«

Das Neujahrstreffen war eine Party, die alljährlich von der Eltern-Lehrer-Vereinigung für unsere Jahrgangsstufe und die höheren organisiert wurde und zu der die Jungen von St. John's eingeladen (verdonnert) wurden. St. John's war die benachbarte Jungenschule. Die Party fand erst nach den Weihnachtsferien statt, und dass wir jetzt schon darüber redeten, war ein Beweis für unser erbärmliches gesellschaftliches Leben. Aber es gab nur diese eine Ausnahme von der strengen »Keine Jungs«-Regel unserer Schule. (Gut, abgesehen von einem Vorfall, als ein Mädchen aus der Oberstufe ihren Freund in die Umkleide geschmuggelt hatte, aber dazu hatte uns niemand etwas Genaueres gesagt – und es würde NIE WIEDER vorkommen.)

»Wie soll Archie denn bitte zu der Party kommen? Er ist doch gar nicht auf der St. John's.«

Moss zuckte mit den Schultern. »Wahrscheinlich besser so.«

Ja, wahrscheinlich. Der Ort der Veranstaltung war nämlich die Turnhalle.

Und in Turnhallen hatte ich noch nichts Gutes erlebt.

»Elektra!« Ich drehte mich um und sah meine Mutter auf das Tor zukommen. Sie winkte wie verrückt mit einer Haarbürste, um meine Aufmerksamkeit auf sich zu ziehen. Als wäre es möglich gewesen, sie nicht zu bemerken! Ich war sicher, dass man sie bis ins Lehrerzimmer hören konnte.

»Oh, seht mal, Elektras Mama ist da, um sie mit ihrem kleinen Auto abzuholen. Total süß«, sagte Flissy, während sie mit ihrem iPhone ein Taxi bestellte, Lipgloss auftrug und mich voll in Verlegenheit brachte. Beeindruckendes Multitasking. Aber sobald meine Mutter in Hörweite war, startete Flissy die Charmeoffensive. »Hallo, Mrs Jones!«

»James«, korrigierte ich, aber sie ignorierten mich alle beide. Moss machte hinter Flissys Rücken die Finger-in-den-Hals-Geste. Ich liebte Moss!

»Eine hübsche Tasche haben Sie da.« Flissy sprach buchstäblich von oben herab mit meiner (recht kleinen) Mutter, die sich meiner Meinung nach etwas zu sehr über das (zweifelhafte) Kompliment freute. Ihr war nicht aufgefallen, dass Flissy die neuere, schickere Version der Tasche am Arm trug.

»Ich hoffe, Elektra ist nicht allzu traurig.« Was redete sie da? Flissy hatte einen merkwürdigen Ausdruck im Gesicht. Ich glaube, es sollte Mitgefühl sein, aber damit kannte sie sich offensichtlich nicht aus.

»Traurig? Elektra, was ist passiert?«

»Nichts«, sagte ich und versuchte, meine Mutter in Richtung Auto zu schieben (das eine ganz normale Größe hatte).

»Wegen des Bio-Tests? Oh, sie hat Ihnen ihre Note nicht gesagt? Peinlich! Tut mir leid, Elektra!« Ja, klar, es tat ihr bestimmt *unheimlich* leid. »Ich hätte an deiner Stelle auch nichts gesagt – um meiner Mum keinen Kummer zu machen.« Flissy lächelte zuckersüß. »Ich muss los, mein Taxi ist da. War schön, mit Ihnen zu reden, Mrs Jones.«

Auf der einen Seite hatte Flissy die Handtasche meiner Mutter gelobt und die Wahrheit gesagt. Aber auf der anderen war sie ein hinterhältiges Biest.

Ich umarmte Moss zum Abschied und zerrte meine Mutter vom Tor weg, um zu verhindern, dass sie noch mal angesprochen wurde oder womöglich selbst irgendjemanden ansprach. Zum Glück war sie mit den Gedanken woanders.

»Liebes! Deine Agentin hat angerufen!«, rief sie im Auto.

Gott sei Dank hatte sie das nicht vor Flissy gesagt.

»Und?« Ich versuchte, nicht aufgeregt zu klingen, aber ich weiß nicht, ob es mir gelang.

»Du hast einen Vorsprechtermin! Sicherheitsgurt, bitte!«

»Wofür? Was? Echt? Wann?«, brabbelte ich und schnallte mich an.

»Nun, in ungefähr …« Sie schaute auf ihre Uhr, während sie im Rückwärtsgang gefährlich schnell aus der Parklücke fuhr. »Fünfzig Minuten.«

So hatte ich mir das nicht vorgestellt. Ich war noch gar nicht bereit, zu einem Casting zu gehen, und jetzt sollte ich einfach so ins kalte Wasser springen. Eigentlich brauchte ich Zeit, um mich vorzubereiten: schauspielerisch (ich hatte Lens bitten wollen, mir vor jedem Casting Einzelunterricht zu geben), optisch (ich hatte einen Pickel in der linken Augenbraue) und emotional (ich war alles andere als gechillt).

»Muss ich irgendeinen Text können?«, fragte ich und warf einen Blick auf meine Uhr, aber vor lauter Aufregung konnte ich kaum die Zahlen erkennen.

»Nein«, sagte meine Mutter und hätte fast meinen Mathelehrer umgefahren (eine verpasste Chance). »Mach dir keine Sorgen. Stella hat mich über alles informiert, was du wissen musst. Sie suchen ein totes Mädchen – also, um genau zu sein, eine gute Schauspielerin, die glaubhaft ein totes Mädchen darstellen kann.« Offensichtlich wiederholte sie Wort für Wort, was Stella gesagt hatte.

»Ein totes Mädchen? Kann ja nicht so schwer sein.« Ich war enttäuscht. Das hörte sich erst mal nicht so an, als hätte die Rolle viel Potenzial.

»Nun, Stella sagte, sie suchen eine überzeugende Schauspielerin.«

»Sie wollte nur was Nettes sagen. Vielleicht habe ich den Termin nur gekriegt, weil sie denkt, dass ich nicht mehr kann, als mich tot zu stellen.«

Meine Mutter musterte mich prüfend.

»Guck auf die Straße, Mum, sonst bin ich gleich wirklich tot!«

Sie sagte nichts und gab mir einen Abdeckstift.

Wenn ich so darüber nachdachte (und da mir nur noch fünfundzwanzig Minuten blieben), brauchte man vielleicht doch ein gewisses Können, um ein totes Mädchen glaubhaft darzustellen. Ich meine, wie sehen tote Mädchen überhaupt aus?

Wie sehen tote Mädchen aus? Es war ein Notfall, also fragte ich Moss.

?????

Casting!!!!!

Oh. Mein. Gott.

Und dann: **Wie tot?**

»Wie tot bin ich?«, fragte ich meine Mutter.

»Wie meinst du das?«

»Na ja, habe ich gerade meinen letzten Atemzug getan, oder bin ich praktisch schon am Verwesen? Habe ich blaue Lippen, oder fallen die Maden über mich her?«

Meine Mutter schüttelte sich. »Das weiß ich nicht, Elektra. Stella hat nur ›tot‹ gesagt.«

»Und du hast nicht nachgehakt?«

»Sie klang beschäftigt.«

Ich weiß nicht, wie tot ich bin, schrieb ich Moss und hätte gern ein Emoticon für Verzweiflung gehabt (das gab es wahrscheinlich, aber nicht auf meinem uralten Handy).

Ich meine, woran bist du gestorben? Krankheit? Messerstich? Gift? Kopfschuss? Oder Schlaf? Moss war voll bei der Sache.

»Mum, hast du sie gefragt, wie ich gestorben bin?«, fragte ich und überlegte, wie man an Schlaf sterben konnte.

Sie schüttelte den Kopf. Sie war anscheinend gar nicht auf die Idee gekommen, irgendetwas Nützliches rauszukriegen.

Mosssss, voll der Albtraum. Ich weiß nicht, woran ich gestorben bin.

Denke, das ist schon wichtig. Ob uns Google-Bilder weiterhelfen?

Japp, da hatte sie recht. Es war davon auszugehen, dass ein totes Mädchen, dem Gewalt angetan worden war, anders aussah, als ein Mädchen, das einfach friedlich eingeschlafen war. Vielleicht ging es um einen historischen Film, und ich war von der Schwindsucht dahingerafft worden – oder wovon auch immer man so in historischen Filmen dahingerafft wurde. Vielleicht war ich auch ein Geist – dann hätte die Rolle allerdings Potenzial. Cool, aber unwahrscheinlich.

Google-Bilder von toten Mädchen sind ekelhaft und nicht sehr hilfreich. Verlass dich einfach auf dein Gefühl. Du wirst eine schöne Leiche sein!

Werde ich nicht. Ich hab die Schuluniform noch an. ☹

Darauf hatte nicht mal Moss eine aufmunternde Antwort.

»Mum, haben wir noch genug Zeit, um nach Hause zu fahren, damit ich mich umziehen kann?«

»Wir haben kaum genug Zeit, um pünktlich anzukommen. Keine Sorge! Stella hat gesagt, die Schuluniform sei perfekt.«

»Aber sie ist *lila*! Ich kann nicht in Lila sterben.« Ich war bereit, mein Bestes zu geben, auch unter diesen schwierigen Umständen, aber wie gut konnte ich schon in lila Polyester sein?

»Die Farbe betont deine Augen«, sagte (log) Mum, aber ich konnte mich einfach nicht damit abfinden, wie eine Aubergine auszusehen. Außerdem war mir mein Rock mindestens drei Nummern zu groß (extra so gekauft, damit ich ihn möglichst lange tragen kann). Ich war eine tragische, deprimierte, nervöse Aubergine mit schlammbraunen Augen. Vielleicht würde ich ja vor Scham sterben.

Ich versuchte, Lens anzurufen, erreichte ihn aber nicht. Dann versuchte ich es bei Daisy ... Nein, sie ging auch nicht ran. Sie war doch wohl nicht meine Konkurrentin? Sie wäre eine wunderschöne Leiche. Eulalie bekam ich auch nicht ans Telefon. Ich brauchte sie dringend! Sie musste mir sagen, wie *super* und *sensationnelle* und *craquante* ich war.

Was ich jetzt nicht haben musste, war meine stressige Mutter an meiner Seite.

★ KAPITEL 7

»Geh in dem Bewusstsein zu jedem Casting, dass alle gleich sind, und lass dich nicht schlecht behandeln.«

Romola Garai

Das Casting fand irgendwo in Soho statt, dem Vergnügungsviertel im Zentrum von London, und normalerweise wäre ich von den vielen Schwulen- und Lesbenbars und Sex-Shops fasziniert gewesen. (*Was* oder *wer* verbarg sich hinter diesen merkwürdigen Perlenvorhängen? Wollte ich das überhaupt wissen? Ja!) Aber ich war so beschäftigt damit, mich aufzuregen, weil wir zu spät dran waren und weil ich nicht wusste, wie ich eine Leiche spielen sollte, dass mir ganz egal war, wo wir waren. Freie Parkplätze gab es natürlich keine, und wir ließen das Auto schließlich im eingeschränkten Halteverbot stehen. Meine Mutter fing an, mich sauber zu machen, als wäre ich ein Kleinkind, und rubbelte mit einem spuckefeuchten Taschentuch Tintenflecke von meinen Armen, während wir zu der Adresse hetzten, die Stella ihr gegeben hatte.

Ich hatte ein schickes, modernes Medienbüro erwartet mit einer Bildschirmwand im Empfangsbereich und diesen Retro-Colaflaschen, die wie Ausstellungsobjekte in einer Reihe aufgestellt wurden, doch es waren nur ein paar gemietete Räume in einem alten, heruntergekommenen Gebäude.

Ein computergeschriebener Zettel war mit Tesa an der Tür befestigt:

CASTING FÜR GREENLIGHT-PROJEKT 2

ZWEITE ETAGE

Wir hätten auch ohne diesen Hinweis gewusst, dass wir richtig waren, denn als wir reingingen, kamen zwei Mädchen in Schuluniform aus der Tür, die ungefähr so alt waren wie ich. Sie sahen mich an, und ich sah sie an: kurzer Check der Konkurrenz (und natürlich sahen ihre Uniformen besser aus als meine).

Auf dem Weg nach oben war sogar meine Mutter still. Wir kamen in einen engen Flur, in dem ein blasser junger Mann vor einer geschlossenen Tür Wache stand. Er trug einen fliederfarbenen Pashmina-Schal.

»Name?«, fragte er so lasch, als wäre er selbst dem Tod nahe.

»Elek–«, begann meine Mutter.

»Elektra James«, sagte ich schnell. Ich kannte schließlich meinen Namen.

Der Pashmina-Mann hakte mich auf seiner Liste ab, ohne aufzusehen, und deutete den Flur runter. »Erste Tür rechts.

Bitte dort Platz nehmen. Es dauert noch einen kleinen Moment.«

In dem winzigen, stickigen Warteraum saßen sechs weitere Bewerberinnen für die Rolle des toten Schulmädchens auf harten Holzstühlen. Daisy war nicht dabei (zum Glück). Ich war allein, Stellas einzige Hoffnung. Es war wie im Wartezimmer beim Zahnarzt, nur ohne den komischen Geruch (gut) und die Klatschmagazine (schlecht). Fünf Mädchen waren in Begleitung von nervös aussehenden Frauen da (ihre Mütter, schätze ich mal), und ein Mädchen hatte einen noch gestresster aussehenden Mann dabei (eindeutig der Vater – sie sahen praktisch gleich aus). Eine weitere Mutter ging am Fenster auf und ab.

Alle Mädchen trugen eine Schuluniform. Eins hatte einen richtigen St.-Trinian-Look. Falls ein schlampiges totes Schulmädchen gesucht wurde, bekam es die Rolle auf jeden Fall. Man sah auf den ersten Blick, welche Mädchen schon öfter bei Castings gewesen waren: Sie hatten etwas zum Lesen mitgebracht. Ein besonders cooles Mädchen strickte. Es trug eine schlichte schwarz-weiße Uniform, die wie die Indie-Version eines Chanel-Kostüms aussah.

Mum fing an, allen Hallo zu sagen, aber eine andere Mutter zeigte auf ein großes Schild an der Wand, auf dem in fetten roten Buchstaben **ABSOLUTE RUHE BITTE! AUFNAHME!** stand, und Mum (die sich grundsätzlich an jedes Schild hielt) verstummte verlegen.

Ich war sehr froh darüber.

Aus dem »kleinen Moment«, den ich laut dem Pashmina-Mann warten musste, wurden Stunden. So kam es mir jedenfalls vor. Ungefähr alle zehn Minuten kam ein niedergeschlagenes oder strahlendes Mädchen herein, sammelte seine Begleitperson ein und dampfte ab. Jeweils fünf Minuten später kam der Pashmina-Mann mit seinem Clipboard und flüsterte den nächsten Namen, woraufhin ein Mädchen aufstand und ihm folgte.

Ich versuchte, so zu gucken, als würde ich ihnen viel Glück wünschen, obwohl ich es tief im Inneren nicht tat, was eigentlich logisch war, oder?

Ich wurde als Letzte aufgerufen. Mittlerweile hatte ich den *Evening Standard*, eine kostenlose Londoner Tageszeitung, die jemand hatte liegen lassen, drei Mal gelesen, mein Handy-Akku hatte schlappgemacht, und ich befand mich in einem merkwürdigen Zustand zwischen voll nervös und extrem gelangweilt. Mir war sogar schon der Gedanke gekommen, dass es gut gewesen wäre, wenn ich meine Physik-Hausaufgaben mitgebracht hätte (das Ohmsche Gesetz, das nicht so entspannend ist, wie es klingt. Om ...).

Ich folgte dem Pashmina-Mann und ignorierte meine Mutter, die hastig in ihrer Handtasche nach der Haarbürste kramte. Ich zitterte ein bisschen und musste aufs Klo, obwohl ich vor lauter Aufregung schon hundertmal da gewesen war.

Der Casting-Raum war wirklich klein. Zwei Frauen saßen hinter einem Schreibtisch. Eine von ihnen guckte sich Aufnahmen auf einem Camcorder an. Sie sahen ein bisschen müde aus, und es roch nach Schinkensandwiches. Ich weiß nicht genau, was ich erwartet hatte, aber das auf jeden Fall nicht.

Die ältere der beiden Frauen lächelte mich freundlich an. »Hallo, komm rein. Du bist Elektra James?«

Ich nickte, und sie hakte meinen Namen auf einer deprimierend langen Liste ab.

»Ich bin Lily, und das ist Anna.« Hat dein Agent …« Sie schaute auf ihre Liste. »Oh, ja, Stella Haden – hat Stella dir die Rolle erklärt?«

»Also, ich weiß, dass es um ein totes Schulmädchen geht. Um welche Art von ›tot‹ weiß ich aber nicht. Ich meine, ich weiß nicht, wie es gestorben ist.«

»Oh, darüber musst du dir jetzt noch keine Sorgen machen. Wir sind erst ganz am Anfang.« Lily kam anscheinend nicht auf den Gedanken, dass ich mir weniger Sorgen gemacht hätte, wenn ich wenigstens eine ungefähre Vorstellung davon gehabt hätte, was meine Aufgabe war.

»Ich habe auch keinen Text gelernt oder so.«

»Klar, ist ja auch eine stumme Rolle.«

Aha. Sie lachten, und ich wurde rot, und weil sie nett sein wollten, taten sie so, als hätten sie nur gehustet.

»Okay, dann wollen wir dich zuerst mal erfassen«, sagte Lily.

Ich sah sie verständnislos an.

Sie gab mir eine große weiße Plastikkarte. Am unteren Rand stand *Tödliche Gefahr* (was wohl der Name des Projekts war) und Greenlight (der Name der Produktionsfirma, wie ich inzwischen wusste) und 3. Dezember.

»Hier!« Sie reichte mir einen schwarzen Filzstift. »Schreib deinen Namen auf die Karte, halt sie vor dich, und wir machen ein Foto. Stell dich bitte dort vor die weiße Wand. Nein, nicht vors Gesicht halten! Es geht ja darum, dass wir *sehen* können, wer du bist. Ja, so ist es gut. Jetzt dreh dich bitte einmal nach links … und einmal nach rechts … Perfekt!«

Die Bilder, die ihre Kollegin Anna von mir machte, sahen aus wie Polizeifotos von einer Verbrecherin.

Als sie fertig war, beschlich mich das ungute Gefühl, dass ich meinen Namen vielleicht falsch geschrieben hatte. Ich war irgendwie nicht ganz klar im Kopf.

Das war so ziemlich alles gewesen, was ich tun musste. Danach fotografierten sie mich noch aus allen möglichen Perspektiven und maßen meine Körpergröße. Warum eigentlich? Ich würde tot sein und vermutlich auf dem Boden liegen – da konnte ich mich sicherlich ein bisschen kleiner machen, wenn es nötig war.

Weniger als fünf Minuten später war ich wieder draußen und holte meine Mutter ab.

Sie legte los, noch bevor wir den Raum verlassen hatten.

»Wie war es, Liebes?«

Voll peinlich.

Ich legte den Zeigefinger an die Lippen und machte mein »Sag jetzt nichts«-Gesicht, aber sie war sehr erfahren darin, solche Hinweise zu ignorieren. Auf dem Weg nach unten kamen wir an dem Pashmina-Mann vorbei.

»Vielen Dank dafür, dass Sie Elektra eingeladen haben!«, flötete sie (laut). »Eine *sehr* aufregende Erfahrung für sie. Wir warten also jetzt einfach, dass wir etwas hören, nicht wahr?«

*Ober*peinlich.

Der Pashmina-Mann sah sie ausdruckslos an. Er hatte offensichtlich vergessen, wer wir waren. Auch gut.

Ich zog Mum die Treppe runter und nach draußen auf die Straße. Es war kalt und dunkel, aber es roch verführerisch nach Kaffee und Kuchen. Der Duft, der aus dem Café nebenan kam, war richtig köstlich: Zimt und Schokolade *und* Vanille. Ich hatte Hunger, aber ich sah ein paar von den »toten Schulmädchen« mit ihren Müttern dort sitzen. Und weil ich mich nicht darauf verlassen konnte, dass Mum leise blieb und die anderen nicht ansprach, ging ich mit ihr direkt zum Auto. Wir hatten einen Strafzettel bekommen – natürlich.

»Dann erzähl mal, was da drin passiert ist«, sagte Mum und steckte den Strafzettel achtlos in die Tasche. Es beeindruckte mich, dass sie nicht ausrastete oder mir die Schuld dafür gab (womit sie streng genommen nicht ganz unrecht gehabt hätte).

Ich zuckte mit den Schultern. »Nicht viel.«

»Was musstest du machen?«

»Eigentlich gar nichts.« Was für uns beide enttäuschend war.

»Na, *irgendwas* muss doch passiert sein. Was haben sie zu dir gesagt?« Sie hasst es, wenn ich ihr Sachen nicht sage. Das ist echt ein Problem – sie muss unbedingt lernen loszulassen.

Nach dem Einsteigen schloss ich natürlich als Erstes mein Handy an das Ladegerät an und checkte meine ungelesenen Nachrichten.

Bleib ruhig, lächle und tu, was sie sagen (Daisy, der Profi).

Genieß es einfach, es ist eine gute Erfahrung (Lens, der Lehrer).

Du wirst FANTASTIQUE sein! (Danach kamen eine Menge nicht unbedingt passende Emoticons, von denen die Hälfte nicht auf meinem Display angezeigt wurde – Eulalie hatte ein neues iPhone und war offensichtlich ins Teenager-Alter zurückgefallen, da sie alle möglichen Apps runterlud.) **Wie könnten sie dich nicht lieben? Du bist DU.** (Das war jetzt ziemlich französisch und existenziell.)

Keine Panik! Habe viele Bilder von toten Mädchen in Schuluniformen gefunden. Sogar in lilanen. Oh je, Moss würde wahrscheinlich jahrelang unter Albträumen leiden, und ich würde die Rolle nicht mal bekommen.

Ich scrollte weiter. Fünfzehn andere Nachrichten, in denen so ziemlich das Gleiche stand: dass es *großartig* laufen würde, dass ich es *großartig* machen würde und so weiter (und mein Vater hatte noch irgendwas geschickt, das eigentlich nur ein schlechter Witz über Kühe war).

Aber mir ging es alles andere als großartig. Es ist einfach deprimierend, wenn man Ratschläge liest, *nachdem* man etwas getan hat, und ziemlich sicher ist, dass man keinen befolgt hat.

»Elektra, würdest du dein Handy bitte fünf Minuten weglegen und mit mir reden?« So schnell ließ meine Mutter nicht locker.

»Ich verheimliche dir nichts«, sagte ich (was ausnahmsweise mal stimmte). »Es ist wirklich nicht viel passiert. Die haben mich sozusagen beguckt und vermessen und Fotos gemacht.«

»Das war's? Im Ernst? Sie haben nicht gesagt, was als Nächstes passiert?«

»Nein, das war's.«

Was keine von uns besonders ermutigend fand.

»Und wie war das mit dem Bio-Test?«

Großartig. Es würde eine *sehr* lange Heimfahrt werden.

Von: Stella, Agentur Haden

Datum: 11. Dezember 11:25

An: Julia James

Cc: Charlotte, Agentur Haden

Betreff: Projekt Straker (Arbeitstitel)

Anhänge: Casting-Briefing.doc, Szenen.doc

Liebe Julia,

kann Elektra am Mittwoch, dem 17. Dezember, um 17 Uhr zu einem Termin mit Janey (Besetzungsleiterin von Suited Casting) ins Spotlight-Büro (Leicester Place 7, WC2 London) kommen?

Es geht um eine große Rolle in einem Film mit dem Arbeitstitel *STRAKER,* und es sollen ein paar Szenen (im Anhang) probegedreht werden.
Ich sage Ihnen gleich, dass sich das Casting-Team viele Mädchen ansieht, aber was auch passiert, es ist auf jeden Fall eine fantastische Erfahrung für Elektra.

Ich habe das Casting-Briefing angehängt, das uns geschickt wurde, und die Szenen, damit Sie alle Informationen haben – aber bitte beachten Sie, dass dieses Projekt topsecret ist. Lassen Sie mich bitte schnellstmöglich wissen, ob Elektra den Termin wahrnehmen kann. Und darf ich Sie beide daran erinnern, dass die Regel Nummer eins für Castings lautet, pünktlich da zu sein? (Zu früh kommen kann nicht schaden!)

Herzliche Grüße

Stella

PS: Großes Lob an Elektra, nachdem sie letzten Mittwoch ihr erstes Casting für das Projekt Tödliche Gefahr von Greenlight absolviert hat. Ich melde mich, wenn wir etwas hören. ☺

Anhang: *Casting-Briefing*

STRAKER (Arbeitstitel) ist ein temporeiches Action-Drama, das im postapokalyptischen Europa spielt. Straker und ihre Familie, alle psychisch traumatisiert durch die entsetzlichen Ereignisse, die ihre Welt erschüttert haben, müssen gegen den Stamm der Warri kämpfen, die einzigen anderen Überlebenden.

Produktionsdaten

Produktionstermine:	Bestätigung folgt
Gesellschaft:	Panda Productions/Universal
Regisseur:	Sergei Havelski
Casting:	Suited Casting Ltd
Location:	Bestätigung folgt, aber geplant sind London, Nordirland und Ungarn
Honorarkategorie:	vergütet

Rollenbeschreibung

Straker, weiblich, Spielalter um die fünfzehn, hellhäutig, Akzent: britische Standardaussprache/neutral.

Hübsch, schlank, lange Haare, mit unschuldigem Gesichtsausdruck, der über ihre *innere und körperliche Stärke* hinwegtäuscht (bitte kein Make-up beim Casting).
Diese Figur hat mehrere Schlüsselszenen mit Dialog, und wir suchen eine fähige junge Schauspielerin, die diese Rolle ausfüllen kann.

Alle Informationen zu diesem Projekt sind zum gegenwärtigen Zeitpunkt streng vertraulich. Die Rollenbeschreibung, die Zusammenfassung und die Szenen im Anhang dürfen unter keinen Umständen an Dritte weitergegeben werden.

KAPITEL 8

»Ich könnte mich in der Wildnis ernähren, ich würde Insekten essen … Ich kann für mich sorgen.«

Tom Cruise

»Dad und ich, wir gehen aus«, sagte meine Mutter so begeistert, wie ich selbst höchstens den Gewinn des Nobelpreises verkündet hätte (oder dass ich die Jeans, die ich unbedingt haben wollte, zum Schnäppchenpreis ergattert hatte). »Eulalie kommt vorbei, um mit dir zu chillen.«

»Hast du gerade ›chillen‹ gesagt? Nein, nicht antworten! Viel wichtiger ist, dass ich keinen Babysitter brauche.«

»Ich weiß, aber ich dachte, es würde dir Spaß machen.«

»Bist du sicher, dass du sie nicht bestellt hast, weil du Angst hast, dass a) ein Einbrecher ins Haus einsteigt und mich angreift, b) die Küche in Flammen aufgeht und ich c) mehr als hundert Freunde zu einer spontanen Hausparty einlade, bei der alles demoliert wird, was nicht vorher gestohlen oder verbrannt wurde, sobald ihr weg seid?«

»Was die ersten beiden angeht, ja.«

»Das ist ganz schön beleidigend.«

»Tut mir leid, Liebes. Aber sag mal, was soll ich anziehen?«

»Was habt ihr vor?«, fragte ich.

»Nur essen gehen, aber in einem feinen Restaurant.«

»Auf jeden Fall dein blaues Kleid und hohe Schuhe.«

»Darin kann ich nicht laufen.«

»Zieh sie trotzdem an«, sagte ich bestimmt.

Ihr Telefon klingelte.

»Oh, hallo, Stella!« Sie lauschte, und ich hielt die Luft an. »Oh, nein, ich glaube nicht.«

»Was?«, fragte ich lautlos.

»Sie ist gerade hier. Ich kann sie fragen.« Mum sah mich an. »Stella möchte wissen, ob du pantomimische Fähigkeiten hast. Du hast keine, nicht wahr?«

Nein, von Pantomime hatte ich echt keine Ahnung. »Was wird denn verlangt? Grundkenntnisse? Oder mehr?«

»Haben Sie das gehört, Stella? Warten Sie, ich stelle auf laut.«

»Die erwarten schon ein bisschen mehr.« Stellas Stimme klang blechern. »Es geht um eine europäische Gemeinschaftsproduktion, und die legen anscheinend großen Wert darauf.«

»Kann ich es lernen?«

»Nein, die Dreharbeiten sind schon nächste Woche. Das Mädchen, das gecastet wurde, hat sich den Arm gebrochen.«

Das war für Pantomime natürlich sehr hinderlich.

»Könnte ich vielleicht improvisieren?«, fragte ich.

Stella lachte. »Nein, Elektra, das kannst du nicht. Aber ich weiß deinen Enthusiasmus zu schätzen. Keine Sorge, es gibt noch viele andere Rollen für dich. Ich melde mich.« Und damit legte sie auf.

»Ach ja«, sagte Mum, »ich bin sowieso kein großer Fan von Pantomime.«

Ich auch nicht, aber das war nicht der Punkt.

»Komm, wir gehen noch schnell den *Straker*-Text zusammen durch, bevor ich mich umziehe.«

»Gut, dass du da bist, Eulalie. Du musst mir helfen!«, sagte ich, als ich ihr die Tür öffnete (Mum war schon perfekt gestylt abgerauscht, um sich mit Dad zu treffen).

»Natürlich helfe ich dir, Chérie« Eulalie stellte zwei große Tüten des Edelkaufhauses Selfridges ab und küsste mich auf beide Wangen (rechts, links, rechts, links). »Was ist der Problem?«

»Ich muss meinen Text für das *Straker*-Casting lernen. Mum macht mich wahnsinnig, weil sie dabei mit so einem komischen Akzent spricht und ständig rumhampelt.« Für jemanden, der kein Fan von Pantomime war, benutzte sie ziemlich viele Gebärden.

»Ich spreche auch mit einem komischen Akzent, aber ich verspreche, ich werde mich nicht bewegen.«

»Ja, aber es ist *dein* komischer Akzent. Der ist echt und nicht aufgesetzt. Soll ich dir einen Kaffee machen?«

»Das wäre schön! Kannst du mir vielleicht einen kleinen Espresso machen?«

»Ich glaube nicht«, sagte ich und schaute ratlos vom Wasserkessel zum Kaffeepulver.

Sie sah auf ihre Uhr. »Ein kleines Gläschen Wein?«

Das bekam ich hin. Ich schenkte ihr ein großes Glas ein, und wir machten es uns im Wohnzimmer gemütlich.

»Um was geht es überhaupt bei diesem *Straker?*«

»Viel weiß ich nicht, aber es ist irre aufregend. Im Wesentlichen geht es darum, dass der Weltuntergang unmittelbar bevorsteht, und Straker – das ist meine Rolle … also, die Rolle, die ich gerne hätte – ist total traumatisiert und so, und die Sache ist voll kompliziert. Sie ist in Jan verliebt, den Sohn des Oberhaupts der Warri, und die beiden sind praktisch verantwortlich für das Überleben der Menschheit oder so ähnlich.«

Eulalie war verwirrt, was ich gut verstehen konnte. »Mit der Wirklichkeit hat das nicht viel zu tun«, erklärte ich und gab ihr die Szene, die ich vorbereiten musste. »Lies mal!«

Szene 8: INNEN. In dem behelfsmäßigen Unterschlupf ist es feucht und kalt. Straker und Winona [Strakers Mutter] sitzen im Schneidersitz auf dem Lehmboden. Vor ihnen steht eine Schale. Straker zittert, sie hat Angst. Die Atmosphäre ist angespannt.

STRAKER

(erschaudert) Ich kann das nicht.

WINONA

Oh doch, du kannst. Du hast keine Wahl. Ich weiß, wie hungrig du bist.

STRAKER
Ich habe wirklich großen Hunger! *(Streckt die Hand nach der Schale aus und macht angeekelt einen Rückzieher.)*

WINONA
(grimmig) ISS sie!

STRAKER
Ich kann nicht. Sie … krabbeln!

WINONA
(Nimmt eine dicke weiße Made und steckt sie sich in den Mund) ISS die Maden, Straker. ISS sie einfach!

STRAKER
Das ist grausig.

WINONA
Nicht so grausig wie der Tod.

»Ich soll also diese grimmige Winona übernehmen?«

»Ja, bitte!«

Wir gingen die Szene ein paarmal durch. Ich konnte meinen Text auswendig, aber das war keine besondere Leistung, weil ich insgesamt nur siebzehn Wörter sagen musste und pausenlos übte, seit Stella den Text vor vier Tagen geschickt hatte.

»Was meinst du? Habe ich meinen Ekel überzeugend dargestellt?«, fragte ich. Eigentlich musste es geklappt haben. Ich hatte nämlich panische Angst vor Maden und wollte es nicht wahrhaben, dass ich mit ihnen performen musste (falls man überhaupt »mit« einer Made performen kann).

»Oh ja, sehr überzeugend«, sagte Eulalie. »Aber ich verstehe das nicht.«

»Was?«, fragte ich.

»Das mit den Maden«, sagte sie.

»Die müssen Maden und Insekten und so was essen, um zu überleben, weil es eine riesige Ökokatastrophe gab und sie praktisch die einzigen Überlebenden sind und es nichts zu essen gibt – also, keine Supermärkte oder so.«

»Das ist mir klar«, sagte sie. »Aber Insekten sind *délicieux*! Eine Delikatesse!«

»Nein, sind sie nicht«, erwiderte ich.

»Hast du schon mal welche gegessen?«

»Nein.« Natürlich nicht!

»Ah, dann hast du etwas verpasst, *Chérie*. Diese Maden schmecken nach Pilzen und haben eine nussige Note. Grillen sind knuspriger, wie kleine Garnelen mit Schale.«

»Woher weißt du das überhaupt?« Pilze und Nüsse waren auf jeden Fall nicht mein Ding.

»Es war einer von die romantischste Abende meines Lebens. Wir saßen unter klarem Sternenhimmel in einer Strandbar in Mexiko und aßen Insekten. Sebastian hatte mich eingeladen. Er war unglaublich attraktiv.«

Klar doch. Die Männer, die sie kennenlernte, sahen grundsätzlich gut aus. »Ich würde für niemanden Insekten essen«, sagte ich. Nicht mal für Archie (aber das sagte ich nicht laut).

»Nicht *für* einen Mann, *Chérie*, sondern *mit* einem Mann. Das ist etwas ganz anderes.«

»Trotzdem, ich verzichte.«

»Wollen wir schnell ein paar Rezepte googeln?«, schlug sie eifrig vor und holte ihr iPad aus der Tasche.

»Lieber nicht.« Ich wollte mir nicht Hunderte Google-Bilder von Insekten ansehen, ob sie nun gekocht waren oder nicht. »Ich darf gar nicht daran denken, dass Winona mir so eine ›Delikatesse‹ serviert, sonst vermassele ich die Szene total. Das ist keine mexikanische Verführung, sondern eine düstere, elendige, verkorkste Ess-Szene. Können wir es noch mal machen?«

»Perfekt«, sagte Eulalie, als wir fertig waren. »Und wie sieht es mit den Kostümen aus? Das ist bei Endzeitfilmen oft ein Problem: Die Kostüme sind nicht so hübsch.«

»Ich denke mal, wenn sie Maden essen, weil es da keine Supermärkte gibt, dann gibt es da wohl auch keine Klamottenläden«, sagte ich. »Machst du mir meine Französisch-Hausaufgaben?«

»*Bien sûr*, aber dann schenk mir bitte nach. Weißt du, Chérie, die französische Grammatik ist sehr, sehr nervenaufreibend.«

Ein fairer Handel, fand ich und ging in die Küche, um die Weinflasche zu holen. Als ich wieder ins Wohnzimmer kam, schüttelte Eulalie verärgert den Kopf. »*Non, non, non!* Das ist ja schrecklich!«

»Was?« War sie etwa über meine Vier in dem Test zum Subjonctif imparfait gestolpert?

»Die Text ist eine Katastrophe«, sagte sie und sah von meinem Arbeitsbuch auf. »Marianne ist im *supermarché* und kauft für ihre *maman* ein. Und hier steht, dass Marianne *quatre pommes* kauft. Das ist doch falsch! Sie hat *trois frères* und *deux soeurs*, also braucht sie viel mehr als nur *quatre pommes*.«

»Die Texte ergeben nie Sinn«, sagte ich. »Letzte Woche hatten wir eine ganze Seite über ›Spaß beim Babysitten‹, aber beim Babysitten hat eigentlich niemand Spaß.«

Mein Handy bellte. Es war Moss.

BuzzFeed hat gesprochen.

Und was hat BuzzFeed gesagt?

Dass ich innerhalb von drei Monaten eine tiefer gehende Beziehung haben werde.

Ja, klar.

BuzzFeed irrt sich nie.

Sie hatte eine Abbildung angehängt. Japp, ihr Testergebnis war ziemlich eindeutig.

Manchmal schon. Bei mir kam raus, ich wäre ein Ravenclaw, und ich bin natürlich ein Hufflepuff.

Stimmt, aber ich bin vorsichtig optimistisch. Was machst du gerade?

Französisch-Hausaufgaben mit Eulalie.

Du meinst, Eulalie macht deine Hausaufgaben?

Ja.

Würde sie meine auch machen? Die lange Übung zur Steigerung von Adverbien und Adjektiven auf Seite 79 im

Arbeitsbuch. Fängt (passenderweise) mit »Ich habe den schlechtesten Lehrer der Schule« an.

Wir waren nicht im selben Französischkurs, weil Moss ein weniger hoffnungsloser Fall war als ich. »Eulalie, würdest du auch die Hausaufgaben von Moss machen?«

»Natürlich, *Chérie*. Schenk mir nur noch ein kleines Extragläschen ein.«

Von: Charlotte, Agentur Haden

Datum: 19. Dezember 14:38

An: Julia James

Cc: Stella, Agentur Haden

Betreff: Re**:** Ferien und Update

Liebe Julia,

vielen Dank für die Zusendung von Elektras Ferienterminen. Und danke auch für Ihre Nachfrage wegen Straker (Arbeitstitel). Wir haben von dem Casting-Team noch nichts dazu gehört, auf wann der Casting-Termin verlegt wird. Wir melden uns, sobald wir etwas erfahren. So läuft es halt manchmal, daran lässt sich leider nichts ändern.

Von dem Casting-Team von Tödliche Gefahr haben wir eine Rückmeldung bekommen, aber sie haben sich bedauerlicherweise gegen Elektra entschieden. Trotzdem eine gute Erfahrung!

Da wir für die unmittelbare Zukunft nichts auf dem Tisch haben, was zu Elektra passen würde, wünschen wir Ihnen erholsame Weihnachtsferien. Und wir drücken die Daumen für ein aufregendes neues Jahr!

Liebe Grüße

Charlotte

⛄⛄⛄⛄⛄⛄⛄⛄⛄⛄⛄⛄⛄⛄⛄⛄⛄⛄⛄⛄

WARTEN

- Einzige Ablenkungen: Weihnachten und Silvester.
- Keine guten Partys (nicht mal schlechte).
- Castings: keine.

Von: Jonathan Tibble, stellv. Direktor, Berkeley Academy

Datum: 6. Januar 16:01

An: Eltern der Jahrgangsstufen 10, 11, 12, 13

Betreff: Neujahrstreffen mit der St. John's School am 9. Januar

Sehr geehrte Eltern,

ich hoffe, dass alle die Feiertage genossen haben und die Schülerinnen erholt und bereit für ein erfolgreiches neues Trimester sind.

Die Eltern-Lehrer-Vereinigung lädt zu dem diesjährigen Neujahrstreffen am Freitag, dem 9. Januar, ein. Ich möchte alle Schülerinnen zur Teilnahme ermuntern, denn gemischtgeschlechtliche freundschaftliche Veranstaltungen sind wichtig für die Entwicklung sozialer Kompetenzen. Zudem pflegen wir seit langer Zeit gute Beziehungen zur St. John's School. Gleichwohl möchte ich Sie bei dieser Gelegenheit daran erinnern (und Sie bitten, Ihre Töchter daran zu erinnern), dass wir erwarten, dass die Schülerinnen sich bei dem Treffen genauso anständig benehmen wie bei jeder anderen Schulveranstaltung. Ganz besonders möchte ich in diesem Zusammenhang auf die strengen Regeln der Berkeley Academy in Bezug auf Alkohol, Zigaretten usw. hinweisen (siehe Schulleitfaden). Ich bin zwar zuversichtlich, dass alles gut verläuft, stelle aber klar, dass schlechtes Benehmen Konsequenzen haben wird.

Mit freundlichen Grüßen

Mr Tibble

Berkeley Academy: erfolgreiche Mädchenschule seit 1964

KAPITEL 9

»Ich glaube, jeder andere geht auf mehr Partys als ich …«

Daniel Radcliffe

Moss lag bäuchlings auf dem Bett, beugte sich über die Kante und versuchte, mit dem Mund ein paar Maltesers-Schokokugeln aufzusaugen, die auf den Boden gefallen waren.

»Du siehst wie ein Stachelrochen aus.«

»Was? Wieso? Tragen Stachelrochen neonfarbene Beinstulpen? Oder ist es der blaue Lidschatten?« Moss war rübergekommen, und wir hatten uns für das Neujahrstreffen fertig gemacht. Das Motto der Party waren die Achtzigerjahre, was die Neonstulpen und den Lidschatten erklärte. Soweit man so einen Look überhaupt erklären konnte.

»Nein, weil sie Nahrung vom Meeresboden aufsaugen.«

»Wow, was für eine Allgemeinbildung!«

»Was soll ich sagen? Mein erstes Kinderlexikon leistet mir gute Dienste. Es sind übrigens noch genug Schokokugeln in der Packung, oder macht es dir Spaß, ihnen nachzujagen?«

»Ich mag Maltesers nur, wenn sie sich ein bisschen zieren. Sie kullern gern weg, aber das ist reine Taktik. Mmm …« Moss hatte endlich eine Kugel erwischt. Es war offensichtlich der Beginn einer wunderbaren Freundschaft.

»Übst du für heute Abend? Das Jagen meine ich, nicht das mit dem Stachelrochen.«

»Ich gebe die Hoffnung nicht auf. Außerdem langweile ich mich ein bisschen. Ich meine, in meinem Leben gibt es schließlich *keinen* Hollywood-Actionfilm.«

»Tja, schön wär's. Ich kriege diese *Straker*-Rolle garantiert nicht. Das geht schon aus dem Wort ›Action‹ hervor, das ist nicht gerade mein Ding.« Ich war ziemlich sicher, dass keiner meiner Sportlehrer mich für eine Rolle empfehlen würde, für die »körperliche Stärke« erforderlich war. »Außerdem hat Stella angerufen und Bescheid gesagt, dass das Casting noch mal verschoben wurde. Also wird es wohl eh nichts.«

»Es muss einfach was werden! Der Film hat alles: postapokalyptische erschütternde Ereignisse, Romantik, *Psychotrauma*!«

Ich hatte Moss natürlich von meinem »streng geheimen« Filmprojekt erzählt. In mehr als der Hälfte unserer Gespräche ging es um »geheime« Sachen (von denen ungefähr die Hälfte tatsächlich geheim war). Und ich hatte ihr nicht nur davon erzählt, ich hatte ihr auch die Szenen gezeigt und sie mit ihr geübt. Ich wäre eine schlechte Freundin gewesen, wenn ich ihr nicht den Versuch ermöglicht hätte, die Zeile »ISS die Maden, Straker. ISS sie einfach!« zu sagen, ohne eine Miene zu verziehen (sie hat es nicht geschafft).

»Also, wenn es was wird, dann auf jeden Fall ohne mich. Es ist eine große Rolle, und die geht bestimmt an eine, die sich mit der Materie auskennt. Und ansonsten läuft in Sachen Schauspielerei buchstäblich gar nichts.«

»Geht es dir auf die Nerven?«

»Was?«

»Das Warten.«

Ich zuckte mit den Schultern. Das Warten gehörte zum Geschäft, und ich wollte ganz gelassen damit umgehen. Aber ich war kein geduldiger Mensch. Überhaupt nicht. Noch nie gewesen.

»Wenn ihr gefahren werden wollt, dann beeilt euch!«, rief mein Vater von unten.

Wir liefen die Treppe runter, und als er uns sah, erstarrte er für einen Moment. Ich will mal davon ausgehen, dass er beeindruckt war. Na ja, irgendwas war er auf jeden Fall.

Mum kam aus der Küche, um uns zu begutachten. »Ich glaube, ich hatte mal genau den gleichen Rock«, sagte sie. Weil es sich bei diesem Rock um einen Ballon aus lindgrünem Taft handelte, in dem ich aussah wie halb Mädchen, halb Granny-Smith-Apfel, hoffte ich, dass sie nur Spaß gemacht hatte.

Die Turnhalle war mit Girlanden geschmückt. Ich glaube, die hässlichsten von ihnen waren aufgehängt worden, um das Achtziger-Thema zu unterstreichen, aber die ganz oben unter der Decke waren einfach von diversen Sportveranstaltungen übrig geblieben. Es war dunkel – eine kluge Entscheidung in Sachen Optik. Die meisten Mädchen hatten sich mit so viel Neon-Netzzeug und Lycra ausstaffiert, dass sie aussahen wie wandelnde Leuchtbojen. Die Jungs hatten sich nicht an das Party-Motto gehalten. (Außer einem, der orangefarbene Leggings trug. Mutig, aber unvorteilhaft. Er sah aus wie ein Biologie-Schaubild.)

Moss und ich gingen schnurstracks auf das Büfett zu, weil wir uns erst mal daran gewöhnen mussten, dass wir uns mit dem anderen Geschlecht in einem Raum aufhielten, aber hauptsächlich weil ... na ja, weil es da eben was zu essen gab.

»Oh mein Gott, die haben sogar diese bunten Party-Plätzchen!« Die hatte ich seit den Kindergeburtstagen in der zweiten Klasse nicht mehr gesehen, weshalb ich mich wie verrückt freute.

»Sollen wir uns einfach die Schüssel schnappen und verschwinden und sie zu Hause essen?«, schlug Moss vor.

Verlockend, aber besser nicht. Solche Partys gehörten zum Erwachsenwerden. Wir mussten wenigstens ein Mal dabei sein – schon um darüber ablästern zu können wie die Mädchen aus der Oberstufe.

»Das hier ist wie eine verkorkste moderne Version des Balls in Meryton in *Stolz und Vorurteil*«, sagte ich, während ich das Geschehen betrachtete. (Das Geschehen betrachten, das machen die Leute in den Romanen von Jane Austen ständig, und *Stolz und Vorurteil* hatten wir in Englisch besprochen.)

»Und das war eine unheimlich streberhafte Bemerkung«, sagte Moss. »Wie kommst du überhaupt darauf?«

»Erstens haben wir Mädchen uns schon seit Wochen darauf gefreut, weil wir sonst nie Jungs zu sehen kriegen. Zweitens sind mehr Mädchen aufgetaucht als Jungs, was die Mädchen voll nervt, die im Kampf um Aufmerksamkeit zu Rivalinnen werden. Drittens gibt es viele nach Geschlechtern getrennte Grüppchen, und hin und wieder ›flanieren‹ zwei Mädchen gemeinsam durch die Halle, um bessere Chancen zu haben, angesprochen zu werden. Viertens werden sich die Jungs alle darüber beschweren, was für eine lahme Veranstaltung es war, und die Mädchen werden noch monatelang darüber reden. Fünftens wird sich kein Vater dafür interessieren, wie es war, und sämtliche Mütter werden zu viele Fragen stellen.«

»Du hast recht. Wir sind echt mitten in einer historischen Liebeskomödie«, sagte Moss. »Wenn man mal von den Kostümen absieht.« Sie zog ihren lila Ballonrock hinunter, der ständig hochrutschte, dummerweise nur auf einer Seite. Ich gab ihr ein lila Party-Plätzchen als essbares Accessoire.

»Ich hatte vergessen, wie gut die sind. Als ich sieben war, habe ich sie nicht genug geschätzt. Sie sind so – *Würg*!« Moss zuckte entsetzt zusammen.

»Das war aber ein plötzlicher Meinungsumschwung.«

»Nein«, flüsterte Moss mir zu, »guck dir *das* mal an!«

Ich folgte ihrem Blick zu der Gymnastikbank in der Ecke gleich hinter dem Büfetttisch, auf der Flissy irgendeinen armen Wicht abknutschte. Der Anblick verleidete mir mein Party-Plätzchen (womöglich konnte ich wegen der Assoziation nie wieder eins essen). Wir starrten die beiden wie gebannt an. Es war so furchtbar, dass man gar nicht wegsehen konnte.

»Ist ja ekelhaft«, sagte Moss viel zu laut.

»Oh, hey, Mädels.« Flissy richtete sich stolz auf. Sie hatte nicht viel mehr an als einen stahlblauen Gymnastikanzug und eine glänzende fußlose Strumpfhose – wahrscheinlich hatte sie ihr Kostüm auf den Veranstaltungsort abgestimmt. Es kam selten vor, dass sie uns ansprach, aber jetzt hatte sie uns etwas Wichtiges mitzuteilen. »Das ist mein *fester* Freund James.«

»Wäre ja auch ein bisschen merkwürdig, wenn es irgendein anderer Typ wäre.«

»Was? Warum?«, fragte James, dem das intellektuelle Niveau des Gesprächs anscheinend erheblich zu schaffen machte.

»Weil ihr euch seit fünf Minuten in die Köpfe beißt.«

»Ach, schon viel länger!« Flissy grinste.

Der Vater, der als Vertreter der Eltern-Lehrer-Vereinigung für das Büfett zuständig war, fühlte sich sichtlich unwohl.

»Komm, lassen wir sie weitermachen«, sagte Moss, weil sie a) sowieso schon wieder dabei waren und es b) total deprimierend war.

Für die Musik sorgte einer der zahlreichen »DJs«, die St. John's zu bieten hatte. Viele Jungs waren bereit, sich um die Musik zu kümmern, wenn sie dafür eine erhöhte Bühne bekamen, auf der sie mit hochgegelten Haaren posieren konnten und die Mädchen auf der Tanzfläche im Auge hatten. Für den, der heute oben stand, ging die DJ-Masche eindeutig auf, denn Talia und drei andere Mädchen waren schon zu ihm raufgekommen.

Die Musik war richtig geil und tanzbar, und Moss und ich legten voll los. Wir fanden zwar Beachtung, aber ich war mir nicht sicher, ob es die richtige Art von Aufmerksamkeit war, denn mein Tanzstil ist nicht jedermanns Sache. Ich war mitten in einer kreativen Interpretation der Schlussszene von *Grease* (so würde ich es jedenfalls nennen, wenn ich gefragt würde), als Moss mich am Arm fasste.

»Elektra, den Jungen da kenne ich!«

»Was? Wo?« Ihre überschäumende Begeisterung ließ darauf schließen, dass ich ihn nicht kannte. Das war schon ein kleiner Durchbruch.

»Der ist neulich praktisch bei uns nebenan eingezogen.« Sie zeigte auf einen Jungen mit struppigen weißblonden Haaren, der an einer Säule lehnte und die Party wie eine Naturdoku verfolgte. Er sah gut aus, wenn man auf magere Typen im Künstler-Look stand. Was Moss offensichtlich tat. Aber da war sie nicht allein. Ein paar Mädchen auf der anderen Seite der Halle musterten ihn auch, während sie sich ungelenk zur Musik bewegten. Moss schaute giftig zu ihnen rüber. »Guck mal, wie Kasha und Melly ihn anglotzen. Wirkt etwas verzweifelt – die kennen ihn ja nicht mal.«

»Du hast mir gar nicht erzählt, dass du in der Junge-von-nebenan-Lotterie gewonnen hast!« Für mich standen die Chancen nicht so gut. Neben uns wohnte ein unverheirateter fünfundsechzigjähriger Buchhalter und gegenüber eine Frau mit sieben Katzen.

»Torr!«, rief Moss und winkte ein bisschen übertrieben.

Der Blonde sah sich suchend um.

»Torr!«, rief Moss noch mal und lief knallrot an. Verständlicherweise.

Als er sie entdeckte, grinste er.

»Oh. Mein. Gott. Er hat dieses sexy schiefe Grinsen«, flüsterte ich Moss zu. Wir hatten schon oft von diesem besonderen Grinsen gelesen, aber in echt hatten wir es noch nie gesehen (obwohl wir intensiv danach Ausschau gehalten hatten). Gut, dass dünne Künstlertypen nicht mein Fall waren: Moss und ich hatten uns versprochen, nie in Konkurrenz zu treten.

»Du heißt Moss, stimmt's? Wie geht's?« Er kam auf uns zu.

»Gut. Was machst du denn hier?« Moss kicherte – mehr wegen der glotzenden Mädchen als wegen Torr, hoffte ich.

»Ich bin neu an der St. John's School und nicht gerade freiwillig hier.«

»Ja, ich weiß, lahme Party, was?«

»Ich muss sagen, allmählich finde ich Gefallen an diesem Neon-Fischernetz-Look«, sagte ich.

Moss bohrte ihre Nägel in meinen Arm. »Ha, ha, lustig«, sagte sie, dabei hatte ich gar keinen Witz gemacht. »Torr, das ist Elektra.«

»Freut mich, Elektra.« Torr schenkte mir sein besonderes Spezialgrinsen.

»Wir sind ironischerweise freiwillig gekommen, aber das macht mich alles total fertig«, sagte Moss. Sie versuchte offensichtlich, die coole Fassade wieder aufzubauen, die die Party-Plätzchen und unsere schrottige Tanzeinlage zum Bröckeln gebracht hatten.

»Ja, kann ich verstehen. Das hier ist echt nicht meine Szene«, sagte er verächtlich.

»Was ist denn deine Szene?«

»Ich steh mehr auf Konzerte und so.«

»Oh ja, wir auch.« Moss nickte.

Das war gelogen. Wir waren noch nie auf einem Konzert gewesen.

»Ich geh mir mal was zu trinken holen. Wollt ihr auch was?«

»Ja, gern! Ich nehme, was du nimmst.« Ich will nicht lügen: Moss lächelte ganz schön gekünstelt.

»Da gibt es praktisch nur Saft.«

»Oh, ja dann.« Sie kicherte verlegen. »Saft ist gut.«

»Und du, Elektra?«

»Danke, ich will nichts.«

Er schlenderte zum Getränkestand, wo sich der ELV-Vater immer noch verzweifelt bemühte, die öffentlichen Liebesbekundungen von Flissy und James zu ignorieren. Er wusste nicht, wohin er sehen sollte.

»Menno, Elektra, ich habe mich total blöd angestellt«, jammerte Moss.

Das stimmte ein kleines bisschen. Und sie hatte mit einem merkwürdigen amerikanischen Akzent gesprochen und komische Sachen von sich gegeben, aber das wollte ich jetzt nicht erwähnen.

»Komm schon, Mossy, er hat total geflirtet. Und du auch.«

»Nein, habe ich nicht.«

»Oh doch, du Luder!«

»Okay, ja, ich habe es versucht, aber jämmerlich versagt. Das ist noch schlimmer. Was soll ich machen, wenn er mich fragt, auf welchen Konzerten wir waren?«

»Nur die Ruhe, dafür ist Google da. Wir sind doch Expertinnen für Last-Minute-Informationsbeschaffung.«

»Nicht zu fassen, dass ich wirklich gesagt habe: ›Ich nehme, was du nimmst‹!«

»Er fand's gut.«

»Er hat mich angeguckt, als wäre ich verrückt.«

Das stimmte leider. »Aber positiv verrückt. Er hat praktisch angeboten, dir ein Getränk zu spendieren. So fangen alle Liebeskomödien an.«

»Kostenloser Saft zählt nicht.«

Da war was dran. »Und wie sieht der Angriffsplan aus?«

»Ich weiß es nicht. Natürlich weiß ich es nicht. Woher soll ich es auch wissen?« Moss klang mit jedem Wort panischer.

»Ich verdrücke mich, damit ihr euch besser kennenlernen könnt.«

»Nein, Elektra, lass mich nicht allein! Ich schaffe das nicht.«

»Doch, du schaffst das. Du hast wirklich nicht schlecht geflirtet. Mach einfach so weiter. Am Ende des Abends bist du auf Flissys Level.«

»Ogottogott, kannst du nicht bleiben?«

»Ich gehe Jenny suchen und lasse euch zwei allein. Halt mich auf dem Laufenden, ja?«

Sie nickte nur – sie war voll in Panik.

»Komm doch später nach, du wirst uns schon finden. Dann kannst du mir alles erzählen.«

Sie nickte wieder. Torr steuerte mit zwei Bechern auf uns zu.

»Hab dich lieb. Viel Glück!«

KAPITEL 10

»Als ich klein war, konnte ich nicht begreifen, dass andere Kinder dachten, ich wäre tatsächlich Hermine und eine richtige Streberin. Es war niederschmetternd. Ich glaubte, es würde nie jemand auf mich stehen.«

Emma Watson

Am nächsten Morgen stand Moss vor der Tür, um mich mit Party-News zu versorgen, und ich revanchierte mich dafür, indem ich meine Mutter dazu überredete, Blaubeerpfannkuchen zu machen.

»Erzähl«, sagte ich, sobald ich es geschafft hatte, Mum aus dem Zimmer und außer Hörweite zu kriegen.

»Es ist nichts passiert.« Moss stocherte seufzend in ihrem Pfannkuchen rum.

»Was? Warum nicht? Es lief doch eigentlich ziemlich gut mit Torr.«

»Kann sein, aber weißt du, ich kenne ihn noch gar nicht richtig und so. Und er musste auch früh weg.«

»Wie ätzend ist das denn?«

»Ich weiß«, sagte sie so empört, als hätte er ihre Grundrechte verletzt. »Er musste zu irgendeinem blöden *Konzert*.«

Sie stocherte wieder in ihrem Pfannkuchen rum, der mit dem herausquellenden Blaubeersaft aussah, als wäre er in eine üble Messerstecherei geraten. »Ich habe euch gesucht, aber ihr wart verschwunden, und du bist nicht ans Telefon gegangen.«

»Tut mir leid. Ich habe es irgendwie beim George-Michael-Mitsingen verlegt, und dann hat mir der Junge, mit dem Maja da war, auf den Rock gekübelt. Ich musste abhauen und habe mich von meiner Mutter abholen lassen. Aber bis dahin war es ein ganz witziger Abend.«

Das Handy von Moss surrte.

»Es ist Torr, nicht wahr?« Das war eigentlich keine Frage. Ihr Lächeln war verräterisch.

»Viiielleicht.«

»Was schreibt er?«

»Hallo, Moss.« Sie las die Nachricht mit einem komischen Akzent vor. »Cool, dass wir uns gestern gesehen haben. Tut mir leid, dass ich nicht bleiben konnte. Wir sollten bald mal was machen.«

Ich war ganz schön stolz auf mich. Das war definitiv mein Verdienst! Ich würde die ganzen Lorbeeren kassieren, wenn eine richtige Beziehung daraus wurde.

»Aber was soll ich antworten? Warum drückt er sich so ungenau aus?«

»Tut er doch gar nicht. Er steht eindeutig auf dich.«

»Hilf mir, Elektra! Was soll ich schreiben?«

»Du fragst *mich* beim Thema Jungs um Rat?«

»Außer dir ist niemand hier.«

Richtig. »Äh, wie wäre es mit: ›Ja, war nett. Klingt gut.‹ Das musst du natürlich noch ein bisschen ausformulieren.« Das Formulieren ist eine heikle Angelegenheit. Weder Erwachsene noch Jungs haben eine Ahnung davon, wie viel Denkarbeit und subtile Botschaften in eine einfache Nachricht einfließen.

»Ja, gut, also ...« Moss starrte ungefähr zehn Minuten lang auf das Display. »Wie findest du: ›Ich fand's auch schön, dich zu sehen. Ich hab nächste Woche Zeit‹?«

»Perfekt! Schick ab!« Ich wollte noch sagen: »Nutz deine Chance!«, aber da rief Moss schon: »Das kann ich nicht abschicken! Es könnte ein großer Fehler sein.«

»Nein, es ist kein Fehler.« Meine weitreichenden Erfahrungen auf diesem Gebiet machten mich allem Anschein nach zu einer Expertin. »Mach einfach die Augen zu und drück auf Senden.«

»Abgeschickt! Oh Gott, es war garantiert ein Fehler!«

»Nein, war es nicht. Du willst dich doch mit ihm anfreunden?«

»Nein ... Ja ... Weiß nicht. Er ist nett und vielleicht der Richtige, um mal Sachen auszuprobieren.«

Aus irgendeinem Grund fanden wir beide das ziemlich witzig.

»Ihr braucht einen Paar-Namen.«

»Unbedingt. Mossorr?«

»Torross?«

»Das klingt zu sehr nach Stier. Aber wir sind beide Steinbock. Steinböcke sind einfühlsam und treu.«

Sie hatten über Sternzeichen geredet? Im Ernst? Das passte gar nicht zu Moss. Sie war anscheinend schwer verknallt.

»Wie wäre es dann mit … Toss?«

»Nicht Toss! *Bitte* nicht Toss!«

Ihr Handy surrte wieder. Wir erstarrten. Die Spannung war quasi greifbar.

»Aaah, er will sich mit mir treffen.« Moss hatte ein breites Grinsen im Gesicht, biss sich aber schnell auf die Unterlippe und unterdrückte es.

»Um was zu tun?«

»Nicht näher beschriebene Dinge«, sagte sie, und wir fingen wieder an zu kichern. Ich habe nie behauptet, dass wir reif und erwachsen sind …

»Na, dann nichts wie los!«

»Meine Mutter flippt aus, selbst wenn ich mich nur zum Kaffee verabrede. Du kennst sie ja«, sagte Moss.

Und ob ich sie kannte!

Moss' Mutter war in vielerlei Hinsicht großartig. Sie war immer nett zu mir, sie machte einen klasse Zitronenkäsekuchen, ich mochte ihre Klamotten (enge Jeans, Stiefeletten, und sie hatte einen pinkfarbenen Kokonmantel, den ich auch gern hätte), sie war nie sauer auf Moss wegen der Unordnung in ihrem Zimmer, sie erlaubte mir, Digby mit ins Haus zu bringen, sodass ich nicht mit ihm im Park spazieren gehen musste, und sie hatte nichts dagegen, dass Moss von uns allen »Moss« genannt wurde und nicht Momoko (hauptsächlich, weil Momoko »Pfirsichkind« bedeutet und Moss zwar vieles ist, aber sicher kein »Pfirsichkind«).

Was Leistung und Erfolg angingen, kannte Moss' Mutter allerdings keine Gnade. Moss stand jeden Morgen eine Stunde früher auf als ich, um Klavier zu üben. Nach der Schule hatte sie montags zusätzlichen Matheunterricht, mittwochs Tennisstunden (obwohl sie nie richtig gut in einer Sportart werden würde und es eine absolute Geld- und Zeitverschwendung war), und samstags hatte sie vormittags *vier Stunden* Japanisch (ihrem Vater zuliebe, der aus Japan stammte).

Selbst für Londoner Verhältnisse war das ziemlich heftig.

Ich beschwerte mich gern darüber, dass meine Eltern ständig wegen den Hausaufgaben hinter mir her waren, meine Handysucht überwachten und mich keine von den irre faszinierenden Realityshows mit extrem dicken Leuten gucken ließen.

Aber wenn meine Mutter mich zu sehr wegen dem Lernen nervte, dann sagte ich einfach so lange, dass ich gestresst war, bis sie voller Panik den Rückzug antrat und mir Lavendelöl und Oreos kaufte (meine Lieblingskekse, die bei uns normalerweise als Gift angesehen wurden) und mir wieder Luft zum Atmen ließ.

Die Mutter von Moss war ganz anders gestrickt. Ich war mir hundertprozentig sicher, dass sie ein Date (egal, mit wem) für keine gute Idee halten würde. Sie würde es als »Ablenkung« bezeichnen und Nein sagen.

Und Moss' Vater war keine Hilfe, weil er mit seiner neuen, sehr jungen Freundin auf der anderen Seite von London lebte. Sie sah ungefähr so alt aus wie wir (hatte aber viel größere Brüste). Ich bemühte mich sehr, ihn Moss zuliebe zu hassen, aber er war wirklich witzig. Ich glaube, Moss hasste ihn auch nicht.

Ihre Mutter allerdings schon, so viel war sicher.

»Kannst du nicht sagen, du willst zu mir?«

Wir belogen unsere Eltern eigentlich nicht (oft), aber manchmal ging es einfach nicht anders.

Moss schüttelte den Kopf. »Nee, hat keinen Zweck, sie findet es sowieso raus. Ich werde tapfer sein und mit ihr reden. Man weiß ja nie, vielleicht klappt es, wenn ich ihr anbiete, ein paar Nachmittage auf Haruka aufzupassen.«

»Dann helfe ich dir«, versprach ich.

Das war ein echter Freundschaftsbeweis. Haruka sah total süß aus, war aber ziemlich anstrengend (ein bisschen wie Moss, aber das würde ich ihr niemals sagen).

»Jetzt musst du noch mit Archie zusammenkommen, dann können wir Vierer-Dates machen.«

»Das ist nicht mal witzig.«

Ich zog eine Grimasse.

»War auch nicht witzig gemeint.«

»Eine Verabredung mit Archie ist ungefähr so wahrscheinlich wie eine mit Prinz Harry.«

»Sei nicht so pessimistisch. Frag ihn doch einfach. Komm schon, wir sind im einundzwanzigsten Jahrhundert.« Moss hatte leicht reden – sie hatte Torr ja nicht um ein Date bitten müssen.

»Ja, klar. Ich spreche Archie einfach im ACT an und frage ihn, ob er sich zufällig mit mir verabreden will. Dann bin ich doch bei ihm unten durch!«

»Es wird ihm gefallen. Ist gut für sein Ego.«

»Japp, und es ist total schlecht für *mein* Ego, wenn er Nein sagt.«

»Er sagt nicht Nein.«

»Darauf will ich es nicht ankommen lassen.«

Ganz sicher nicht.

Von: Ms Chan, Sekretariat, Berkeley Academy
Datum: 13. Januar 16:06
An: Jahrgangsstufen 10, 11, 12, 13
Betreff: Fundsachen

Liebe Schülerinnen,

nach dem diesjährigen Neujahrstreffen sind überraschend viele verlorene Gegenstände bei mir abgegeben worden. Zu den Highlights (die in meinem Büro abgeholt werden können) gehören:
1 silberne Spandex-Leggings
3 Schulterpolster
1 Parfümfläschchen, 3 Dosen Haarspray und so viele Make-up-Artikel, dass ich sie unmöglich alle auflisten kann
2 weiße iPhones 4s, 1 schwarzes iPhone 5 und 1 lila Nokia-Handy mit einem »Ich <3 meinen Dalmatiner«-Aufkleber auf der Rückseite.
Ohne überkommene Geschlechterklischees bedienen zu wollen, habe ich 2 schmale Krawatten, 5 Durex-Hygieneartikel und einen einzelnen Sportschuh der Größe 46 den Gästen von St. John's zugeordnet und dementsprechend zurückgeführt.
Es gab auch eine Reihe von verbotenen, eingeschmuggelten Dingen, und es versteht sich von selbst, dass ich hoffe, dass niemand so dumm ist, sie bei mir abholen zu wollen.

Mit den besten Wünschen für ein geordnetes Trimester

Ms Chan (Sekretariat)

Berkeley Academy: erfolgreiche Mädchenschule seit 1964

Von: Stella, Agentur Haden

Datum: 16. Januar 12:16

An: Julia James

Cc: Charlotte, Agentur Haden

Betreff: Projekt Straker (Arbeitstitel) und Capital Film School (Modul 3.2**:** Arbeit mit Kindern und Tieren)

Liebe Julia,

es gibt gute und schlechte Nachrichten. Zunächst möchte ich mich für die späte Benachrichtigung entschuldigen, aber das Casting für Straker (Arbeitstitel), das auf den 19. Januar verlegt wurde, ist nochmals verschoben worden. Leider wurde noch kein neuer Termin bekannt gegeben.

Ich melde mich natürlich, sobald wir neue Informationen haben, aber ich muss Sie darauf aufmerksam machen, dass es eventuell zu einer längeren Verzögerung kommt, was sich in Anbetracht des Spielalters der Figur nachteilig auf Elektras Eignung für die Rolle auswirken könnte. Sie werden verstehen, dass wir auf solche Dinge keinen Einfluss haben.

Die gute Nachricht ist, dass die Capital Film School uns kontaktiert hat. Sie suchen Kinderdarsteller, mit denen die Studenten ihre Semesterprojekte durchführen können. Das ist keine bezahlte Arbeit. Zurzeit ist uns auch noch nicht bekannt, mit wem Elektra zusammenarbeiten könnte, außerdem kennen wir die Drehtermine und den Drehort noch nicht. Das mag im Vergleich zu einer großen Produktion wie Straker nicht besonders verlockend klingen, aber Studentenprojekte sind eine hervorragende Gelegenheit, Erfahrungen vor der Kamera zu sammeln. Zudem sollte Elektra anfangen, ein Referenzvideo zusammenzustellen, für das sie hier Material bekommen könnte.

Das Casting ist nächsten Mittwoch (21. Januar) um 17.15 Uhr in der Filmschule. Lassen Sie mich wissen, was Sie und Elektra davon halten.

Herzliche Grüße

Stella

KAPITEL 11

»Im Moment esse ich eine Menge Donuts. Ich werde regelrecht damit überhäuft. Das ist der Vorteil bei diesem Job.«

Jennifer Lawrence

»So habe ich mir Londons beste Filmschule nicht vorgestellt«, sagte Moss. Es war tatsächlich ein ziemlich schäbiger Bau, und wir waren allem Anschein nach in einer Art Aufenthaltsraum.

Ein junger Typ streckte den Kopf zur Tür rein. »Ist eine von euch Elektra James?«

»Ja, ich!«

»Spitze. Ich bin Ed. Ich bin der Regisseur.« Im Ernst? Er sah nicht wie ein Regisseur aus, nicht mal wie ein Regiestudent. »Wo ist deine Aufsichtsperson? Minderjährige dürfen wir nur in Anwesenheit einer Aufsichtsperson casten.«

»Die bin ich«, sagte Moss, und im Grunde stimmte es: Mum hatte irgendeine Krisensituation gehabt (eine echte, die vorübergehend wichtiger war als ich), und Moss war für sie eingesprungen.

»Spitze. Das Problem ist nur, dass die Aufsichtsperson über achtzehn sein muss«, meinte Ed.

Ah. Moss straffte die Schultern. »Ich bin über achtzehn. Ich bin nur sehr klein.«

Ich liebte sie einfach!

»Ja, sie sieht viel jünger aus, als sie ist«, fügte ich hinzu. Ehrlich gesagt sah Ed auch nicht älter aus als ein Zwölftklässler.

»Ich bin Elektras ... ältere ... Cousine.« Wir griffen echt nach jedem Strohhalm.

»Klar, ganz bestimmt«, sagte Ed. Er sah uns prüfend an, dann warf er einen Blick auf seine Uhr. »Spitze. Dann ziehen wir das mit der älteren Cousine jetzt einfach durch.« Er grinste.

Von seinem Grunge-Look mal abgesehen, war Ed eigentlich ganz sympathisch. Er ging mit uns in einen kleinen Raum.

»Du setzt dich da drüben hin und passt sozusagen auf uns auf«, sagte er zu Moss und wies auf einen Stuhl in der Ecke. »Willst du mal kurz drüberlesen, Elektra?«

»Sicher«, sagte ich betont lässig, als hätte ich schon unendlich viele Castings hinter mir und nicht bloß die Pleite mit der Mädchenleiche.

Das war meine Chance, die vielen Casting-Tipps in die Praxis umzusetzen, die ich beim stundenlangen Googeln gesammelt hatte. Ed gab mir eine Drehbuchseite. Ich fasste sie mit spitzen Fingern an, weil in einer Ecke etwas war, das verdächtig nach einem Curryfleck aussah. Ich überflog den Text schnell.

1. AUSSEN.
LAGERHALLE – LONDON,
THEMSE – DÄMMERUNG

Eine verlassene, baufällige industrielle Lagerhalle am Ufer der Themse. Im Halbdunkel ist eine Gestalt zu erkennen, ein Bündel auf dem kalten Boden. Ein Körper, eine Leiche. Die Leiche rührt sich, und die Kamera zoomt heran. Es ist ein junges Mädchen, höchstens fünfzehn …

TOTES KIND
Mir ist so kalt.

VATER
(Sagt nichts, reicht ihr eine Decke.)

TOTES KIND
Vater? Bist du es, Vater?

VATER
(Sagt nichts. Sitzt mit dem Rücken zu dem toten Kind. Seine Schultern beben. Er weint.)

TOTES KIND
Mir ist immer noch kalt. So kalt. Sieh mich an, Vater. Bitte sieh mich an.

VATER

(Ist starr vor Gram – und schweigt.)

TOTES KIND

Was hat der Fremde damit gemeint, dass alles anders wird?

Es ging noch weiter. Insgesamt hatte ich fünfzehn Zeilen. Das war gut.

Fünfzehn Zeilen waren auf jeden Fall gut, auch wenn sie nicht viel Sinn ergaben.

»Bereit?«, fragte Ed, und ich nickte, obwohl mir nicht ganz wohl dabei war. Schließlich musste ich diese ganzen Emotionen vor Moss zeigen, die immer wieder nervös kicherte.

Weil es sehr warm in dem Raum war (und es ziemlich nach Bier roch), hatte ich Mühe, mich wie eine Eiskönigin zu fühlen und das auch auszudrücken.

Und jetzt musste ich dieses Lied wieder aus dem Kopf kriegen.

»Soll ich das im Liegen machen?«, fragte ich. Moss prustete los. Meine Mutter hätte nicht losgeprustet.

Ed stutzte. »Äh … wie du möchtest, aber es ist okay, wenn du es im Sitzen machst. Das haben die anderen auch gemacht.«

Ich verkniff mir die Frage, wie viele »andere« er gesehen hatte. Ich wollte es nicht vermasseln. Mir zitterten vor Aufregung die Hände – das war immerhin etwas, womit ich arbeiten konnte. Ich setzte mich auf den Boden, lehnte mich mit dem Rücken gegen die Stuhlbeine und holte tief Luft. Ich konnte das schaffen.

»Spitze«, sagte Ed, als ich fertig war, und dann ließ er mich die Szene noch mal spielen; noch zwei Mal sogar.

Danach schaute er zu Moss rüber. »Ist okay, wenn du es auch lesen möchtest.«

Ich fand es ziemlich gut, dass sie Nein sagte.

»Wofür ist der Film?«, fragte ich beim Rausgehen. »Brauchst du ihn für deinen Abschluss?«

»Ja, er ist mein Projekt für das Modul ›Arbeit mit Kindern und Tieren‹. Wir müssen wahlweise mit einem Kind oder einem Tier einen kurzen Film drehen, und weil ich als Junge mal eine unangenehme Begegnung mit einem wütenden Zwergspitz hatte, wollte ich lieber etwas mit einem Kind machen.«

Großartig.

»Ich brauche Kuchen«, sagte Moss, als wir die Filmschule verließen.

»*Du* brauchst Kuchen?«

»Ja, wirklich. Das war echt krass. Ich glaube, ich habe mich gefühlt, wie Mütter sich fühlen, wenn sie ihre Kinder beim Krippenspiel sehen.«

»Die meisten Mütter lachen nicht über ihre Kinder.«

»Meine hat immer über mich gelacht. Sorry, das waren die Nerven. Ich weiß nicht, wie du das schaffst. Ich bin wirklich beeindruckt.«

»Oh, danke, Mossy!« Moss war zwar nicht diejenige, die ich beeindrucken musste, aber für Komplimente war ich immer zu haben. Außerdem hatte meine Mutter mir »Notfallgeld« mitgegeben, und wir kamen gerade an einem Café vorbei, wo es warme Donuts gab. Der Tag war also gar nicht so schlecht.

»Wie läuft's denn so mit Torr?«, fragte ich, als wir uns an einen Tisch setzten.

Moss versuchte, so zu tun, als wäre ihr das Thema gar nicht so wichtig, aber das misslang ihr gründlich. »Wir haben uns geschrieben, und wir sehen uns wahrscheinlich am Samstag.«

Sie hatten sich schon zweimal verabredet, aber beim ersten Mal war Torr auf Nummer sicher gegangen und mit zwei Freunden als Bodyguards aufgetaucht. Und beim zweiten Mal hatte Moss absagen müssen, weil ihre Mutter eine Notsituation vorgetäuscht hatte und sie auf Haruka aufpassen musste.

»Um wie viel Uhr?«

»Weiß ich nicht, hat er nicht gesagt.«

Ich verzichtete auf den Kommentar, dass sie da auch ein Wörtchen mitzureden hatte und dass wir zwei eigentlich am Samstag zusammen rumhängen wollten. »Spitze«, sagte ich nur (es war ansteckend). »Und es ist ein richtiges Date?«

Sie zuckte mit den Schultern. »Ich bin mir nicht sicher. Aber diesmal sind wir nur zu zweit. Glaube ich.«

Sie war ein bisschen gestresst, was ich gut nachvollziehen konnte. Wir hatten beide ziemlich wenig Ahnung vom Daten (um es mal milde auszudrücken).

»Du könntest Flissy um Rat fragen«, schlug ich vor. »Die hat bestimmt nützliche Tipps.«

»Um Himmels willen! Dann schnappt sie über vor Selbstgefälligkeit!«

»Stimmt. Aber sie ist schon ganz schön lange mit James zusammen.«

»Ich *weiß*. Wie kommt es, dass ausgerechnet Flissy eine emotional erfüllende, stabile Beziehung auf die Reihe kriegt?«

»Wir wissen nicht, ob sie emotional erfüllend ist.«

»Das sagt sie auf jeden Fall, und ich glaube nicht, dass er überhaupt mal zu Wort kommt.«

»Vielleicht besteht das Geheimnis einer erfolgreichen Beziehung ja darin, dass man sich einen Jungen aussucht, der buchstäblich nichts im Kopf hat«, sagte ich.

»Hast du vor, diese Theorie zu überprüfen?«

Ich bedachte sie mit einem Blick, den so eine Frage verdiente. Außerdem standen gut aussehende, hirnlose Jungs nicht gerade vor meiner Tür Schlange.

»Ist Archie von der cleveren Sorte?«, fragte Moss und leckte den Puderzucker von ihren Fingern ab.

»Das tut leider nichts zur Sache, weil wir nie eine Beziehung haben werden. Und ja, er hat was drauf. Nehme ich an.« Ich wusste es nicht, aber dumm sah er jedenfalls nicht aus. »Ich bin ein tragischer Fall. In unserer Stufe bin ich die Einzige von denen, die nicht im Team für die Mathe-Olympiade sind, die sich noch keinen geangelt hat.«

»Also, Elektra, so kannst du das wirklich nicht sagen.«

Ich sah Moss hoffnungsvoll an.

»Ich glaube, mittlerweile haben wohl auch die meisten aus dem Mathe-Team erste Erfahrungen gesammelt.«

Sehr witzig, aber was dieses Thema anging, verstand ich allmählich keinen Spaß mehr. Sogar meine Mutter (die wohl

Mrs Bennet aus *Stolz und Vorurteil* nacheifern wollte) fragte in letzter Zeit ständig, ob ich schon mit jemandem »geknutscht« hätte. Statistisch gesehen hätte es längst passieren müssen. Ich war nicht so hübsch wie Moss oder Talia, aber hässlich war ich auch nicht, und die Latte lag ziemlich niedrig. Es war nicht so, als hätte ich keine Chancen. Ich meine, ich war schon öfter von Jungs angebaggert worden, aber immer von den falschen (offen gesagt waren es ziemlich verzweifelte Jungs gewesen – mutig, aber trotzdem verzweifelt), und ich hatte immer gekniffen. Jetzt wünschte ich, ich wäre nicht so wählerisch gewesen. Mit dreizehn ist jeder Junge froh und dankbar, dass du da bist, aber mit fünfzehn kommt es einem vor, als würde jeder erwarten, dass man es richtig gut draufhat. Das ist wie mit dem Inlineskaten: Je länger man es nicht macht, desto schwieriger wird es.

»Sarah Walsh und Andrew Bane sind übrigens jetzt zusammen«, sagte Moss (wodurch sich meine Laune nicht besserte).

»Aber sie sieht aus wie zehn!«

»Und er sieht aus wie ihr Bruder. Sie haben genau die gleiche Nase. Das ist doch total daneben!«

»Ach, es ist einfach hoffnungslos bei mir. Ich werde das Haus nie wieder verlassen. Ich stopfe mich mit Süßigkeiten voll und werde so dick, dass ich im Bett liegen bleiben muss und nur noch Digby mit seinem stinkenden Hunde-Atem an meiner Seite habe und du mich besuchen musst, um mir zu erzählen, wie es draußen so ist.«

»Also, ich kann dir nicht weiterhelfen. Ich habe fast genauso wenig Ahnung wie du.«

»Aber nicht ganz so wenig – danke, dass du mich daran erinnerst.«

»Tschuldigung. In der *Cosmo* sind doch immer brauchbare Tipps.« Sie kramte die Zeitschrift aus ihrer Tasche. Auf dem Titel stand: »Ihre Brüste haben angerufen – sie fühlen sich vernachlässigt.« (Ich glaube, meine Brüste würden noch eine elterliche Erlaubnis brauchen, um das Telefon zu benutzen.)

»Iiih, ich glaube nicht, dass ich wirklich etwas über ›Die Ohrläppchen als erogene Zone‹ wissen will.«

»Du hast ein Problem mit Ohrläppchen?« Moss klang besorgt.

»Ich sehe sie nur einfach nicht so. Diese Tipps sind auch nicht hilfreich. Weißt du, die *Cosmo* hat bestimmt die besten Absichten, aber die Artikel gehen alle davon aus, dass ich mir schon einen Jungen geangelt habe. Was, wie wir ausführlich besprochen haben, nicht der Fall ist. Aber du hast Torr, und jetzt musst du einfach ein paar Sachen in Erfahrung bringen und mir Bericht erstatten. Komm schon, Mossy, als meine beste Freundin bist du dazu verpflichtet!«

»Du musst deine eigenen Erfahrungen machen.«

»WIE DENN?«, jammerte ich. »Wir haben doch gerade festgestellt, dass ich ein hoffnungsloser Fall bin.«

»Du bist nur nicht so gut darin, es zu erkennen, wenn dich einer cool findet.«

Da hatte sie recht, aber es war ja auch total schwer. Wie sollte ich es bitte erkennen? Was Gefühle anging, war niemand ehrlich – das wäre gesellschaftlicher Selbstmord.

»Was ist mit Danny Wright?«, meinte Moss.

»Was soll mit ihm sein?«

»Er hat dir mindestens zehn Mal am Tag geschrieben. Wenn das kein Zeichen ist!«

»Danny Wright spielt Rugby. Er hat mir wahrscheinlich nur geschrieben, damit er es seinen Kumpels zeigen kann oder wegen einer Wette oder so. Und er schreit immer rum und gibt so komische Anfeuerungsrufe von sich, die nicht nach Mensch klingen. Das stört mich.«

»Hey, du hast Vorurteile gegenüber Rugbyspielern, Elektra James!«

»Nein, es stimmt wirklich. Ich glaube einfach nicht daran, dass Rugbyspielen Statuspunkte bringt.« Ich wollte jedenfalls nicht zugeben, dass ich daran glaubte. »Und Danny Wright ist für mich sowieso nicht hell genug in der Birne. Seine Nachrichten waren langweilig.«

»Du musst echt aufhören, Leute aufgrund ihres Aussehens oder ihrer Persönlichkeit zu verurteilen. Du bist viel zu pingelig. Und Dannys Nachrichten fandest du nur langweilig, weil du ihm gegenüber so negativ eingestellt bist. Du würdest es nicht langweilig finden, wenn Archie dir ein paar Rugby-Sprüche schicken würde.«

Nein, würde ich nicht. Ich würde es nicht mal langweilig finden, wenn Archie mir schreiben würde, dass seiner Mutter das Spülmittel ausgegangen war.

»Du hast gerade geseufzt.« Moss runzelte die Stirn.

»Habe ich nicht.«

»Hast du doch.«

Gut, wahrscheinlich hatte ich geseufzt.

Und vielleicht war ich auch rot geworden.

Mein Handy bellte, und Moss ging ran. »Hallo, hier ist die persönliche Assistentin und Aufpasserin von Elektra James. Wie kann ich Ihnen helfen? Oh, klar … Entschuldigen Sie bitte … Sofort.« Sie gab mir mein Handy und sagte lautlos: »Tut mir leid.«

»Hallo, Elektra.« Es war Charlie. »Ich kann deine Mutter nicht erreichen, und dieser Student hat sich schon gemeldet. Du hast ihm gefallen.« Sie klang überrascht, was mich ziemlich ärgerte.

»Er heißt Ed. Er hat mir auch gefallen.«

»Willst du dann in seinem Film mitspielen?«

Und wie!

Von: Charlotte, Agentur Haden

Datum: 22. Januar 14:21

An: Julia James

Cc: Stella, Agentur Haden

Betreff: Capital Film School (Modul 3.2**:** Arbeit mit Kindern und Tieren)

Anhänge: Drehbuch.doc, Karte.jpg

Liebe Julia,

bezugnehmend auf mein gestriges Telefonat mit Elektra bestätige ich hiermit, dass Edward Price von der Filmschule Elektra für die Dreharbeiten am Samstag, dem 7. Februar, buchen möchte. Das Drehbuch habe ich angehängt und Elektras Text markiert. Sie muss ihn auswendig können. Der Drehort ist auf der Karte im Anhang gekennzeichnet. Wenn Sie ihn nicht gleich finden, rufen Sie Edward unter der Nummer 07778/345651 an.

Würden Sie mir bitte Elektras Maße mailen (Größe, Brust- und Taillenumfang)? Ihr wird nämlich ein Kostüm zur Verfügung gestellt. Catering ist vor Ort. Sie sollten auch ein Formular zur Erstattung von Fahrtkosten und anderen Auslagen bekommen.

Liebe Grüße

Charlotte

PS: Ihre E-Mail wegen des Gesangsunterrichts habe ich erhalten. Es ist natürlich großartig, wenn Schauspieler singen können, aber wenn Elektra keine Lust darauf hat und meint, dass es nichts für sie ist, dann ist das absolut okay.

KAPITEL 12

»Es ist verrückt und total Banane und großartig.«
Tom Hiddleston

»Hier kann es nicht sein«, sagte Mum, als wir in eine enge Seitenstraße abbogen. Sie schaute skeptisch auf die Karte, die sie ausgedruckt hatte. »Kannst du mal aussteigen, Elektra, und gucken, ob hier irgendwo jemand von der Filmschule ist?«

Na großartig, es war noch dunkel und eiskalt. »Sieht nicht so aus, als wäre in den letzten hundert Jahren überhaupt jemand hier gewesen«, sagte ich und sah mir die gewaltigen viktorianischen Lagerhallen an. Ich weiß nicht, warum wir so überrascht waren; im Drehbuch stand schließlich, dass wir in einer alten, leer stehenden Lagerhalle filmen würden.

Ein kleiner, schmutzig weißer Transporter, auf dem in Leuchtfarbe **Es gibt keinen Planet B** stand, hielt neben uns an, und Ed lehnte sich aus dem Fenster. »Hey, Elektra und Mrs ...« Er überlegte. »Äh, Elektras Mutter. Spitze. Wow, du bist total pünktlich.« Er klang erstaunt – so als gehörte

Pünktlichkeit zu einem Modul, das er noch nicht gemacht hatte. »Super, echt«, sagte er und sah uns an, als wüsste er nicht genau, was er mit uns machen sollte.

Ein Typ mit sorgenvoller Miene stieg auf der anderen Seite des Transporters aus und kam zu uns rüber.

»Hallo, ich bin Hadid. Ich bin der erste Regieassistent bei diesem Dreh.« Ich wusste nicht genau, was das bedeutete, aber weil es wichtig klang, nickte ich ihm respektvoll zu. »Wir brauchen eine Weile für den Aufbau, würdet ihr also bitte warten, bis wir loslegen können? Wir holen euch dann.«

»Klar«, sagte ich, weil ich meiner Mutter ansah, dass sie zu erfroren und genervt zum Sprechen war. Wir beobachteten, wie noch mehr Leute aus dem Transporter kamen und mehr Ausrüstung aus dem Laderaum ausluden, als dort eigentlich Platz haben konnte. »Das ist *so* aufregend!«, sagte ich zu Mum, als ein riesiger Scheinwerfer in die Halle getragen wurde.

»Ich brauche Kaffee«, sagte sie nur.

Und sie wiederholte es in der nächsten halben Stunde alle fünf Minuten, bis uns ein hübsches Mädchen mit Nasenring abholte, das Megan hieß.

Von innen sah die Halle noch gruseliger aus als von außen. Es gab viele kaputte Fensterscheiben und Taubendreck auf dem Boden, und es roch nach Pipi. Es war der perfekte Drehort!

Hadid und Ed und zwei andere Typen arbeiteten auf Hochtouren mit Kabeln und großen Scheinwerfern und sahen kaum auf, als wir vorbeigingen.

»Ihr könnt am Feuer warten, bis die Jungs mit dem Aufbau fertig sind«, sagte Megan, und ich dachte, meine Mutter würde sie küssen. Bei dem »Feuer« handelte es sich um einen kleinen, altmodischen elektrischen Kaminofen mit unechten orangefarbenen Flammen, aber wir drängten uns um ihn wie die alten Wikinger um ihre Feuerstelle oder so. Megan brachte uns Tee in Plastiktassen und zwei Klappstühle. Es war ein bisschen wie bei einer Pfadfinderveranstaltung für Arme.

»Wenn ihr was essen oder trinken möchtet, sagt mir Bescheid – ich bin für das Catering zuständig – oder bedient euch einfach.« Sie zeigte auf einen kleinen Tisch, auf dem sich alle möglichen Schachteln, Tüten und Dosen türmten. Kein einziges Vitamin in Sicht. Hervorragend! »Aber jetzt muss ich Elektra erst mal entführen. Wir machen schnell Kostüm, Haare und Make-up.«

Darauf hatte ich mich die ganze Zeit gefreut und folgte ihr bereitwillig. Wie sich herausstellte, war Megan für Catering *und* Kostüm *und* Haare und Make-up zuständig – ein Multitalent und/oder Eds Freundin. Mein Kostüm war ein enges, kurzes schwarzes Kleid, das großzügig mit Rissen und Dreck verunstaltet worden war (mit richtigem Schlamm, deshalb müffelte es ein bisschen).

»Wow, an dir sieht es viel besser aus als auf dem Papier«, sagte Megan (designen konnte sie also auch), als ich unsicher hinter dem provisorischen Sichtschutz hervorkam. »Dann kommt jetzt das Make-up.« Sie stellte mich neben ein Fenster und studierte mich ungefähr fünf Minuten lang, als wäre ich ein Gegenstand und kein Mensch. »Oooh, da kommt ein kleiner Pickel raus … und da noch einer.« Sie bog meine Nase zur Seite, um die Stelle genauer zu betrachten.

»Tut mir leid.« Ich wusste nicht, was ich sonst sagen sollte.

»Ist schon okay. Ich decke sie ab.« Sie fing an, mit einem Schwämmchen in meinem Gesicht rumzutupfen.

»Die sind doch dann nicht mehr zu sehen, oder?«, fragte ich nervös.

»Nein. Ehrlich gesagt ist unsere Kameraausrüstung ein bisschen von gestern. Wir können froh sein, wenn die Bilder nicht verschwommen sind.«

Ich war erleichtert: keine Hochauflösung also. Ich hätte gern Smokey Eyes gehabt oder so, aber ich bekam nur mehrere Schichten einer sehr hellen Foundation aufgelegt (weil ich ja totenbleich aussehen musste).

»Fertig!«, sagte Megan irgendwann. (Es hatte ziemlich lang gedauert, weil sie zwischendurch immer wieder ihren eigenen Lidstrich nachgebessert hatte – sie war eindeutig in Ed verknallt.) »Die Jungs sind noch nicht bereit für dich, also halt dich einfach am Feuer warm, ja?« Sie machte ein besorgtes Gesicht, als sie die Gänsehaut an meinen Beinen sah (das Drehbuch verlangte nackte Beine).

Ein Mann mittleren Alters quatschte mit Mum. »Und dann gab es endlose Verzögerungen bei *World War Z*. Ich habe wochenlang in Glasgow rumgehangen und darauf gewartet, dass ich angerufen werde – aber hey, Brad ist ein total netter Typ.«

»Brad Pitt?«, fragte ich neugierig.

»Klar doch. Brad ist spitze«, sagte er. (Boah, voll der Mundgeruch!) »Ich bin Dan, und ich hatte gerade ein interessantes Gespräch mit deiner reizenden Mutter über ein paar Leute, mit denen ich zusammengearbeitet habe.«

Was auch immer mir meine »reizende Mutter« mit ihren Augen sagen wollte, es bedeutete ganz sicher nicht, dass sie das Gespräch interessant gefunden hatte.

»Dan hat mir auch *alles* über seine Zusammenarbeit mit Kevin Spacey erzählt«, sagte sie.

»Und jetzt spiele ich deinen Vater.« Er lachte so, als wäre das nicht witzig. »Es ist gut, mit der Indie-Szene auf Tuchfühlung zu bleiben … Tom hat neulich noch gesagt, dass diese Studenten die großen Regisseure von morgen werden könnten.«

»Tom wie … Tom Cruise?«

»Mmm«, machte er so unverbindlich, dass ich ziemlich sicher war, dass er von einem anderen Tom gesprochen hatte.

Mein Handy bellte (kaum hörbar, weil Megan mich gebeten hatte, es leiser zu stellen, damit es nicht bei den Soundchecks störte).

Wie läuft's?? Was machst du?? Erzähl mir ALLES! Moss war aufgestanden und gierig nach Informationen.

Ich schickte ihr ein Bild von meinem Kostüm. **Wie findest du es?**

Asymmetrische Ärmel hätten mir besser gefallen, aber ansonsten bist du eine ziemlich schicke Leiche. Hast du schon was gedreht?

Noch nicht.

Was machst du?

Genieße ein bisschen Lagerfeuer-Romantik mit Mum und meinem neuen »Dad«. Ich machte heimlich ein Foto für sie.

Da muss sich Bertie ja wirklich keine allzu großen Sorgen machen.

Du machst dir keine Vorstellung!

»Auch handysüchtig, wie ich sehe«, bemerkte Dan, der seine Vaterrolle anscheinend ein bisschen zu ernst nahm. »Bei den Dreharbeiten zu *World War Z* gab es ein absolutes Handyverbot, außer wenn Brad mit Angie telefonieren wollte …« Mitten im Satz haute er ab, denn einer der Studenten rief ihn zum Dreh einer Einzelszene. Ich war heilfroh darüber.

»Alles gut?«, fragte Mum. (Wir saßen dicht beieinander, weil jede von uns einen Arm in ihrer Strickjacke hatte.)

»Ja«, sagte ich, und mir ging es auch wirklich gut. Davon abgesehen, dass ich zu viel Angst hatte, das einzige Klo zu benutzen, weil da Spinnen waren, fand ich das Ganze irgendwie cool.

Ich war am Erfrieren, ich war am Verhungern, und ich musste mal, aber für mich war alles okay. Frierende, hungernde Künstler hatte es schon vor langer Zeit gegeben, und ich führte die Tradition jetzt weiter. Mir fehlte nur noch eine Dachkammer in Paris.

Ist inzwischen was passiert?, fragte Moss eine Stunde später.

Nein, aber ich habe vier Tüten Chips und fast alle Kekse gegessen. Es ist echt erstaunlich, dass es nicht viel mehr dicke Schauspieler gibt. **Steht deine Verabredung zum »Kaffee« noch?**

Ja! Und zwar ohne Anführungsstriche – wir wollen wirklich nur Kaffee trinken. Aber sicher. Moss mag gar keinen Kaffee. **Ich bin jetzt im Starbucks und warte. Wird Zeit, dass er auftaucht.**

Bist du etwa zu früh dran?!! Moss ist sonst nie zu früh. Ein bisschen übermotiviert, fand ich.

Nein. Er ist ZU SPÄT. Oder war *er* vielleicht nicht motiviert genug? Am Wochenende hatte er in letzter Minute abgesagt, ohne einen Grund zu nennen.

Er wird schon kommen, schrieb ich. Ich hoffte es.

»Okay«, rief Ed, »jetzt brauchen wir Elektra und Dan!« Ich hätte aufs Klo gehen sollen, als Zeit dafür war ... »Okay, Leute, das ist also die Szene, in der der Vater – der lebendig sein mag oder nicht – um seine tote Tochter trauert und sie zu wärmen versucht, als sie erwacht – oder auch nicht. Ist das so weit klar?«

Nein, natürlich nicht, aber wir nickten beide. Ed zeigte uns unsere Positionen. Diesmal *musste* ich mich auf den Boden legen. Es fühlte sich an, als würde ich in einem voll schmutzigen Iglu liegen.

»Und mich willst du genau hier haben?«, fragte Dan, und Ed erklärte ihm geduldig und zum *achten* Mal, dass er ihn in der Tat exakt an dem Platz haben wollte, den er ihm vor zehn Minuten gezeigt hatte. Ich würde an Unterkühlung sterben, bevor wir bei der Stelle mit der Decke ankamen.

»Also, wir nehmen sofort auf, okay?«, sagte Hadid und schrieb etwas mit Kreide auf eine richtige Filmklappe (das Ding zu sehen, machte mich wahnsinnig glücklich). »Kamera bereit?«, fragte er, und dann: »Ton bereit?«

»Bereit«, riefen die Studenten, die für Ton und Kamera zuständig waren.

»Szene drei, Take eins«, rief Hadid und hielt die Klappe vor die Kamera.

»Drei, zwei, eins, *Action!*« Ed genoss diesen Moment offensichtlich sehr.

Hadid schlug die Klappe, und es ging los.

»Mir ist so kalt«, begann ich.

Es war ein langer Tag. Vielleicht auch deshalb, weil Dan mehr Takes brauchte als ich, aber hauptsächlich, weil alle naselang irgendwas mit der Technik war (in einer stressigen halben Stunde kriegten sie die Funksprechgeräte nicht ans Laufen). Es gab bestimmt Gesetze, wie lange Minderjährige am Set arbeiten durften, aber damit hatte sich Ed in seinem Modul »Arbeit mit Kindern und Tieren« wohl noch nicht beschäftigt. Erst nach elf Uhr abends rief er endlich: »Drehschluss! Das Ding ist im Kasten! Spitze. Vielen Dank, Leute.« Und wir umarmten und küssten uns alle (sogar Dan), als hätten wir mehrere Monate zusammen am Set verbracht.

Ich hätte die ganze Nacht bleiben können. Oder wirklich ein paar Monate. Es war ein anstrengender Tag, aber es war fantastisch. Ich wollte mehr solcher Tage – gut, das nächste Mal vielleicht lieber auf den Bahamas.

Auf der Rückfahrt war meine Mutter so müde, dass sie fast einen Unfall gebaut hätte. Ehrlich gesagt passierten ihr ziemlich oft solche Beinahe-Unfälle, aber diesmal war es selbst für ihre Verhältnisse ganz schön knapp. Ich stellte mir die Schlagzeilen vor: TALENTIERTE JUNGSCHAUSPIELERIN

TOT AUF HAMMERSMITH-ÜBERFÜHRUNG! NEWCOMER-REGISSEUR EDWARD PRICE BESTÜRZT ÜBER VERLUST SEINER MUSE …

Dad sah Mum kurz ins Gesicht, als wir durch die Tür fielen, und gab ihr ein besonders großes Glas Rotwein. »Du siehst erschöpft aus. Tut mir leid, ich hätte das übernehmen sollen.«

Ja, redet ruhig über mich, als wäre ich ein Päckchen!

»Nein, nein, ist schon okay. Ich hätte nicht gewollt, dass du Chelsea gegen Arsenal verpasst.« Komisch, ich glaubte nicht mal, dass Mum das ironisch meinte. »Wer hat gewonnen?«

»Arsenal, spätes Tor. Chelsea wurde klar vom Schiri benachteiligt.«

Natürlich. Wir versuchten, Mitgefühl zu zeigen, aber ich glaube, es gelang uns nicht.

»Dann hatten wir beide einen schweren Tag«, sagte Mum. »Ich habe das Gefühl, mir wird nie wieder warm.«

Mein Vater zog seinen großen schwarzen Pullover aus (alle seine Pullover sind groß und schwarz, das ist so ein Architekten-Ding), und sie zog ihn über ihre Sachen. Dann umarmte sie Dad. Die beiden haben es nicht so mit Umarmungen(zum Glück), deshalb glaube ich, dass sie sich nur aufwärmen wollte. Verständlich, aber mich ließen sie links liegen.

»Entschuldigung, *ich* war diejenige, die gearbeitet hat. Mum hat den ganzen Tag in ihrem Buch gelesen. Und ich war den ganzen Tag praktisch nackt, also hätte *ich* den Pullover kriegen müssen!«

»Du hattest also auch einen schweren Tag?«, fragte Dad und drehte sich zu mir um. Er bot mir keinen Wein an, was ich echt unmöglich fand, aber er warf mir die Wolldecke vom Sofa zu. Sie roch nach Digby, was nicht so schlimm war, wie es klingt.

»Ich hatte einen geiiiiilen Tag. Was gibt's denn zum Abendessen?«

»Es ist nach Mitternacht!«

»Japp, deswegen habe ich wahrscheinlich auch so einen Hunger.«

»Hast du nichts gegessen?«

»Nur Chips.« Viele Chips. Und Kekse. Und Schokolade.

»Dann brauchst du eine Pizza. Sofort.«

Schon besser. Immer noch kein Wein, aber besser. Ich wollte Dad alles über meinen Tag am Set erzählen: was genau ich in meinen Szenen machen musste, dass ich fähig war, mich tot zu stellen wie eine echte Leiche, dass ich Regieanweisungen perfekt umsetzen konnte und dass ich mich vollkommen in die Figur hineinversetzt hatte und so weiter und so fort. Mit anderen Worten: Ich wollte mich wichtigmachen. Er war ja nur mein Dad, und selbst wenn er mir nicht jedes Wort glaubte (oder nur die Hälfte davon mitbekam), würde er mich nicht hassen, wenn ich ein bisschen rumprahlte. Aber dann bellte mein Handy.

Hey, Elektra!

Ich kannte die Nummer nicht.

Sorry, wer ist da?

Archie, und eine Sekunde später: **vom ACT** (als wüsste ich das nicht).

Hey, Archie! (Ich weiß, ich weiß, schwache Antwort.)

Wir haben dich heute alle vermisst.

Lens hatte einen Samstagsworkshop zum Thema Bühnenkampf durchgeführt.

Das hört man gern.

Ich blieb neutral. Schließlich hatte er nicht geschrieben, dass *er* mich vermisst hatte. Wahrscheinlich hatte er nur mal wieder nett sein wollen, aber trotzdem …

Sogar Christian?

Ich wollte die Kommunikation um jeden Preis aufrechterhalten.

Okay, Christian nicht.

Und Big Brian?

Big Brian auch nicht.

Ha, ha! Und was gibt's sonst so?

Eine direkte Frage. Moss hatte es mir eingeschärft. Ich wusste, was ich tun musste. Ich musste Archie etwas geben, womit er arbeiten konnte.

Nicht viel. Wollte nur Bescheid sagen, dass wir nächsten Donnerstag eine halbe Stunde später anfangen.

Oder auch nicht. Was für eine Enttäuschung.

★

WARTEN

- In der Schule verbrachte Zeit (wach): 63,1 Prozent. In der Schule mit Nachdenken über die Schauspielerei verbrachte Zeit: 52,5 Prozent*.
- Kleine Ablenkung durch einen Schulausflug zum Hadrianswall (eiskalt, und mir war auf der Hin- und Rückfahrt schlecht im Bus).
- Castings seit *Tödliche Gefahr* und Eds Film: drei (irgendein Kind in einem 1920er-Filmdrama, Rolle als Dienstmädchen in einem fiktionalen viktorianischen Dokumentarfilm, Kind Nummer drei im Hintergrund eines Werbespots). Erfolgsquote: null.

---

* Alle Prozentangaben sind geschätzt, das heißt erfunden.

Von: Stella, Agentur Haden

Datum: 6. März 10:45

An: Julia James

Cc: Charlotte, Agentur Haden

Betreff: Fortuneswell (Rolle der Mary)

Anhänge: Szenen_Mary.doc, Produktionsinfos.doc

Liebe Julia,

steht Elektra für ein Meeting mit Sally Upton (Besetzungsleiterin Upfront Casting) und ihrer Assistentin Tracey Broady am Samstag, dem 14. März, um 15 Uhr (im Gebäude der Amerikanischen Internationalen Kirchengemeinde, Tottenham Court Road) zur Verfügung? Da der Termin auf das Wochenende fällt, würde sie keine Schulstunden verpassen. Bitte lassen Sie mich so bald wie möglich wissen, ob es klappt.

Das Projekt klingt ganz fantastisch. Es ist ein Kostümfilm, der im ländlichen Dorset spielt, in dem kleinen Ort Fortuneswell (Produktionsinfos im Anhang). Eine Familie steht vor großen Herausforderungen, als der Vater in den Krieg zieht. Wir haben Elektra für die Rolle der Mary, der zweitältesten von vier Töchtern, vorgeschlagen. Wie Sie den angehängten Szenen entnehmen können, ist es eine großartige Rolle. Elektra sollte sich vor dem Termin mit diesen Szenen sehr vertraut machen.

Herzliche Grüße

Stella

PS: Nach einem bedauerlichen Vorfall bei einem unserer älteren Schützlinge bitten wir alle unsere Kunden, dafür zu sorgen, dass sich nichts Unpassendes auf ihren Seiten in den sozialen Medien befindet, und ihre Datenschutzeinstellungen zu prüfen.

KAPITEL 13

»In der Highschool fangen jetzt alle an, ›es‹ zu tun. Aber für mich ist das noch nichts.«

Elle Fanning

Gott sei Dank war Donnerstag. Und noch Gott sei Danker war es halb sechs, und ich konnte endlich ins ACT. Streng genommen war es erst Viertel nach fünf, aber ich konnte es nicht mehr aushalten.

Es war ein richtig mieser Tag gewesen, und das hatte eine Menge Gründe:

1. Die üblichen Donnerstagsgründe (die überwiegend mit dem Stundenplan zusammenhingen. Jeder Tag, der mit einer Doppelstunde Mathe beginnt, ist für mich eine Strafe).
2. Gründe, die speziell mit *diesem* Donnerstag zu tun hatten (nachsitzen, weil ich beide Bücher, die in Englisch Pflichtlektüre waren, verschusselt hatte. Was ich ganz schön krass fand, weil

ich ziemlich sicher war, dass sie beide am gleichen Ort wieder auftauchen würden, wahrscheinlich am Tag nach dem Trimesterende).

3. Ein blöder Streit mit Moss darüber, ob Torr nach der Schule mit uns ins Starbucks kommen konnte. Natürlich nicht, denn a) würden sie die ganze Zeit eng umschlungen dasitzen, und ich müsste so tun, als wären mir ihre öffentlichen Liebesbekundungen nicht peinlich, und b) würde er über die politische Situation im Nahen Osten reden wollen.
4. Das Casting für eine Rolle, für die ich *perfekt* gewesen wäre, wurde abgesagt (zweite Hauptrolle als Schulmädchen in einem Mystery-Film, der in den 1950er-Jahren in einem Internat spielt).
5. Ich hatte Ärger mit meiner Mutter gehabt, weil ich Granny Gwens Geburtstag vergessen hatte. Ich fand das voll unfair, denn wie sollte ich daran denken, ohne dass sie mich daran erinnerte – was sie angeblich getan hat, aber das stimmt nicht. Außerdem schenkt Granny Gwen *meinem* Geburtstag keine große Aufmerksamkeit (ich bekomme von ihr jedes Jahr die gleiche Karte mit süßen, kleinen Kätzchen, und ich bin nicht ganz davon überzeugt, dass es sich nicht um eine Trauerkarte handelt).

Im ACT zu sein war also auf jeden Fall eine Verbesserung im Vergleich zum Rest des Tages, selbst wenn Lens gleich verlangen würde, dass wir uns *eine Stunde lang* zu Britney-Songs warm machten. Ich ging zum Warten in den *Green Room*, unseren Aufenthaltsraum, der nicht grün, sondern gelb gestrichen war und in dem es (immer) nach Salz-und-Essig-Chips und Haarspray roch. Daisy war da und las *The Stage*, eine Fachzeitschrift für darstellende Künste.

»Hat Stella dich für *Fortuneswell* vorgeschlagen?«, fragte ich.

Daisy und ich gingen normalerweise nicht zu denselben Castings, weil wir völlig unterschiedlich aussahen. So war ich zum Beispiel mindestens einen Kopf größer als sie. Aber für *Fortuneswell* wurden vier Mädchen gebraucht. Es war ein ganz neues Filmdrama – so hatte es zumindest im Casting-Aufruf gestanden. Aber meiner Meinung nach war es genau wie *Betty und ihre Schwestern*, nur eben in Dorset und hundert Jahre früher, und der perfekte Papa kämpft gegen Napoleon statt im Amerikanischen Bürgerkrieg gegen die Südstaaten. Ich sollte für die Rolle der Mary vorsprechen (die im Grunde nur eine ältere englische Variante von Josephine, genannt Jo, war: groß, schlaksig, belesen und gebildet, aber mit nicht so schönen Haaren).

»Japp, für die Rolle der Sophie«, sagte sie.

Die Figur der Sophie entsprach im Wesentlichen Betty. »Du Glückspilz! Dann könntest du eine Totenbett-Szene bekommen.« Leichen spielen fand ich nicht so cool, aber eine richtig gute Totenbett-Szene hätte ich gern mal gehabt. »Freust du dich?«

»Klar«, sagte sie lächelnd, aber sie wirkte nicht unbedingt begeistert. Ich war völlig begeistert, nicht nur, weil ich mich über jedes Casting freute (ein Sieg der Hoffnung über begrenzte Erfahrungen), sondern auch, weil die Handlung gut war, wenn auch nicht sehr originell. Außerdem würden wir historische Kostüme bekommen.

»Bist du schon textsicher?«

Sie nickte. »Textsicher« ist ein Fachwort, das bedeutet, dass man seinen Text auswendig kann. (Ich fand es wahnsinnig cool, solche Begriffe zu benutzen.) Es war typisch für Daisy, dass sie ihren Text schon Tage vor dem Casting draufhatte. Und es war typisch für mich, dass ich noch am Abend davor in meinem Zimmer sitzen und ihn büffeln würde.

»Stella hat dich auch für die *Straker*-Rolle vorgeschlagen, oder?«, fragte Daisy.

»Woher weißt du von *Straker?*«

»Ich habe in Stellas Büro ein bisschen auf dem Kopf gelesen«, gestand sie. »Keine Sorge, ich sage es nicht weiter.«

Ich konnte Daisy vertrauen. »Und wie ist es mit dir?«

»Nein, ich sehe nicht wie fünfzehn aus.«

Das stimmte allerdings.

»Wie war das Casting?«

»Nicht so gut«, sagte ich, und weil sie sich mit Castings auskannte, fragte sie nicht weiter.

Nach mehreren Terminverschiebungen hatte in der vergangenen Woche endlich das erste Meeting mit der Besetzungsleiterin stattgefunden, bei dem wir die »Iss die Maden«-Szene gelesen hatten. Ich hatte mich mächtig ins Zeug gelegt (trotz der ganzen Maden-Problematik), aber es war nicht gut gelaufen. Unmengen von Mädchen waren da gewesen, die alle mehr oder weniger aussahen wie ich, und ich hatte nur anderthalb Minuten gehabt, um die »Ich grusele mich, aber ich will nicht verhungern«-Sache rüberzubringen. Ich war nicht sehr optimistisch.

Plötzlich dröhnte »Baby One More Time« durch die (dünnen) Wände. Der Kurs begann.

Lens klatschte in die Hände. »Okay Leute, alle sind da, ihr seid aufgewärmt, und wir werden uns heute eine Szene etwas anders erarbeiten als sonst. Dazu brauche ich zwei Freiwillige.«

Ich hob die Hand – warum nicht mal den Anfang machen? Szenenarbeit mochte ich am liebsten.

»Okay … Elektra und …« Er sah sich um. »Archie.«

Oh. Großartig. Ich meine, die eine Hälfte von mir fand es wirklich großartig, weil, nun ja, *Wangenknochen!* Aber die andere Hälfte wäre am liebsten weggelaufen. Ich musste mich zusammenreißen. Das war eine gute Sache. Eine Menge Hauptdarsteller waren schon zusammengekommen: Ashton Kutcher und Mila Kunis, Emma Stone und Andrew Garfield, Nicholas Hoult und Jennifer Lawrence (okay, vielleicht nicht »für immer und ewig«).

Lens händigte mir das Skript aus und unterbrach meinen komplizierten inneren Monolog.

»Nehmt euch fünf Minuten Zeit, lest es gut durch und denkt über die Figuren nach. Wir machen es nach der alten Schule – du spielst A, Elektra.«

Als ich mir den Text ansah, dauerte es weniger als eine Sekunde, bis ich Panik bekam, und weniger als zwei, bis ich es bereute, mich freiwillig gemeldet zu haben.

A

Baby, ich muss dir etwas sagen.

B

Du bist so ernst. Was ist los?

A

Ich weiß nicht, wie ich anfangen soll …
(lange emotionale Pause)

B

Du machst mir Angst. Was ist passiert? *(kurze Pause)* Hey, sieh mich nicht so an – so schlimm kann es doch nicht sein.

A

Ich bin schwanger. *(wieder eine lange emotionale Pause)*

B

Aha.

A

Aha? Aha? Mehr hast du nicht dazu zu sagen?

B

Tut mir leid, es kommt nur sehr *(kurze Pause)* überraschend.

A
Hör mal, ich weiß, wir sind noch nicht lange zusammen, aber …

B
Aber was? Willst du es behalten?

A
(kurze Pause) Ja. Ich denke schon. *(langes angespanntes Schweigen)* Bleibst du bei mir? Wir können versuchen, eine Familie zu sein.

B
Mann, ich krieg das gar nicht in den Kopf.

A
Ich weiß, ich weiß. Aber es ist ein Baby. Dein Baby wächst in meinem Bauch. Fühl mal. *(B rührt sich nicht.)* Fühl mal! *(B legt die Hand auf ihren Babybauch.)*

Letzte Woche hatte ich also mein erstes richtiges Gespräch mit Archie gehabt (ja, ein Dreizehn-Zeilen-Chat gilt auch), und diese Woche legte er die Hand »auf meinen Babybauch«. So hatte ich mir die Entwicklung unserer Beziehung nicht vorgestellt …

»Wir machen es folgendermaßen: Elektra und Archie werden diese Szene spielen, wie sie möchten. Es gibt ein paar

Regieanweisungen im Skript – das ich übrigens selbst geschrieben habe …« Lens hielt inne, dann seufzte er. »Ich habe extra eine Pause gemacht, damit ihr applaudieren könnt, aber egal. Danach werden wir ihnen alle – ja, wir alle, Christian, weshalb es mir lieb wäre, wenn du dein Telefon weglegst – weitere Anweisungen geben, und dann sehen wir, wie viele Möglichkeiten es gibt, die Szene umzusetzen. Sie ist recht unklar gehalten, sodass es viel Interpretationsspielraum gibt.«

Was redete er da? Die Szene war alles andere als unklar. Das war das Problem.

»Gut, dann wollen wir anfangen. Kommt nach vorn, A und B.«

Archie und ich sahen uns zögernd an. Ich hatte etwas Probleme damit, mich in ein schwangeres Mädchen hineinzuversetzen.

Aber wir atmeten tief durch und legten los.

Ich: (extrem bemüht, meine extreme Verlegenheit zu überspielen) »Baby, ich muss dir etwas sagen.«

Archie sah mich liebevoll und besorgt an. Konzentrier dich, Elektra, konzentrier dich – er ist wirklich ein guter Schauspieler. Er fasste mich sanft am Arm, um mich zu beruhigen (nein, um A zu beruhigen, aber es war trotzdem schön). Nachdem ich den Satz »ich bin schwanger« hinter mich gebracht hatte, ohne in Ohnmacht zu fallen oder mich zu übergeben (obwohl es sehr wirklichkeitsnah gewesen wäre), wurde ich lockerer. Und es fiel mir nicht schwer, zu Archie in seiner Rolle als B Augenkontakt herzustellen. Jede Pause war ohne Frage sehr »emotional«.

»Ich krieg das gar nicht in den Kopf …« Archie sah richtig verstört aus (was ich – also, ich meine A – fast schon als Beleidigung empfand).

Dann lachte Brian.

»Fühl mal!« Ich machte einfach weiter. Christian fing auch an zu kichern und dann noch zwei andere Jungs. Archies Mundwinkel zuckten, als er näher kam und über meinen »Babybauch« strich (der aufgrund von meinem enormen Kekskonsum erschreckend echt aussah).

»Okay, danke fürs Erste«, sagte Lens, weil das letzte bisschen Spannung, das noch da war, nur daher kam, dass wir uns anstrengen mussten, nicht zu lachen. »Das war sehr gut, ihr beiden, wirklich sehr gut. Ich habe euch als Liebespaar gesehen.«

Als Liebespaar? Danke, Lens – damit war jede Hoffnung auf mehr Augenkontakt gestorben.

»Gut, hat jemand einen Vorschlag, wie man das anders spielen könnte. Issam?«

Issam zuckte mit den Schultern. »Keine Ahnung. Vielleicht könnte Archie von Anfang an mehr Angst zeigen? Ich meine, das ist ja auch beängstigend.«

Allerdings.

»Ja, mehr Angst von vornherein, das würde die Szene verändern. Weitere Ideen, was man anders machen könnte?«

Brian murmelte etwas, das mehr mit der Lebensführung von A und B zu tun hatte als mit Szenenarbeit. Lens sah ihn strafend an. Lautes Gelächter. Ich wurde rot (noch röter). Wie Archie reagierte, weiß ich nicht, weil ich ihn nicht ansah. Ich konnte ihn wahrscheinlich nie wieder ansehen.

»Vielleicht könnte Archie am Ende etwas zärtlicher sein«, schlug Daisy vor.

Neiiiiiin! Wie *konnte* sie nur?

»Ja, guter Vorschlag. Stell dich doch hinter Elektra, Archie, und leg die Hände um ihren Bauch, sodass du sie praktisch in den Armen hältst. *Zärtlich*. Ja, Daisy, das gefällt mir!«

Oh Gott, jetzt war Lens voll in seinem Element. Und ich hatte das ungute Gefühl, dass Fotos von uns an halb London gesnapt wurden.

»Du bist nicht mehr meine Freundin«, sagte ich zu Daisy, als Lens die Rollen A und B an zwei andere verteilte (an Issam und Christian – eine interessante Kombination). »Zur Strafe müsstest du die Szene jetzt eigentlich mit Brian spielen!«

»Ha, das war ein Geschenk für dich. Und es hat dir SEHR gut gefallen.«

»Hat es überhaupt –«

»Versuch erst gar nicht, es abzustreiten. Wie es aussah, fand Archie es auch total gut.« Wir schauten zu Archie rüber, der von ein paar Jungs aufgezogen wurde und einen verlegenen Eindruck machte. Im Grunde konnte ich ihn anstarren, so viel ich wollte, denn ich war mir ziemlich sicher, dass er nicht in meine Richtung schauen würde. Nie im Leben.

»Er ist eben ein guter Schauspieler«, sagte ich.

»Das auch«, meinte Daisy. Und dann konnten wir nicht weiterreden, weil Christian bei der »Ich bin schwanger«-Stelle angekommen war, und um ehrlich zu sein, war es wirklich total schwer, nicht zu lachen.

KAPITEL 14

»Ich will eigentlich kein Schauspieler werden.«

Asa Butterfield (2008)

»Ich will nicht, dass die Schauspielerei mein Leben bestimmt; nicht bevor ich zwanzig bin.«

Asa Butterfield (2011)

»Na gut, ich übernehme das«, sagte mein Vater in einem Tonfall, in dem man so was wie »ich muss noch meine Steuern zahlen« sagen würde.

»Kann ich da nicht allein hinfahren?«, fragte ich. »Es sind doch nur vier U-Bahn-Stationen oder so.« Das Casting für *Fortuneswell* fand, wie Stella geschrieben hatte, in der Tottenham Court Road statt, im Gebäude einer Kirchengemeinde (die Schauspielerei führte mich an die erstaunlichsten Orte).

»Nein, unter sechzehn brauchst du eine Begleitperson«, sagte meine Mutter, die sich inzwischen gut mit den ganzen Casting-Vorschriften auskannte.

»Die werden es nicht merken. Ich hänge mich einfach an irgendeinen Erwachsenen.«

»Dieser Kommentar erklärt, warum du *nicht* allein hinkannst«, erwiderte Mum. Sie hatte miese Laune, was wahrscheinlich mit der ausgelaufenen Waschmaschine zu tun hatte. Die Küche stand dermaßen unter Wasser, dass es mir vorkam wie ein Gespräch in einem Rettungsboot. »Entweder bringst du sie hin«, sie sah Dad an, »oder du bleibst hier und kümmerst dich um den Reparaturservice.«

»Komm, Elektra, wir fahren«, sagte Dad.

Daisy war schon reingegangen, als ich ankam. Im Warteraum war es sehr kalt, aber wenn die Amerikanische Gemeinde Geld zum Heizen übrig gehabt hätte, dann hätte sie die Etage über dem Kirchenraum wohl nicht an die Unterhaltungsindustrie vermietet. Die zwei Elemente passten allerdings gut zusammen – unten Predigten zum amerikanischen Traum und oben Castings für den Hollywood-Traum. Man konnte auch auf Anhieb erkennen, wer zum Casting kam und wer in die Kirche wollte: Die Schauspieler waren diejenigen, die tatsächlich so aussahen, als würden sie beten. Außerdem lag das Gebäude praktischerweise in der Nähe des Londoner Scientology-Sitzes. Wenn Tom Cruise einen also für eine Rolle in seinem Film in Betracht zog und man wirklich verzweifelt war, konnte man sich gleich an Ort und Stelle für Milliarden Jahre verpflichten.

Als Daisy rauskam, war ich vom Warteraum in den Flur ausgewichen. Im Warteraum waren inzwischen mehr Mädchen als Stühle (und weil sie alle so hübsch waren, hatte ich

Komplexe bekommen und wollte möglichst weit weg von ihnen sitzen). In dem Moment, als wir darüber informiert worden waren, dass es Verzögerungen gab, war mein Vater losgezogen, um »sich die Beine zu vertreten« (das heißt, er hatte sich in ein nettes Café gesetzt, um sein Handy zu checken und ein bisschen zu arbeiten). Daisy kam direkt an mir vorbei, und obwohl ich total nervös und mit mir selbst beschäftigt war, merkte ich, dass sie völlig aufgelöst war.

»Hey, Daisy. Was ist los? Waren sie gemein zu dir?«

Sie schüttelte den Kopf, aber sie war den Tränen nahe.

»Komm, lass uns ein bisschen nach draußen gehen. Ich habe gerade gehört, dass es noch mindestens eine halbe Stunde dauert, bis ich aufgerufen werde.«

Wir gingen vor die Tür, verscheuchten ein paar Tauben und setzten uns auf eine kleine Mauer. Zwei Mädchen starrten uns an, bevor sie ins Gebäude verschwanden. Sie versuchten wahrscheinlich abzuschätzen, für welche Rollen wir wohl vorgesehen waren. Ihr Verhalten wirkte etwas feindselig, und wir ignorierten sie. Daisy saß einfach nur da, starrte unglücklich vor sich hin und scharrte wie eine Fünfjährige mit den Schuhspitzen auf dem Boden. Sie war sonst immer so fröhlich, also stimmte irgendetwas nicht.

»Was ist?«, fragte ich. »War es ein kompletter Reinfall?« Das klang gemein, aber es war nicht so gemeint, und das wusste sie. Es war reines Mitgefühl.

Sie zuckte mit den Schultern. »Es war ganz okay, denke ich. Sie haben gesagt, ich sei ›großartig‹ gewesen, aber wir wissen ja, dass das nichts zu bedeuten hat.«

»Das ist doch gut, oder? Jedenfalls ist es nicht schlecht.«

»Kann sein.«

Es gab eine lange Pause, und ich hätte gern Schokolade oder so was dabeigehabt, denn Daisy brauchte eindeutig eine Aufmunterung, ganz egal, was sie sagte. Ihr standen die Tränen in den Augen, und ihre Nasenspitze war verdächtig rot. Sogar ihre blonden Locken sahen irgendwie platter und trauriger aus als sonst.

»Die Sache ist die, Elektra … Ich hasse es.«

»Was? Castings? Jeder hasst Castings. Was soll einem schon daran gefallen? Wir müssen einfach so berühmt werden, dass wir nichts mehr damit zu tun haben. Pass auf, noch ein paar Jahre, und dann tauchen wir nur noch bei ›Höflichkeitstreffen‹ auf, und Scorsese wird uns anflehen, in seinen Filmen zu spielen.« Ich wollte sie zum Lachen bringen, aber jetzt weinte Daisy wirklich. Leise und verschämt wie jemand, der nicht gern Wirbel um sich macht.

»Nein, du verstehst mich nicht. Ich hasse *alles*! Ich hasse es, zu Castings zu gehen, Text zu lernen und Text zu vergessen, ich hasse den Stress, immer pünktlich zu sein, und die ganze Nervosität. Ich hasse es, wenn ich nicht in die engere Wahl komme, aber ich hasse es genauso, wenn ich in die engere Wahl komme. Ich hasse es, mir vor dem Drehen Sorgen darüber zu machen, ob ich einen Pickel kriege oder zugenommen habe oder am falschen Ort stehe und das Falsche sage und … Ach, ich weiß auch nicht … Ich bin irgendwie … enttäuscht.«

Ich wusste nicht, was ich sagen sollte. Daisy hatte das alles so gut drauf – wie konnte sie sich da so schlecht fühlen?

Außerdem war sie voll dünn und hatte nie Pickel.

Ich legte einen Arm um sie. Sie war ganz verschwitzt vom Weinen. Ich hatte ein zerknülltes Tempo in der Tasche, das hoffentlich nicht verrotzt war, und ich gab es ihr und hielt sie einfach ein bisschen fest.

Ein Mädchen kam vorbei und schaute fast schadenfroh zu uns rüber. Weil Daisy so unglücklich aussah, dachte es wahrscheinlich, es hätte eine Konkurrentin weniger.

»Aber Daisy, du bist richtig gut! Du bist das beste Mädchen in unserem ACT-Kurs, das sagt jeder.«

»Gegen das Schauspielern an sich habe ich ja auch nichts«, schniefte sie. »Es ist das ganze Drumherum. Das hasse ich wirklich. Es bestimmt mein Leben, und das macht einfach keinen Spaß mehr.«

»Aber du bekommst doch jede Menge Jobs, und die Casting-Leute lieben dich. Du bist voll der Profi.«

Sie sah mich bekümmert an. »Ich arbeite als Synchronsprecherin. Ich mache Werbespots für Tiefkühlkost und Reinigungsprodukte, Schulungsvideos für Firmen und viel zu viele Videos für Erziehungssendungen. Ich arbeite ständig, aber die Jobs sind der totale Schrott.«

Das hatte ich nicht gewusst. Ich hatte immer nur mitbekommen, dass Daisy einen Job nach dem anderen bekam. Ich war neidisch gewesen. Ich hatte mir keine Gedanken darüber gemacht, was für Jobs das waren.

»Na, immerhin verpasst man so jede Menge Schulstunden«, meinte ich.

»Ja«, sagte sie. »Das stimmt. Und deshalb bin ich auch so schlecht in Mathe, Physik und Chemie.«

»Dann hör einfach auf«, sagte ich.

Sie sah mich an, als hätte ich sie nicht mehr alle.

»Im Ernst! Mach was anderes. Du könntest Tänzerin oder Sängerin oder – ich weiß nicht – sogar Model werden.« Gut, Model vielleicht nicht, dafür war sie wahrscheinlich zu klein, aber meiner Erfahrung nach munterte es jedes Mädchen auf, wenn es gesagt bekam, dass es Model werden konnte.

»Aber das ist es ja, Elektra, ich will gar nichts anderes machen – das hätte ja auch nur wieder mit Terminstress und Unterricht zu tun, und ich müsste wieder besser sein als andere oder zumindest besser aussehen. Ich will einfach rumhängen und was ganz Normales machen.«

Ich war verwirrt.

Ein Teil von mir hielt sie einfach für verrückt. Daisy bekam Rollen, warum wollte sie also etwas Normales machen? Wie langweilig war das denn?

Ich konnte mir auch gar nicht vorstellen, wie man einfach so auf alles verzichten konnte, was mit der Schauspielerei zu tun hatte. Ich war immer noch high von den Dreharbeiten für Eds Kurzfilm, und die waren schon Wochen her. Aber es war schrecklich, dass sie so traurig war. (Obwohl ich automatisch daran denken musste, dass die Besetzungsleiterin Daisy sofort für die »Sophie/Betty«-Rolle engagieren würde, wenn sie sie so sehen könnte, denn Daisy sah wirklich hübsch aus, wenn sie weinte.)

Nein, nicht sehr hilfreich, Elektra! Ich riss mich zusammen. »Dann hör auf«, sagte ich noch mal.

»Meine Eltern würden ausflippen.« Sie erschauderte. »Sie haben so viel Geld dafür ausgegeben. Teure Fotos und der ganze Schauspiel- und Gesangs- und Tanzunterricht und die Fahrtkosten und so. Ich habe jetzt erst angefangen, Geld reinzuholen, indem ich diese schrottigen Jobs mache.«

Ich schämte mich, weil ich gar nicht an das Geld gedacht hatte. Und einen unangenehmen Moment lang fragte ich mich, wie Daisy mich wohl sah – mich in unserem großen Haus mit meinem Architekten-Dad (auch wenn er fast nur Küchen machte) und meiner kaufsüchtigen (auch wenn sie es abstritt), nicht berufstätigen Mutter und meinen Designerklamotten (auch wenn es nicht viele waren und sie mir von meiner verrückten französischen Stiefgroßmutter gekauft wurden).

Ich würde sicher nie Schulstunden versäumen *müssen*, um mit Schulungsvideos oder Werbespots für Hundefutter Geld zu verdienen. Ich drückte Daisy noch mal, um sie ein bisschen zu trösten, aber auch, damit sie mich, wenn sie mich schon für verwöhnt hielt, wenigstens verwöhnt *und* nett fand.

»Du solltest gehen«, sagte sie. »Deine halbe Stunde ist fast um.« Typisch Daisy – sie würde niemals zu spät kommen. Obwohl ich ein schlechtes Gewissen dabei hatte, sie in diesem Zustand allein zu lassen, sprang ich auf und flitzte in Sekundenschnelle ins Gebäude.

Ich kam gehetzt und mit rotem Gesicht in den Aufnahmeraum.

Ich hatte nicht mal die Drehbuchseiten mit meinem Text bei mir. Ich konnte ihn zwar auswendig, aber ich fühlte mich ein bisschen nackt, wenn ich ihn nicht wie ein Schmusetuch in der Hand halten konnte. Welche der beiden Frauen im

Raum Sally Upton war (die Besetzungsleiterin), wusste ich nicht, also warf ich beiden ein strahlendes »Nehmt mich, ich bin wirklich gut«-Lächeln zu. Ich glaube, sie bekamen es nicht mal mit, denn sie machten sich Notizen und tuschelten miteinander – offenbar hatte das Mädchen vor mir für Gesprächsstoff gesorgt. Ich betete, dass es wegen einer anderen Rolle gekommen war.

»Okay, jetzt müssen wir aber weitermachen, sonst werden wir ja nie fertig«, sagte die ältere der Frauen nach einer Weile und sah endlich auf.

Großartig. Eine schlecht gelaunte, gelangweilte Besetzungsleiterin hatte mir gerade noch gefehlt. Ich fragte mich, wie viele Teenie-Mädchen sie sich schon angesehen hatte. Eindeutig zu viele.

»Könntest du bitte mit einem etwas neutraleren Akzent sprechen?«, sagte Mrs Upton, als ich ungefähr in der Mitte des Texts war.

Was? Ich konnte unmöglich zu vornehm klingen für die Rolle eines Mädchens aus gutem Hause in einem englischen historischen Film. Was blieb mir denn dann noch? Filmbiografien von Prinzessinnen des achtzehnten Jahrhunderts? Ziemlich beschränkte Auswahl. »Soll ich noch mal von vorn anfangen?«

»Nein, mach einfach da weiter, wo du warst.«

Ich spürte, dass ich immer noch ganz rot war, und mein Hals juckte beunruhigend, also klang ich nicht nur falsch, sondern sah vermutlich auch nicht besonders gut aus. Ich versuchte, mich daran zu erinnern, wo ich aufgehört hatte, aber ich war voll durcheinander. Daisy stellte sich bei Castings garantiert nicht so blöd an, und sie saß jetzt draußen und weinte. »Äh … Tschuldigung, könnte ich kurz in den Text gucken?«

Die Frau reichte ihn mir. »Können wir dann?«

Sie wollte es offensichtlich schnell hinter sich bringen, damit sie sich die übrigen Mädchen ansehen und sich gleich danach einen Kaffee oder Wodka besorgen konnte oder was auch immer sie brauchte, um den Rest des Tages zu überstehen.

Ich fing noch mal an.

Mary
(wirft ihre Stickarbeit zur Seite) Aber Mama, ich langweile mich. Du hast mir das Lesen verboten, und ich kann einfach nicht untätig herumsitzen. Ich muss etwas Nützliches tun. Etwas Sinnvolles. Es muss doch etwas geben, das ich für jemanden tun kann. Und wenn dieser Jemand mir Geld dafür gibt, dass ich ihm dienlich bin, dann ist das gewiss etwas Gutes und nichts Beschämendes …

Okay, das hätte ich sagen *sollen*. Was ich tatsächlich sagte, war ungefähr das:

Aber Mama, ich langweile mich. Du hast mir das Lesen verboten, und ich kann einfach nicht … ich kann einfach nicht …

Ich setzte neu an, bekam den Satz hin und dann:

Ich muss etwas Nützliches tun. Etwas … Etwas Sinnliches? Äh, nein … Sinnvolles?

Ich fing noch mal ganz von vorn an und kam bis zum Ende durch, aber mir stand der Schweiß auf der Oberlippe.

Mrs Upton las den Text der Mutter für mich. (Ihre Stimme war so neutral, dass sie regelrecht beige klang.)

MAMA

Beim Lesen verdirbst du dir nur die Augen, und dann brauchst du eine Brille wie die bedauernswerte Rebecca.

MARY

***(vor sich hin murmelnd)* Zumindest hat Rebecca den ganzen Tag über etwas zu tun …**

Ich war davon überzeugt, dass ich mit ein bisschen Mühe die Seite in der Buchausgabe von *Betty und ihre Schwestern* finden konnte, von der diese Szene abgeschrieben worden war.

Im Grunde machte ich nichts anders als vorher, und ich war relativ sicher, dass zumindest Marys Verärgerung ziemlich echt rüberkam. Sie unterbrach mich nicht noch mal. Innerhalb von ein paar Minuten war es vorbei.

»Danke«, sagte Mrs Upton mit ihrer farblosen Stimme und machte sich Notizen.

Die andere Frau, die kein Wort gesagt hatte, lächelte mich freundlich an, als ich ging. Aus Mitleid wahrscheinlich.

Daisy war weg, und Dad war nicht im Warteraum.

Wo bist du?, schrieb ich ihm.

Im Café gegenüber. Bist du fertig?

Ja. Ich wartete darauf, dass er die quälenden »Wie ist es gelaufen?«-Fragen abspulte.

Gut. Wurde auch Zeit. Ich sterbe vor Langeweile.

Er war eine richtig schlechte Begleitperson. Perfekt!

Von: Stella, Agentur Haden

Datum: 17. März 18:04

An: Julia James

Cc: Charlotte, Agentur Haden

Betreff: OmniNut-Werbespot

Anhänge: Vertragsentwurf_E.J._und_OmniNut.doc, Karte.jpg

Liebe Julia,

den Verantwortlichen bei OmniNut haben die Sprachclips gefallen, die wir ihnen geschickt haben, und sie möchten Elektra gern für die Sprachaufnahmen für ihren neuen Werbespot am Dienstag, dem 24. März, engagieren. Wie Sie dem Vertragsentwurf entnehmen können, ist diese Arbeit gut bezahlt (!), und wir sind sicher, dass Elektra auch Spaß daran haben wird. Es ist ein Standardvertrag, und wenn Sie mit allem einverstanden sind, unterschreiben Sie ihn einfach und schicken Sie ihn an mich zurück. Das Studio ist etwas abgelegen, weshalb ich eine Karte angehängt habe. Da es ein Schultag ist, brauchen wir eine schriftliche Genehmigung von Elektras Schule.

Herzliche Grüße

Stella

PS: Bin sehr froh, dass Sie die Grippe überstanden haben, Julia ☺

Von: Mrs Haroun, Direktorin, Berkeley Academy

Datum: 18. März 16:13

An: Julia James

Betreff: Befreiung vom Schulunterricht am 24. März

Anhänge: Genehmigungsschreiben.doc

Liebe Mrs James,

bezugnehmend auf unser Gespräch schicke ich Ihnen wie besprochen im Anhang Elektras offizielle Befreiung vom Schulunterricht am Dienstag, dem 24. März.

Während ich die Genehmigung diesmal gern ausstelle, möchte ich darauf hinweisen, dass es hilfreich wäre, beim nächsten Mal frühzeitiger informiert zu werden (sollte es ein nächstes Mal geben). Wir unterstützen unsere Mädchen natürlich gern bei ihren außerschulischen Aktivitäten und schätzen die darstellenden Künste, haben jedoch zugleich eine strikte Fehlzeitenregelung.

Mit freundlichen Grüßen

Maryam Haroun
Direktorin, Berkeley Academy

PS: Viel Glück, Elektra, und lass uns wissen, wie es war!

Berkeley Academy: erfolgreiche Mädchenschule seit 1964

★

KAPITEL 15

»Eine Nebenrolle ist auch was Feines. Es ist richtig befreiend, einfach mal nur ein komischer Sidekick zu sein.«

Alex Pettyfer

»Hast du Moss gebeten, heute im Unterricht Notizen für dich zu machen?«, fragte meine Mutter.

»Mmm«, brummelte ich. Ich hatte es nämlich vergessen, und Moss' Notizen wären sowieso nicht besonders hilfreich gewesen (sie hat ein ausgezeichnetes Gedächtnis und schreibt sich nichts auf). Wenn nötig, würde ich von Maja abschreiben.

»Und was ist mit den Hausaufgaben?«

»Was soll damit sein?«

»Sagt Moss dir Bescheid, was ihr für morgen aufhabt?«

»Klar«, sagte ich. Natürlich nicht! Das Gute daran, am Dienstag schulfrei zu haben, um ein Eichhörnchen zu synchronisieren, war, dass niemand (außer meiner Mutter und vielleicht Madame Verte) erwartete, dass ich am Mittwoch Hausaufgaben vorlegte.

Bist du da, Moss?, schrieb ich. Keine Antwort. **Bin unterwegs, um die neue Stimme von OmniNuts zu werden. Dauert eine Ewigkeit, da hinzukommen.** Keine Antwort.

»Hast du den Bio-Test schon zurück?«

»Nein.« Eine glatte Lüge. **Moss? Mum löchert mich wegen der Schule. Gleich fängt sie an, mich über mein Leben auszufragen. HILF MIR!** Fünf Minuten später: **Melde dich!!!** Keine Antwort.

»Geht Jenny immer noch mit diesem netten Jungen aus?«, fragte Mum.

Eine täuschend einfache Frage, aber a) war Jenny mit niemandem »ausgegangen«, b) hatte sie im letzten Monat mit zwei Jungs was angefangen, von denen ich keinen als »netten Jungen« bezeichnen würde, c) kannte Mum Jennys Mutter, weshalb es gefährlich war, überhaupt etwas zu sagen, und d) würde mich Mum jeden Moment fragen, warum *ich* nicht mit jemandem »ausging«.

»Mmm«, machte ich wieder.

»Hast *du* denn irgendwelche Jungs auf dem Radar?«

Mir wurde etwas übel. »Nein, keinen einzigen.«

»Und Mädchen?«, bohrte sie weiter.

»Nein, auch keine Mädchen.«

MOSS! RETTE MICH!

»Sieh nach, ob wir an der nächsten Kreuzung abbiegen müssen, Elektra.« Puh, Glück gehabt!

»Ja, müssen wir«, entgegnete ich. Ich war mir sehr sicher, weil Mum mich in den vergangenen vierzig Minuten vor jeder Kreuzung gebeten hatte, in die Karte zu sehen. Wir landeten in einem furchtbaren Gewirr aus Einbahnstraßen, die durch einen Gewerbepark führten. Wir gerieten beide ein bisschen ins Schwitzen, bevor Mum endlich durch das Tor zu dem – wie wir hofften – richtigen Gebäude fuhr. Da war zwar ein Pförtner, aber er war damit beschäftigt, *Desperate Housewives* zu gucken, und konnte nicht kontrollieren, wer wir waren. Er winkte uns einfach durch.

»Wir könnten buchstäblich internationale Drogenschmuggler sein«, sagte ich.

»Ja ... aber das ist wirklich eine gute Folge«, meinte Mum.

»Okay. Wahrscheinlich gibt es auch nicht so viele internationale Drogenschmuggler, die kleine Industriegebiete in Hertfordshire heimsuchen. Und Kartelle, die aus einem Mutter-und-Tochter-Team aus dem Norden von London bestehen, sind wohl eher selten.«

»Ja, das möchte man glauben. Aber genau deshalb wäre es die perfekte Tarnung. Niemand würde uns verdächtig finden. Du bist zu planlos und chaotisch, und ich wirke zu spießig, um im großen Stil mit Drogen zu handeln.« *Wirke???* »Wir könnten Verwandte in Kolumbien haben, die wir oft besuchen müssen.«

Das klang für mich *sehr* ausgeklügelt – ein Doppelleben als internationale Drogenhändlerin würde einige ihrer Neurosen erklären ... Wir parkten vor einem Gebäude, das aussah wie eine riesige Metallkiste. An der Tür hing eine Tafel mit der Aufschrift **DAYBREAK SOUND SOLUTIONS**. Ein Teenager mit deprimierter Miene und einer unglaublich engen Jeans machte uns auf. Er sagte kein Wort und trat direkt wieder den Rückzug in sein Büro an (langsam natürlich, weil die enge Jeans seine Beweglichkeit einschränkte).

»Wir sind wegen der Sprachaufnahme da«, sagte ich.

Er sah uns verständnislos an. »Okaaay.«

»Wegen der Eichhörnchen-Reklame«, fügte meine Mutter hinzu.

Jetzt musterte er uns kritisch. »Okay.«

»Wissen Sie, wohin wir müssen?«

»Ich bin nur der Praktikant«, sagte er gedehnt. So hatte er sich das »coole Medienpraktikum«, das ihm ein Verwandter (schätze ich mal) versprochen hatte, eindeutig nicht vorgestellt. Er zeigte auf einen Raum, der hilfreicherweise mit WARTEN gekennzeichnet war, und verschwand im Büro. Wir setzten uns auf ein durchsichtiges Plastiksofa (das meinem Vater sehr gefallen hätte: skandinavisches Design, absolut farblos und voll unbequem) und hofften das Beste.

Mein Handy bellte. Es war Archie. **Hey E, was geht?**

Bin im Studio, Sprachaufnahme.

Das war megaaufregend, denn erstens hatte Archie mir einfach so, ohne jeden Grund, geschrieben, und zweitens hatte ich eine coole Antwort. Wie standen also die Chancen?

Geil. Wofür?

Unglaublich nussige Nüsse. Wahrscheinlich im Gegensatz zu anderen Nüssen, die irgendwie nicht so nussig waren. Subnussig? Nicht so cool. Ich hatte Zeit, Mum eine Tasse Tee zu machen und zwei Kekse zu essen (die Catering-Feen hatten ein Tablett mit dem Schild »Selbstbedienung« hingestellt), bevor mein Handy wieder bellte.

Gutes Skript?

Hab's noch nicht gesehen. Aber meine Figur heißt Squirrelina, also bin ich optimistisch.

Ha, ha, ha.

Zweitwichtigstes Eichhörnchen in dem Spot.

Bin beeindruckt.

Solltest du auch sein. Ich war mit mir zufrieden. Es lief doch ziemlich gut.

Ein total gestresster Mann mit Glatze und einem dicken Bart kam in den Warteraum gelaufen.

»Elektra?«

»Ja.« Ich hob die Hand. »Das bin ich. Hallo.«

Muss los, schrieb ich schnell.

»Super, ich bin Martin, der Regisseur.« Er schüttelte mir kräftig die Hand. »Und das ist die liebe Mutti?«

Mum sah aus, als müsste sie brechen. »Ja, ich bin … die Mutti.«

»Super. Also, liebe Mutti, wenn Sie kurz hier warten würden? Elektra ist gleich wieder da, das geht ganz schnell.«

Das klang, als wollte er mir eine Impfung verpassen und nicht meine Stimme für das zweitwichtigste Eichhörnchen in dem Spot aufnehmen.

Ich folgte dem gruseligen Bärtigen ins Aufnahmestudio. Die Decke und die Wände waren mit grauem Akustik-Schaumstoff bezogen, und an einer Wand waren Steuerpulte wie aus einem Raumschiff mit großen Computermonitoren darüber.

Zwei Jungs mit Baseballkappen und T-Shirts, auf denen hintendrauf TON stand (das wäre also auch geklärt – ich hatte das Gefühl, dass ich auch beschriftet würde, wenn ich hier irgendwo lang genug rumstand), stellten sich vor, und ich vergaß ihre Namen sofort wieder.

»Und der Kunde ist auch da«, sagte Martin und zeigte auf ein Telefon mit Lautsprecher.

Eine Stimme dröhnte heraus: »Freut mich, dich kennenzulernen, Elektra.«

»Gleichfalls«, sagte ich. Was für eine abgefahrene Situation!

»Gut, dann lies dir das mal durch«, sagte Martin und drückte mir eine Seite in die Hand, doch dann redete er einfach weiter, sodass ich gar keine Zeit zum Lesen hatte. »Wir sind alle sehr begeistert von diesem Projekt, und ich denke, es wird uns gelingen, eine emotionale Verbindung zwischen den Zuschauern, den potenziellen *Käufern*«, er schaute zu dem Lautsprecher, »und Squirrelina herzustellen, nicht wahr? Super! Also, gehen wir den Text zusammen durch. Ich lese die anderen Figuren für dich.

Squirrelina, ich habe ein Geschenk für dich! (Martin vertiefte sich in seine Rolle.)

Oh, Colonel Kernig, wirklich? Ein Geschenk? Für mich? (Ich gab mein Bestes, um mich wie ein Eichhörnchen zu fühlen.)

Ja, ich habe es von den dusseligen Menschen stibitzt.

Das ist aber ungezogen, Colonel! (Ich konnte es nicht fassen, dass Squirrelina mit einem Typ flirtete, der sich Colonel Kernig nannte. Sie war eine starke unabhängige Frau. Sie konnte sich selbst mit nussigen Naschereien versorgen. Sie musste ihre Ansprüche unbedingt hochschrauben. Im Skript stand, dass ich jetzt ein Knabbergeräusch, gefolgt von einem anerkennenden Laut, von mir geben musste.) **Hmmm, die sind so unglaublich nussig!!**

»Nun, wie wir von der Eichhörnchen-Versorgungstruppe sagen: Nussig muss es sein, ohne Wenn und Aber.«

Nussig, ohne Wenn und Aber! Das gefällt mir!

»Gut gemacht.« Martin nickte. »Du hast sie gut getroffen.«

Die Ton-Typen versuchten, sich das Lachen zu verkneifen.

»Kann sie beim nächsten Mal etwas höher und melodischer sprechen, damit es ein bisschen niedlicher und mädchenhafter klingt?«, sagte der Kunde. »Und das Knabbergeräusch klang, als würde sie einen dicken Ast durchbeißen. Das also bitte leiser.« Im Hintergrund war deutlich die Klospülung zu hören. Ich musste mich schwer am Riemen reißen, um nicht loszukichern.

»Sooo«, sagte Martin. »Und könntest du ein bisschen mehr Begeisterung in die erste Zeile legen? Squirrelina ist nämlich wahnsinnig überrascht. Und wenn du ›unglaublich nussig‹ mit mehr Nachdruck sagen könntest? Da stehen nicht umsonst zwei Ausrufezeichen.«

»Damit wir nachempfinden können, dass es ein richtiges Geschmackserlebnis ist, nicht wahr?«, fügte der Kunde hinzu.

»Äh, ja, Geschmackserlebnis, klar.«

»Super«, sagte Martin. »Und es wäre toll, wenn wir ein bisschen mehr Staunen aus ›Nussig, ohne Wenn und Aber!‹ heraushören könnten. Sag es langsamer, so als würde dir beim Sprechen klar werden, wie großartig es ist, ja?«

Als wir den Text bis zum Ende durchgegangen waren, fühlte ich eine echte Verbundenheit mit Squirrelina. Gut, sie war nicht gerade eine Ikone der Frauenbewegung oder eine besonders vielschichtige Figur, aber sie schien ein echt nettes Mädchen/Eichhörnchen zu sein. Und eines musste man ihr lassen: Sie konnte Colonel Kernig um den kleinen Finger wickeln. Ich wusste nicht, ob Eichhörnchen kleine Finger haben. Ich würde es später googeln.

»Dann ab in die Box mit ihr«, sagte der ältere der beiden Ton-Typen (das hörte sich irgendwie nicht so nett an).

Wie sich herausstellte, war »die Box« einfach eine kleine schalldichte Kabine, die durch eine Glaswand vom Studio abgetrennt war.

»Okay, Elektra, stell dich bitte dicht vor dieses Mikrofon.« Der jüngere Ton-Typ war mit mir gekommen. »Ganz dicht, sodass du dieses runde Sieb fast mit der Nase berührst. Nein, nein, so geht das nicht – du bist zu groß.«

Er stellte das Mikrofon ein gutes Stück höher.

Peinlich. Und ich dachte, bei Sprachaufnahmen würde meine Größe ausnahmsweise mal kein Problem sein.

»Kopfhörer okay?«

Ich nickte. Er drehte sich zu den Leuten auf der anderen Seite der Glaswand um und machte das Daumen-hoch-Zeichen, dann ließ er mich allein. Ich schaute sie durch die Scheibe an und sie mich. Martin winkte mir kurz zu, und ich winkte zurück. Irgendwie war es kein schönes Gefühl, so von außen beguckt zu werden. Ich würde nie wieder der Meinung sein, dass Goldfische es leicht hatten.

»Gut, dann wollen wir mal. Ich gebe dir ein Zeichen, wenn du anfangen musst«, sagte der ältere Ton-Typ über den Kopfhörer, und dann kam das Zeichen auch schon, und ich legte los.

»Okay, Elektra, so kommen wir insgesamt auf dreiunddreißig Sekunden. Wir müssen also irgendwo drei einsparen. Könntest du das ›ohne Wenn und Aber‹ vielleicht etwas schneller sagen?«

Nachdem ich es ungefähr zehn Mal gemacht hatte, durfte ich den Glaskasten wieder verlassen.

»Dann sind wir hier also fertig. Um wie viel Uhr kommt Eichhörnchen Nummer drei?«, fragte der jüngere Ton-Typ.

Martin sah ihn vorwurfsvoll an. »*Oberst Pinienkern* ist für halb eins vorgesehen.«

»Wunderbar, dann machen wir jetzt Mittagspause.«

»Ja, vielen Dank, Elektra. Du bist fertig. Hat echt super geklappt – du warst fantastisch«, sagte Martin, und der jüngere Ton-Typ brachte mich wieder in den Warteraum.

»Wie ist es gelaufen?«, fragte meine Mutter (wie neuerdings so oft).

»Gut, aber auch merkwürdig. Voll merkwürdig.«

»Warum?«

»Weil ich ein sprechendes Eichhörnchen namens Squirrelina gespielt habe, das mit der Frauenbewegung nichts am Hut hat.«

»Ah, verstehe, das war eine dumme Frage.«

»Weißt du, was noch merkwürdig war? Ich habe ganz vergessen, nervös zu werden.« Wirklich, an Nervosität hatte ich gar nicht gedacht. Seltsam.

»Gut. Na, zum Glück bist du jetzt fertig. Ich habe mich sehr gelangweilt. Hier gibt es keine vernünftigen Zeitschriften, und ich habe so große Lust auf *Desperate Housewives*.«

»Ich spüre gerade eine starke genetische Verbindung zu dir. Machen wir einen Fernsehmarathon, wenn wir zu Hause sind?«

»Du hast das Durchhaltevermögen für einen Netflix-Marathon?«

»Oh ja! Ich bin der Colonel Kernig aller Netflix-Marathons.«

Meine Mutter sah mich an, als wäre ich nun endgültig verrückt geworden.

Was ich verstehen konnte.

Von: Stella, Agentur Haden

Datum: 26. März 15:32

An: Julia James

Cc: Charlotte, Agentur Haden

Betreff: Der Spekulant und Straker (Arbeitstitel)

Anhänge: Vertrag.doc, Kurzinfo.doc, Szenen.doc, Karte.jpg

Liebe Julia,

wie telefonisch besprochen, schicke ich Ihnen die Unterlagen zu dem Projekt *Der Spekulant* (16. April, Ort auf der Karte markiert). Rufen Sie mich an, wenn Sie oder Elektra weitere Informationen benötigen. Es wird bestimmt ein schöner Abschluss der Osterferien!

Zu *Straker* gibt es leider nichts Konkretes zu berichten. Das Casting-Team hat bestätigt, dass es die zusätzlichen Szenen bekommen hat, die wir zusammengestellt haben, und jetzt können wir nur abwarten. In diesem Geschäft verbringt man viel Zeit mit Warten. (Aber ein dickes Lob für OmniNut!)

Herzliche Grüße

Stella

PS: Ihr geplanter Urlaub in Schottland klingt wundervoll! Ich brauche auch eine digitale Auszeit!

KAPITEL 16

»Ich möchte Grenzen sprengen, verrückte Trends und all das ausprobieren, was Teenager so tun. Aber ich will keinen Murks machen.«

Chloe Moretz

Ich musste Moss buchstäblich vor der Haustür auflauern, um sie zu sehen. Mir war klar, dass sie sehr beschäftigt war: Ihre Mutter war ständig hinter ihr her, um sie auf Perfektion zu trimmen, und gleichzeitig musste sie sich so viel Zeit wie möglich frei halten, falls Torr sich mit ihr treffen wollte. Aber a) hatte ich Neuigkeiten für sie und b) würde sie mir fehlen, wenn ich an mein mückenverseuchtes, verregnetes Ferienziel im hintersten Schottland verschleppt wurde.

»Komm rauf!«, rief sie, als Haruka (die ein besonders süßes Bienenkostüm trug) mich reinließ. Ich ging also nach oben, bahnte mir einen Weg durch die Klamottenhaufen auf dem Boden und setzte mich neben Moss auf das Bett. Es war der einzige freie Platz in dem Chaos. Außerdem sind Betten wahnsinnig gemütlich.

»Hilf mir, Elektra!«

Moss war in Sachen Mode besser als ich, aber vor lauter Stress konnte sie offensichtlich nicht klar denken.

»Date mit Torr?«, fragte ich und zeigte auf ein Top mit einem hübschen Ausschnitt, der aber nicht so tief war, dass ihre Mutter von ihr verlangen würde, sich noch mal umzuziehen.

»Ich denke schon.«

»Jetzt? Hier?«

Moss schaute mit hochgezogenen Augenbrauen zu den Stofftieren, die unter dem Fenster aufgereiht waren. »Nein, Elektra, natürlich nicht hier.«

»Wo denn?«

»Das weiß ich noch nicht«, sagte Moss und spielte an ihrem Telefon rum. »Seit er gefragt hat, ob wir uns treffen wollen, hat er noch nicht wieder geschrieben. Also habe ich direkt nach der Schule begonnen, mich fertig zu machen, aber dann dachte ich, ich bin ja bekloppt, und habe mich wieder umgezogen, und jetzt muss ich wieder von vorn anfangen.«

Sie hatte eine Jogginghose an, auf der hinten auf dem Po »Ich bin nicht normal« stand.

»Mossy? Hast du etwa roten Lippenstift drauf?«

»Ein bisschen«, sagte sie verlegen.

»Hatten wir nicht irgendwann mal gesagt, dass wir nie stylish genug für roten Lippenstift sein werden?«

»Ich glaube, das darf ich selbst entscheiden.«

»Sicher.« *Autsch.* »Das läuft ja jetzt schon ewig«, sagte ich.

»Was?«, fragte sie und versuchte, sich zwischen zwei Skinny-Jeans zu entscheiden, die völlig gleich aussahen.

»Das mit dir und Torr.« Und es war wirklich so: Wenn ein Pärchen länger als zwei Wochen zusammen war, galt es an unserer Schule praktisch als verlobt. »Ihr seid wie Flissy und James. Das heißt, beim nächsten Neujahrstreffen sitzt *ihr* auf der Gymnastikbank.« Flissy und James waren zu meinem Erstaunen immer noch zusammen, aber das lag möglicherweise daran, dass er nicht genug Wörter kannte, um mit ihr Schluss zu machen.

Moss lachte (und es klang nicht sarkastisch, was ich beunruhigend fand).

»Unglaublich, dass ihr jetzt offiziell ein Paar seid.«

»Sind wir nicht. Wir haben noch nicht über eine feste Beziehung gesprochen, deshalb weiß ich nicht, was wir genau sind.«

»Torr hat doch gar keine Zeit mehr dafür, sich nach anderen Mädchen umzusehen. Ihr habt euch letzte Woche zwei Filme mit Untertiteln angeguckt. Das ist ganz schön merkwürdig.«

»Da ist nichts Merkwürdiges dran!«, verteidigte sie sich vehement.

»Doch, weil du so ziemlich alle Filme außer *Girls Club* und *Tatsächlich Liebe* hasst!«

Sie zuckte mit den Schultern. »Torr wollte sie sehen.«

Überraschend viele Sätze von Moss fingen neuerdings mit »Torr wollte …« an.

»Aber mir haben sie auch gefallen.«

»Im Ernst? Auch der schwedische mit der Original-Filmmusik und den traurigen Figuren?« Ich hatte die Kritiken gelesen: Beide Filme waren Müll.

Sie zuckte wieder mit den Schultern. »Natürlich nicht so gut wie *Girls Club*.«

»Zugegeben, so gut sind nur wenige Filme«, sagte ich.

»Torr wollte nicht allein hin«, erklärte sie.

Das war eigentlich total süß. »Willst du ein paar unglaublich nussige Nüsse?«, fragte ich, um das Thema zu wechseln. Als Dankeschön hatte ich von der Firma ein großes Paket bekommen.

Sie verzog den Mund. »Wie sind die?«

»Wie normale Nüsse, nur mit einem leckeren Karamellüberzug.«

»Ja, das steht auf der Packung. Aber wie sind sie wirklich?«

»Ich bin kein großer Fan davon.«

Sie waren richtig ekelhaft. Gut, dass ich sie vor der Aufnahme nicht probiert hatte. Sonst hätte ich mein gesamtes schauspielerisches Talent auspacken müssen. Arme Squirrelina!

Moss checkte ständig ihr Handy und legte es dann wieder weg. Sie machte sich total verrückt wegen dem Date.

»Meinst du, das klappt heute noch mit dem Treffen?«, fragte ich nach einer Weile genervt. Eigentlich war ich immer für Beziehungsanalysen zu haben, aber ich hatte auch etwas zu erzählen und platzte fast. Moss war so abgelenkt, dass ich nicht den richtigen Moment fand, um ihr die große Neuigkeit mitzuteilen.

»Er weiß wahrscheinlich noch nicht, wann er kann.«

Ihr Handy summte. Sie griff sofort danach und las die Nachricht. Dann ließ sie die Schultern hängen. »Oh, aha. Anscheinend hat er jetzt was anderes zu tun.«

»Typisch. Er ist wie alle anderen Jungs.«

»Ist er nicht. Du kennst ihn doch gar nicht. Und sei mir nicht böse, aber du bist nicht gerade eine Expertin auf diesem Gebiet. Er ist nur im Moment total beschäftigt mit Familienkram.«

»Wow, okay«, sagte ich, aber ich fand, dass Moss traurig und verletzt aussah, und das gefiel mir nicht. »Komm, wir schmeißen die Nussigen weg, holen die Chips raus und gucken eine Folge *Gossip Girl*. Wer braucht schon echte Jungs, wenn es Chuck Bass gibt?«

Ein Argument, das in der Vergangenheit immer funktioniert hatte.

Nach zehn Minuten (und obwohl sich Chuck und Blair alle Mühe gaben, mich zu unterhalten) hielt ich es nicht mehr aus. »Hör mal, weißt du noch, das Casting, bei dem ich war und wo hinterher nichts passiert ist und ich ganz verzweifelt war?«

»Welches?«, fragte Moss.

»Das, wegen dem ich zum Glück den Mathe-Test über Gleichungssysteme verpasst habe.«

»Ich dachte, das war nur eine Ausrede, weil du nicht gelernt hattest.«

»Hatte ich auch nicht, aber es war keine Ausrede. Es war wirklich ein echtes Casting. Ein Casting für eine Rolle. Eine Rolle …« Ich machte eine Kunstpause. »Eine Rolle, für die ich anscheinend *perfekt* geeignet bin. *Perfekt*. Wie oft darf ich das wiederholen, ohne erbärmlich rüberzukommen?«

»Wenigstens noch ein Mal«, sagte Moss, was unter den gegebenen Umständen sehr großzügig war.

»Ich. Perfekt.« Ich seufzte zufrieden. »Okay, es ist eine ganz kleine Rolle, aber in einem *echten* Film, und ich habe keinen Text, aber es –«

»Aber es ist der Hammer«, fiel sie mir ins Wort und sagte damit genau das Richtige. Und dann ließ sie mich die ganze Geschichte erzählen – mit Wiederholungen und Abschweifungen und vielen Jauchzern, weil das alles so unglaublich war. (Gut, sie checkte dabei weiter ihr Telefon, aber das war okay.)

Der Film hieß *Der Spekulant*. Es war ein Psychothriller, der im geschäftigen, reichen, unmoralischen heutigen London spielte – einer mit Typen von der Sorte böser Börsenhändler/guter Kommissar. Der böse Börsenhändler, der gute Kommissar und seine attraktive, wesentlich jüngere Angebetete wurden von richtig berühmten Schauspielern gespielt: von Daniel Craig, David Tennant und einer Newcomerin, die direkt von der Londoner Schauspielschule kam und Lucrezia genannt wurde. (Okay, *noch* war sie nicht berühmt, aber sie war immerhin so cool, dass sie sich Lucrezia als Künstlernamen zugelegt hatte.) Japp, ein echter *James Bond*, ein *Doctor Who* und ein Mädchen mit fantastischen Haaren waren meine Filmkollegen. (Ich musste es ein paarmal sagen: *meine Filmkollegen.*) Ich hatte zwar nur eine Szene als eines von mehreren Schulkindern, die eine Straße überqueren, aber ich hob mich aus der Masse hervor, weil ich fast vor ein Auto lief, jedoch von dem bösen (aber unheimlich gut aussehenden) Börsenhändler gerettet wurde, der die ganze Welt zerstören will. Ich würde dafür sorgen, dass er als vielschichtige Figur wahrgenommen wurde und die Sympathie des Publikums gewann, was der Handlung insgesamt mehr Tiefe verlieh – alles ziemlich wichtige Sachen. Ich musste zwar keinen Ton sagen, aber die Rolle erforderte eine ausdrucksstarke Gesichtsmimik, die in einer Nahaufnahme eingefangen wurde. Doch eigentlich war das alles unwichtig – das Entscheidende war, dass ich eine Szene mit Daniel Craig hatte.

»Ich werde von James Bond *angefasst*!«

»Das klingt irgendwie daneben.«

»Das bringt Statuspunkte! Ich werde berühmt sein. Alle Jungs werden das Mädchen anfassen wollen, das von James Bond angefasst wurde.«

»Das klingt auch daneben«, sagte Moss. »Ha, Flissy wird dich in ihre Clique aufnehmen wollen.«

»Die Schattenseite des Ruhms, wie man so schön sagt. Ich werde es ihr nicht verraten. Aber pass mal auf: Es wird noch besser.«

»Besser als Daniel Craig?«

»Japp. Rate mal, wer auch eins von den Schulkindern spielt.«

»Du hast mir schon schwerere Fragen gestellt! Archie, richtig?«

Ich nickte. »Und wir hatten ein *echtes* Gespräch.« Sozusagen. Archie hatte mit einem Jungen aus unserem ACT-Kurs über den Film gesprochen, und ich hatte neben ihnen gesessen, und Archie hatte mich mit einbezogen – also, er hatte ziemlich laut gesprochen (was nicht nötig gewesen wäre, weil ich sowieso gelauscht hatte) und mich angelächelt. Und dann hatte er mich gefragt, ob es stimmte, dass ich als »das

Schulmädchen« in *Der Spekulant* gecastet worden war, und ich hatte schüchtern Ja gesagt, und dann hatte er gesagt: »Cool.« Ich wollte Moss alles über diesen Riesenfortschritt in unserer Beziehung erzählen, aber ihr Telefon surrte.

»Torr?«, fragte ich, was völlig überflüssig war, denn sie strahlte ihr Handy an, als hätte sie Torr direkt vor sich (was ich in dem Moment etwas verstörend fand).

»Also, ich glaube, Torr hat jetzt sofort ein bisschen Zeit.«

Aha.

Zehn Minuten Notfall-Styling waren angesagt, und ich machte mich lieber aus dem Staub.

★

WARTEN

- Osterferien: Kein bisschen Ablenkung in den zehn Tagen an einem abgelegenen Ort in Schottland ohne WLAN. Absolut nichts zu berichten. Es war im Prinzip, als würde ich gar nicht existieren.
- Anteil der Zeit, in der ich von Daniel Craig geträumt habe: 73,2 Prozent.

KAPITEL 17

»[James Bond] ist zwar ein Macho, aber die Frauen, die er mag, sind stark, intelligent und ihm ebenbürtig.«

Daniel Craig

In der Nacht vor dem Dreh zu *Der Spekulant* konnte ich nicht schlafen.

Ich lag die meiste Zeit wach und machte mir Sorgen, dass ich müde aussehen würde. Meine Mutter kam ab und zu rein und fragte im Flüsterton (was immer noch laut genug war), ob ich schon schlafe.

Ich legte sogar die Entspannungs-CD ein, die sie mir gekauft hatte, als ich die Aufnahmeprüfung für die weiterführende Schule machen musste.

»Stell dir vor, du bläst einen großen roten Luftballon auf … Gib alle deine Sorgen in den großen roten Ballon, lass ihn los und sieh ihm nach … Er steigt immer höher und höher, bis er schließlich

nicht mehr zu sehen ist und alle deine Sorgen davonträgt …«

Es nützte nichts. Ich lag einfach stundenlang wach und dachte an einen riesengroßen roten Fesselballon voller (ungelöster) Probleme, der über unserem Haus schwebte. Das war keine beruhigende Vorstellung, und die »besänftigende« Stimme nervte auch.

Ich musste furchtbar früh am Drehort sein, genau gesagt um sieben Uhr, und die Fahrt dauerte eine Stunde. Das bedeutete in Verbindung mit der schlaflosen Nacht, dass ich total fertig war und noch dazu entsetzlich aussah – was noch schlimmer war, weil ich eine stumme Rolle hatte. Ich nahm zwar an, dass Make-up-Leute vor Ort sein würden, aber sie mussten ein Wunder vollbringen, wenn sie die dunklen Schatten unter meinen Augen verschwinden lassen wollten.

Die Location war eine ganz normale Straße in einem ruhigen Viertel im Süden von London. Sie war mit riesigen roten Schildern abgesperrt worden. Im Drehbuch stand, dass meine Szene mitten in der Stadt zwischen glitzernden Wolkenkratzern spielte – auf Straßen, die buchstäblich mit Gold gepflastert waren –, aber diese Straße sah ziemlich gewöhnlich aus. Es gab dort eine Schule, Bürogebäude und ein paar rote Backsteinhäuser. Vielleicht war das Drehbuch geändert worden, oder vielleicht wurde später am Computer noch ein bisschen gezaubert. Ungefähr zehn gewaltige Lastwagen waren um die Ecke abgestellt, und zahlreiche stämmige

Männer in derben schwarzen Klamotten und noch derberen schwarzen Boots saßen rauchend vor der Turnhalle der Schule.

Die Halle war sozusagen das Basislager. Sie roch nach Sportklamotten und Feuchtigkeit und (seltsamerweise) nach Schinken. Eine Menge Kinder waren schon da, und es ging ziemlich laut zu. Zwei schicke Blondinen standen an der Tür, die erschreckend gleich aussahen. Beide hatten ihre Haare zu unordentlichen Knoten oben auf dem Kopf zusammengebunden (was ich nur erwähne, weil andere Mädchen mit dieser Frisur total cool und lässig aussehen, während ich sie nie vernünftig hinkriege und entweder aussehe, als hätte mir eine Kuh auf den Kopf gemacht oder als hätte ich mich mit einer sehr kleinen Nachbildung des Schiefen Turms von Pisa geschmückt). Jede von beiden hatte ein Klemmbrett in der Hand, trug Ohrhörer mit Mikro (die ihren Frisuren komischerweise keinen Schaden zufügten), hatte eine laute, durchdringende Stimme und schien für uns alle verantwortlich zu sein.

Ich füllte ein Formular aus und trug meinen Namen und alle möglichen anderen Daten ein, die sie eigentlich schon haben mussten. Als ich es einem der beiden Mädchen gab, sah es mich nicht mal an, weil es mit seiner Freundin quatschte. Sie hatten sich anscheinend eine Menge zu erzählen und waren – wenn ich es richtig mitbekommen hatte – noch dabei, sich von einer langen Nacht zu erholen. (»Cecily war gestern total besoffen. Es war zum Schreien! Sam musste ihr die Haare aus dem Gesicht halten, weil sie brechen musste, und dann hat sie voll auf seine Jacke …«)

Meine Mutter, die voll flatterig und nervös war (warum eigentlich? Sie musste nichts weiter tun als rumsitzen und mit den anderen Eltern reden), wollte mich unbedingt dazu überreden, eins von den Schinkensandwiches zu essen. Die wurden an der Theke am anderen Ende der Halle ausgegeben, aber mir war etwas übel, und der Geruch machte mir ausnahmsweise mal keinen Appetit.

»Na, dann hol dir wenigstens eine Banane oder so.«

»Ich habe keinen Hunger.«

»Du musst etwas essen«, sagte sie (wie so oft).

»Ich kann nichts essen.« (Das sagte ich allerdings nicht so oft.)

»Das solltest du aber. Es wäre wirklich peinlich, wenn du umkippen würdest.«

Da war was dran. Ich würde so gut wie *alles* tun, um solche Peinlichkeiten zu vermeiden, und irgendwie wird mir immer ganz komisch, wenn jemand nur vom Ohnmächtigwerden spricht. Also ging ich zu der Catering-Theke und stellte mich an.

»Hey, Elektra!« Als ich mich umdrehte, stand Archie hinter mir in der Schlange. »Und? Bist du nervös wegen deiner großen Rolle?«

Ich nickte. Es hatte keinen Zweck, ihm etwas vorzumachen.

Er sah gut aus. Offenbar hatte er keine schlaflose Nacht gehabt. Er trug einfach nur Jeans und irgendein T-Shirt und einen dicken Parka, aber die Jeans war wirklich klasse … Äh, Elektra, vielleicht konzentrierst du dich lieber auf sein Gesicht. Nein, viel zu hübsch, konzentrier dich besser auf den

Boden. Mach einen coolen Move, um zu zeigen, dass du gut drauf bist. Gib dich selbstbewusst.

»Mach dir keinen Kopf, du wirst das schon machen. Und es ist sowieso schneller vorbei, als man gucken kann.«

Wie recht er damit hatte, wusste ich in dem Moment noch nicht. Ich fand es einfach süß, dass er mich beruhigen wollte. War es möglich, dass Archie gut aussehend *und* nett war, was bei Jungs nur selten vorkam? Wahrscheinlich nicht, aber er war auf jeden Fall aufregend, und das genügte mir erst mal, um dranzubleiben.

Als wir vorn an der Theke ankamen, nahm er drei Schinkensandwiches und gab mir eins davon. Jungs können essen, was sie wollen, ohne dick zu werden. Voll unfair. Ich fragte (natürlich) nicht nach einer Banane.

»Willst du was trinken?«

»Ich kümmere mich darum. Du hast ja keine Hand mehr frei. Was willst du?«

Er nickte in Richtung Apfelsaft, ich nahm zwei Päckchen, und wir suchten uns für unser kleines Picknick einen Platz am Rand, wo wir uns hinsetzen und mit dem Rücken an die Wand lehnen konnten. Ich gab ihm seinen Saft.

»Mensch, Elektra, du hast ja eiskalte Finger!« Er nahm meine Hände und schob sie unter seinen Parka, wo es schön warm war.

Gut, ich hatte zwar in diesem Augenblick kalte Hände, aber auf meinem Gesicht hätte man Spiegeleier braten können. »Danke«, murmelte ich verlegen und saß ganz steif da. Ich konnte den Moment gar nicht genießen.

Und was das für ein Moment war!

Ich brauchte gute fünf Minuten, um mich halbwegs zu beruhigen. So lange dauerte es auch, bis ich wieder vollständige Sätze formulieren konnte. Aber nachdem wir eine Zeit lang zusammengehockt hatten, gewöhnte ich mich sozusagen an Archie. (Wie bei einer umgekehrten Abneigungstherapie. Oder Zuneigungstherapie?) Und wir unterhielten uns richtig miteinander. Es gab jede Menge andere Mädchen in der Halle, und die meisten versuchten, seine Aufmerksamkeit zu gewinnen (was natürlich verständlich war), aber er redete mit *mir*. Wir quatschten über das ACT und die Schule und solche Sachen, und ich bemühte mich, vernünftige Antworten zu geben, während ich gleichzeitig darauf achtete, ob er mir irgendwelche unterschwelligen Botschaften schickte. Es war großartig.

Stressig, aber großartig.

In der Halle herrschte ein ziemlicher Trubel. Die Dreharbeiten fanden draußen statt, und wir Kids waren praktisch drinnen eingesperrt und bekamen nichts davon mit. Ab und zu breitete sich allerdings ehrfürchtiges Schweigen aus, weil einer der Promi-Schauspieler reinkam. Sie bemühten sich wirklich sehr, nicht aufzufallen, und wir bemühten uns wirklich sehr, sie nicht anzustarren, aber keiner schaffte es.

Irgendwann wurde ich zappelig. Ich hatte zwar keinen Text, aber ich war die wichtigste Schülerin in der Szene und hatte gedacht, dass der Regisseur (meinetwegen auch nur der dritte Regieassistent) oder irgendjemand mir die Szene erklären und ... na ja, ein bisschen Wirbel um mich machen würde. Ich hatte keine eigene Garderobe erwartet, aber ich war davon ausgegangen, dass jemand abchecken würde, was ich anhatte und ob meine »altersgemäße Freizeitkleidung« den Anforderungen entsprach (Jeans und blauer Schlabberpullover – schlicht genug, um nicht von meiner absoluten Fabelhaftigkeit abzulenken). Und sie wollten mich doch bestimmt nicht vor die Kamera lassen, ohne etwas mit meinem Gesicht zu machen. Ich weiß, wenn man ein guter Schauspieler sein will, sollten einem Äußerlichkeiten unwichtig sein (wirklich?), aber ich würde in Hochauflösung und auf Großleinwänden zu sehen sein! Ich könnte schließlich einen fetten Pickel haben, der unbedingt abgedeckt werden musste. Solche Sachen konnten eine komplette Szene zunichtemachen.

Aber niemand checkte ab, niemand ließ meine Augenringe verschwinden, niemand sagte irgendetwas zu mir. Ich hing einfach mit den anderen rum – mit den Statisten. Was eigentlich nicht so übel war, denn erstens hatte ich gar keinen Pickel, weder einen fetten noch sonst einen, und zweitens wegen, äh … Archie. Ich hatte nur irgendwie das dumpfe Gefühl, dass nicht alles so war, wie es sein sollte.

»Was ist das für ein Fleck an deinem Arm?«, fragte Archie.

Ich wurde aus zwei Gründen rot: erstens, weil ich die Stelle, wo der Fleck war, morgens heftig abgeschrubbt hatte, als Dad aufgefallen war, dass da »Elektra <3s Archie« stand – geschrieben mit schwarzem Permanent Marker (Maja hatte den Tick, andere Leute mit ungehörigen *und unwahren* Sprüchen zu bekritzeln). Und zweitens, weil Archie meinen Arm *anfasste*.

»Ach, nur so ein Fleck«, stammelte ich hilflos und versuchte, den kleinen Nervenzusammenbruch zu überspielen, den ich wegen der Berührung hatte. »Äh … das waren bloß die Seitenangaben für meine Mathe-Hausaufgaben. Ich hatte mein Aufgabenheft nicht dabei und habe einfach meinen Arm genommen.« Ich betete, dass er den Umriss des Herzens nicht so deutlich erkennen konnte wie ich.

»Das mache ich auch öfter«, sagte er, und es dauerte einen Moment, bis ich begriff, dass er nicht »Herzen auf den Arm malen« meinte. Er war echt unheimlich nett. Wenn ich hätte aufstehen können, um ein paar Meter wegzugehen (und wenn wir unsere Handys nicht hätten abschalten müssen), dann hätte ich Moss sofort geschrieben.

»Nachträglich noch herzlichen Glückwunsch zum Geburtstag«, sagte ich, um schnell das Thema zu wechseln.

»Woher weißt du, dass ich Geburtstag hatte?«, fragte er verblüfft.

»Facebook.« Oh Gott, jetzt dachte (wusste) er, dass ich ihn stalkte. Außerdem hatte es ein paar ziemlich gestörte Posts dazu gegeben, was sich so alles mit sechzehn in seinem Leben ändern würde.

»Du wirst rot.«

Natürlich wurde ich rot. »Hier ist es unheimlich warm.«

Er zog eine Augenbraue hoch und erinnerte mich einen winzigen (und beunruhigenden) Augenblick lang an meinen Vater.

Ich schaute mich noch mal in der Halle um, weil ich ohne ein Skript in der Hand, hinter dem ich mich verstecken konnte, nicht mit dem vielen Augenkontakt zurechtkam und weil ich gucken wollte, ob mich endlich jemand für meinen großen Moment abholen kam.

Es dauerte eine Zeit lang, bis mir – zu meinem absoluten Entsetzen – klar wurde, was los war.

Die Klemmbrett-Mädels widmeten einem Mädchen ganz vorn in der Halle sehr viel Aufmerksamkeit. Es wurde sogar in einem durch eine Stuhlreihe abgetrennten Bereich geschminkt. Die Tochter eines Crewmitglieds? Wer immer sie war, sie erhielt auf jeden Fall eine Sonderbehandlung.

Im Gegensatz zu mir, denn ich wurde nun mit allen anderen nach draußen geführt.

»Elektra, solltest du nicht …?«, begann Archie, aber bevor ich etwas sagen konnte, rief ein großer Typ mit rotem Bart und Headset: »Kann das Mädchen in dem blauen Pulli ein bisschen zurücktreten?«

Zurücktreten? »Wie bitte? Ich?«

»Ja, du. Trittst du bitte etwas zurück?«

Er meinte es ernst. Ich sollte in den Hintergrund und nicht weiter nach vorn.

Das Mädchen mit der Sonderbehandlung redete inzwischen mit Daniel Craig. Es redete *richtig* mit ihm und holte sich nicht bloß ein Autogramm. Das sah nicht gut aus. Ganz und gar nicht. Bitte, bitte, lass es nicht wahr sein …

»Ruhe am Set!«

KAPITEL 18

»Ich habe immer im Kopf, dass es jederzeit vorbei sein kann.«

Robert Pattinson

»Tut mir leid«, sagte ich.

Ich kann nicht fassen, dass ich mich tatsächlich bei den zwei blonden Klemmbrett-Mädels entschuldigte, die mir mein Filmdebüt vermasselt hatten.

Wofür entschuldigte ich mich?

Dafür, dass ich einen blöden Namen hatte?

Dass ich nicht sofort nach dem ersten Take aufgeschrien hatte, statt im dritten und letzten leise zu schluchzen?

Dass ich es meiner Mutter *und Archie* (ich würde mich am liebsten in eine Ecke verkriechen und sterben) überlassen hatte, darauf hinzuweisen, dass es wohl eine kleine Verwechslung gegeben hatte?

Dass ich dem gemeinen, niederträchtigen Mädchen, das auch Elektra hieß, nicht ins Gesicht gesprungen war, bevor es mir meine Rolle wegnehmen konnte?

Ja, es war offenbar wirklich ein Missverständnis gewesen, und ich weiß, dass sie eigentlich nichts dafür konnte. Aber es nervte mich unendlich, dass auch dieses Mädchen heulte und genauso sehr bedauert wurde wie ich. Wie hatte das nur passieren können?

Chloe Moretz hätte sich nicht entschuldigt – sie hätte denen ordentlich die Hölle heiß gemacht. Aber ihr wäre so etwas natürlich nicht passiert.

Wie wahrscheinlich ist es, dass in einer Gruppe von dreißig Kids zwei Mädchen *Elektra* heißen?

Ziemlich unwahrscheinlich, hätte ich gedacht, aber ich war anscheinend ein richtiger Pechvogel. Ich meine, wie groß ist die Wahrscheinlichkeit, überhaupt Elektra genannt zu werden? Wie viele Väter und Mütter gucken sich ihr kleines rosiges neugeborenes Töchterchen an und denken: »Schatz, wir nennen sie nach der griechischen Frau, die gemeinsam mit ihrem Bruder die Mutter getötet hat«? Und mein zweiter Vorname ist *Ophelia* – das unglückselige Mädchen, das Hamlet liebte, wahnsinnig wurde und sich umbrachte. Wie kann man sein Kind nur so nennen!

Apropos Wahnsinn … Ich war wütend, aufgewühlt, immer noch müde, immer noch neidisch und immer noch hungrig (aus Angst, beim Kauen vielleicht nicht hübsch genug auszusehen, hatte ich das Schinkensandwich nicht vor Archie essen können). Ich wollte nur noch aus dieser Halle raus. Ich wollte nach Hause und mich unter meiner Decke verkriechen. Und ich wollte ganz bestimmt keine Entschuldigungen und Ausreden mehr hören. Die Szene würde nicht noch mal gedreht werden – so viel Geld waren meine Gefühle nicht wert. Und es würde sowieso bald Probleme mit dem Licht geben, also konnte auch gar nicht weitergearbeitet werden. Es gab also nichts, was sie mir sagen konnten, damit ich mich besser fühlte. Je netter sie waren, desto mehr war mir zum Heulen zumute. Und das Ganze spielte sich vor *sämtlichen* Leuten ab. Wir waren alle wieder drinnen, und in der großen Halle, in der es vorher entsetzlich laut gewesen war, herrschte nun eine unheimliche Stille, weil jeder mitbekommen wollte, was los war.

Jetzt war ich auf jeden Fall nicht mehr das Mädchen im Hintergrund. Eine furchtbare Demütigung.

Als wir nach Hause kamen, musste ich mir anhören, wie Mum Dad die ganze Geschichte erklärte (warum hatte sie ihm nicht vorher eine Nachricht geschickt, wie es jeder normale Mensch getan hätte?), und ich hätte mich am liebsten im Hundekorb zusammengerollt und vor mich hin gewimmert.

Ich versuchte noch mal, Moss anzurufen. Ich musste unbedingt mit ihr reden – vor allem, weil sie die Einzige war, die so vernünftig sein würde, erst mal gar nicht so viel zu sagen. Vor allen Dingen nicht »ist doch nicht so schlimm«. Aber ich erreichte sie immer noch nicht. Ich hatte es schon sieben Mal versucht und nur die nervige Ansage ihrer Mailbox zu hören gekriegt: »Hi, hier ist Mossy, und ich bin gerade …« Bricht lachend ab, gedämpfte Stimme im Hintergrund, eindeutig Torr. »Nicht da …« Bricht lachend ab.

Ich wusste allerdings, dass sie heute ausnahmsweise mal nicht mit Torr zusammen war. Sie war bei so einem blöden

»Erfolg in der Politik«-Workshop (Untertitel: Für begabte Teenager, die ganz nach oben wollen), zu dem ihre wahnsinnige Mutter sie gezwungen hatte, weil sie glaubte, dass Moss dadurch eines Tages die Welt regieren würde. Aber wenn Moss da gewesen wäre, dann hätte sie bestimmt mit Torr abgehangen. So oder so, sie war nicht erreichbar. Wieder mal. Also ging ich ins Bett und ließ mich von Digby trösten.

Als ich das letzte Mal um halb neun zu Bett gegangen war, musste ich ungefähr neun Jahre alt gewesen sein. Es war ungewohnt. Ich hörte die Leute reden, die unter meinem Fenster vorbeigingen, während ich einfach dalag, vor Selbstmitleid zerfloss und immer wieder mein Handy checkte, um nachzusehen, ob Moss wieder online war. Erbärmlich.

Es klopfte leise, und meine Mutter kam ins Zimmer. »Ich wollte dir nur Gute Nacht sagen«, meinte sie, aber das stimmte natürlich nicht. Sie sagte mir seit ungefähr einem Jahr nicht mehr Gute Nacht, weil sie dazu nicht lange genug wach war (und auch, weil sie wusste, dass ich darauf verzichten konnte). »Rutscht mal, ihr zwei.« Sie kletterte zu mir ins Bett, schob Digby aus dem Weg (was ihm die Laune verdarb) und legte den Arm um mich. »Du kannst ruhig weinen, wenn du willst.«

»Schon gut, ich habe für heute genug geheult.« Und ich weine sonst nie. Jedenfalls nicht vor Leuten.

»Dad sagt, er kommt rauf, wenn du möchtest.«

Wir sahen uns beide um.

Mein Zimmer war sozusagen explodiert, als ich mich frühmorgens fertig gemacht hatte. Es war ein mutiges Angebot, aber nein. Ich schüttelte den Kopf.

»Ich könnte dir ein Geschenk geben, wenn du möchtest. Eulalie hat etwas rübergeschickt, das besonders glitzerig aussieht.« Womit sie besonders teuer und wahrscheinlich zu protzig meinte. An jedem anderen Tag hätte ich die Schleife in weniger als einer Sekunde runtergerissen.

»Ein Geschenk zur Feier meiner ersten Filmrolle?«

Mum antwortete nicht, also hatte ich recht.

Ich schüttelte den Kopf. »Vielleicht solltest du es der anderen Elektra geben.« Ich weiß, diese Bemerkung hätte ich mir sparen können, aber ich war nicht gerade in Feierlaune. »Tut mir leid, ich bin nicht in Stimmung.«

»Nicht mal für eins von Eulalies völlig übertriebenen *cadeaux*?«

»Nein.«

»Sie hat es mit dem Taxi geschickt, damit du es heute bekommst.«

Ich schüttelte den Kopf.

»Wie wäre es dann mit einem Stück von meinem leckeren Kuchen?«

»Nein, jetzt kann mir nicht mal dein Kuchen helfen.«

»So schlimm?« Ihr Schokoladenkuchen war grandios.

»So schlimm.«

»Na gut, beides kann warten«, sagte sie, und wir lagen eine Zeit lang da, und obwohl sie sehr lieb zu mir war, wollte ich einfach nur, dass sie ging. Ich fühlte mich ganz verschwitzt und noch dazu eingeengt. »Stella hat angerufen«, sagte sie nach einer Weile.

»Ist sie sauer auf mich?« Das war alles so peinlich! Noch eine Hitzewelle.

»Natürlich nicht! Sie fühlt mit dir. Ich soll dir sagen, dass es allen schrecklich leidtut und dass du trotzdem bezahlt wirst.«

Das Geld juckte mich nicht, und ich wollte auf keinen Fall bemitleidet werden.

»Dieser Junge war nett.«

»Welcher *Junge?*« Als hätte ich nicht gewusst, wen sie meinte. Meine Mutter weiß zu viel. Ich wundere mich immer wieder, wie es sein kann, dass sie so viel weiß, aber es ist einfach so.

»Du weißt, welchen Jungen ich meine. Den, der dir sein Taschentuch gegeben hat. Ich hätte nicht gedacht, dass Jungs heute noch Taschentücher bei sich haben.«

»Es war kein Taschentuch, sondern eine Serviette.«

Ich liebe dich, aber bitte geh, dachte ich, aber ich sprach es nicht aus.

»Es war trotzdem nett von ihm«, sagte Mum.

»Japp.« Ich wollte dieses Gespräch wirklich nicht führen.

»Wie heißt er denn?«

»Ach, der ist auch im ACT. Ich kenne ihn nicht näher.« Das stimmte zwar nicht ganz, aber nachdem ich mich vor seinen Augen zur Idiotin gemacht hatte, würde ich ihn wohl auch nicht mehr näher kennenlernen.

»Es kommen noch andere Rollen«, sagte sie ungefähr zum fünfzigsten Mal.

»Ich weiß«, antwortete ich ungefähr zum fünfzigsten Mal, obwohl ich es nicht glaubte. Es würde keine andere Rolle für mich in einem Film mit James Bond geben. Und mit Archie Mortimer.

Nach einer Weile tat ich so, als wäre ich eingeschlafen, und meine Mutter schlich auf Zehenspitzen aus dem Zimmer – mit so voll übertriebenen Bewegungen, die Leute machen, die ihr Baby nicht wecken wollen. Digby kam wieder aufs Bett, drehte sich ein, zwei Minuten im Kreis und ließ sich dann auf meine Füße plumpsen. Wenigstens einer von uns war glücklich.

Ich war immer noch hellwach.

Mein Handy bellte: **Die andere Elektra war nix. Archie x**

Von: Stella, Agentur Haden

Datum: 17. April 10:01

An: Elektra James

Betreff:

Liebe Elektra,

Charlotte und ich wollten dir nur sagen, dass wir gehört haben, was bei *Der Spekulant* passiert ist. Das hätte nicht passieren dürfen, und es tut uns sehr leid. Komm doch mal bei uns im Büro vorbei, dann erzählen wir dir bei Kaffee und Kuchen viel schlimmere Geschichten darüber, was schon alles am Set schiefgegangen ist (du musst natürlich versprechen, sie für dich zu behalten!). Die Leute vom Set haben gesagt, dass du sehr professionell mit der Situation umgegangen bist – gut gemacht, denn es war hundertprozentig deren Fehler.

Schauen wir nach vorn – du wirst noch andere Chancen bekommen.

Dicke Umarmung von uns beiden!

KAPITEL 19

»Ein Teil von dir will immer deinen Eltern gefallen.«

Max Irons

»Sie sagt, es geht ihr gut, aber du weißt ja, wie sie ist.«

»Ja, das hat sie mir auch gesagt. Offensichtlich geht es ihr nicht gut, aber ich kann nicht abschätzen, wie schlecht es ihr wirklich geht.«

»In den letzten zwei Tagen hat sie nur rumgehangen.«

»Na ja, das macht sie doch immer in den Ferien. Deshalb müssen wir keine Panik bekommen«, sagte Dad.

»Ich wünschte nur, sie würde mit uns darüber reden.«

»Tiefschläge wird es immer wieder geben.«

Ich saß (heimlich, still und leise) auf der Treppe und belauschte meine Eltern dabei, wie sie über mich redeten. Ich weiß, das klingt uncool, aber ich bin ein Einzelkind.

»Diese *Spekulanten*-Film ist eine sehr schwere Schlag.«

War das etwa *Eulalie*? Wann war sie gekommen? Die hielten ja meinetwegen einen richtigen Krisengipfel ab!

»Sie ist auch ständig so müde«, fuhr meine Mutter fort.

Ich war tatsächlich müde, aber es ist nicht schön, wenn jemand anders so was über einen sagt.

»Sie sieht furchtbar aus.«

Das wurde ja immer besser! Danke, Mum.

»Sie hatte so viel Stress, und dann war alles umsonst.«

Wohl wahr. Ich fing wieder an, mir unheimlich leidzutun.

»Ich habe Angst, dass es sich auf ihre schulischen Leistungen auswirkt. Sie ist mit ihrer schriftlichen Hausarbeit ziemlich hintendran, fürchte ich, und morgen geht die Schule wieder los.«

Ja, ich war hintendran, und ja, morgen ging die Quälerei leider wieder los. Ich hatte schon schönere Osterferien erlebt. Das Gespräch lief in eine gefährliche Richtung. Digby kam aus meinem Zimmer getappt (er hatte auf meinem Bett geschlafen), setzte sich zu mir und schmiegte sich an mich. Es war ein tröstliches Gefühl.

»Wir müssen das im Auge behalten«, sagte Dad.

Ich wusste nicht genau, ob er mit »das« die Hausarbeit oder die Schauspielerei meinte, aber es hatte so oder so nichts Gutes zu bedeuten.

»Vielleicht müssen wir einfach ›Stopp‹ sagen«, meinte Mum.

Auf keinen Fall! Man hört doch nicht auf, wenn man an einem Tiefpunkt ist.

Der Spekulant war ein ganz gewaltiger Tiefpunkt.

»Die Sache mit den nussigen Nüssen hat ihr Spaß gemacht«, sagte Dad. Ich hatte das Gefühl, das sei schon eine Ewigkeit her. »Vielleicht kann sie noch einen Werbespot für diese Nüsse machen, oder, ich weiß nicht, vielleicht wird sie befördert und bekommt einen Chips-Job, und das muntert sie auf.«

Ich ging in die Küche. »Wen?«, fragte ich unschuldig. Zu meiner Verwunderung war Eulalie gar nicht da.

»Dich«, sagte Mum mit ihrer besorgten Stimme (ich konnte diese Stimme nicht ausstehen).

»Mir geht es gut«, sagte ich, und meine Eltern sahen sich an. »Wirklich! Ihr macht euch doch wohl keine Gedanken um mich?« Ich ließ ihnen keine Zeit zum Antworten. »Es geht mir nämlich gut.« Vielleicht musste ich aufhören, es ständig zu sagen.

»Bist du sicher?« Eulalies Stimme kam aus dem Laptop. Ich drehte ihn zu mir um, und da war sie: per Skype zugeschaltet in ihrem hauchdünnen Morgenmantel. »Es wird noch andere Chancen für dich geben, *Chérie*. Diese *Spekulanten*-Film, die wird ganz gewiss ein Flop.«

»*Der Spekulant*, nicht *Spekulanten*«, korrigierte ich sie. Eulalie hatte ein Problem mit Namen. Sie konnte sich nur die von attraktiven Männern merken.

»Das ist doch das Gleiche! Wir werden nie von die Film hören. Sie wird spurlos in die Versenkung verschwinden.« Es war nicht nur ihr Akzent: Eulalie hatte auch ein Problem mit Artikeln und Pronomen. »Du bekommst schon bald eine viel bessere Rolle. Da bin ich sicher. Vielleicht eine mit Text. Oder mit einem richtigen Kostüm.«

Eulalie war mit der Bekleidungsanweisung für *Der Spekulant* nicht einverstanden gewesen. Sie war die einzige Frau auf der Welt, die fand, dass ich in einem Korsett gut aussehen würde.

»Was ist mit die *Streaker*-Film?«

»*Straker*. Das Casting wird immer wieder verschoben. Ich glaube nicht, dass jemals was daraus wird.«

»Vielleicht werden *Ein süßer Fratz* oder *Ein Herz und eine Krone* noch mal neu verfilmt.«

Ein Herz und eine Krone war der Höhepunkt meiner Recherchen über Gregory Peck gewesen. Eulalie war übrigens auch der einzige Mensch auf der Welt, der fand, dass ich wie Audrey Hepburn aussah. Dabei sah ich ihr kein bisschen ähnlich. Eulalie verschwand vom Bildschirm, aber ich wusste, dass sie gleich zurückkommen würde. Einen Augenblick später kam sie auch schon und prostete mir mit einem Glas Sekt zu. »Ich würde dir ein Schlückchen anbieten, wenn es technisch möglich wäre.« Ihr Kopf kam der Kamera gefährlich nah, sodass sie auf einmal aussah wie eine sehr glamouröse Handpuppe.

»Sekt um neun Uhr morgens«, brummelte meine Mutter, als würde Eulalie harte Drogen nehmen.

»Was hast du gesagt, Julia?«, fragte Eulalie, obwohl sie sehr wohl gehört hatte, was Mum gesagt hatte.

Ich rechnete nicht damit, dass es eine Neuverfilmung von *Ein süßer Fratz* oder *Ein Herz und eine Krone* geben würde – genauer gesagt rechnete ich nicht mit einem Anruf, falls es eine geben würde, aber irgendeine gute Nachricht hätte ich schon gern bekommen. Noch ein Nüsse-Spot wäre okay. (Ich war ziemlich sicher, dass ich Squirrelina als Figur weiterentwickeln und sie vielleicht da rausholen konnte, damit sie ein paar vernünftige Eichhörnchen kennenlernte). Ein

Chips-Spot wäre allerdings tatsächlich besser. Egal, welchen Einfluss die Schauspielerei auf mich hatte, ich war auf jeden Fall realistischer geworden. Ich hatte meine Liste der Rollen, die ich niemals annehmen würde, inzwischen überarbeitet.

Was (IMMER NOCH) nicht infrage kommt

1. Drehbücher mit Szenen, in denen man ~~halb oder~~ ganz nackt sein muss.
2. Alles, was über Küssen hinausgeht. (Das würde ich eventuell von Fall zu Fall entscheiden, aber ich war nicht so mutig/verzweifelt/dumm, diesen Punkt jetzt schon zu streichen.)
3. Drehbücher mit jemandem in der männlichen Hauptrolle, der so alt ist, dass er mein Vater sein könnte.
4. Jegliche Werbung für ~~Damen-Hygieneartikel (erst recht, wenn Sport drin vorkommt),~~ Inkontinenzprodukte~~, Mittel gegen Kopfläuse, Warzenentferner, Anti-Pickel-Cremes~~ und alles Medizinische, was mit untenrum zu tun hat.
5. Rollen in Horrorfilmen.
6. Rollen, bei denen man mit echten Spinnen zu tun hat, mit großen ~~oder kleinen, Haus-~~ oder Amazonasspinnen und giftigen ~~oder pflanzenfressenden~~.
7. ~~Rollen, die mit Ungeziefer zu tun haben. (Einschließlich Käfern – Marienkäfer ausgenom-~~

~~men –, Raupen, Larven und Maden jeder Art, also im Prinzip allem, was sich kringelt.)~~ (Mittlerweile war ich bereit, das Zeug zu ESSEN.)

8. Rollen, die mit Schlangen aller Art zu tun haben; mit harmlosen Schlangen, Giftschlangen usw.
9. ~~Rollen, die mit Höhe zu tun haben, womit ich natürlich alles meine, was höher als mein Kopf ist.~~
10. ~~Rollen, die mit Gesangs- oder Tanzeinlagen verbunden sind.~~ (Na gut, wenn jemand so dumm war, mich dafür zu casten.)

Ich wollte schauspielern. Es machte mich glücklich – das »Spielen« jedenfalls, und das machte die ganzen negativen Erfahrungen wett. Ich war immer noch voll dabei. Aber jetzt als Realistin. Ich sah eine Spinne über den Boden huschen und zuckte kaum mit der Wimper (sie war sehr klein). Was einen nicht umbringt, macht einen stärker (vielleicht).

»Hast du Pläne für heute?«, fragte Mum und schaltete Eulalie aus (was jetzt so klingt, als sollte man es nicht mit seiner Stiefmutter machen). »Willst du nicht mal zu Moss rübergehen?«

»Ich glaube nicht, dass sie da ist.«

»Sie ist von ihrem Workshop zurück. Ich habe ihre Mutter im Supermarkt getroffen.«

Und sie hatten garantiert ausführlich über uns geredet. Ich wusste, dass Moss wieder da war. Sie hatte mich angerufen, als sie meine Nachrichten gelesen hatte, und sie war großartig gewesen und hatte genau die richtigen Sachen gesagt (das heißt, sie hatte nicht viel gesagt, mich aber zum Lachen gebracht). Doch heute Morgen war sie mit Torr verabredet (sie hatten sich ganze *drei* Tage nicht gesehen), und sie hatte mich zwar gebeten, auch zu kommen, aber ich hatte keine Lust, das fünfte Rad am Wagen zu sein. »Vielleicht sehen wir uns später«, hatte ich gesagt, aber ich glaubte nicht so recht daran.

»Willst du mir beim Backen helfen?«, fragte Mum ein bisschen zu fröhlich. »Wir könnten Cupcakes machen.«

Großartig. Freizeitbeschäftigung wie anno dazumal. Logisch, dass ich die Schauspielerei nicht aufgeben wollte.

KAPITEL 20

»Ich bin froh, dass ich diese Filme machen konnte, und ich freute mich, von der Schule wegzukommen. Ich konnte mich nicht mit den Kindern in meinem Alter anfreunden. Sie sind gemein und geben einem keine Chance.«

Kristen Stewart

»Ach, du Ärmste!« Flissy triefte buchstäblich vor Mitgefühl, als sie in der Mittagspause an der Klassenzimmertür auf mich wartete.

Ich war sofort misstrauisch. Es war zwar der erste Tag eines neuen Trimesters, aber Flissy wartete nie an der Klassenzimmertür auf mich – normalerweise knallte sie mir die Tür vor der Nase zu.

»Wie bitte?«, sagte ich, aber ich hatte ein schlechtes Gefühl.

»Ich habe gehört, was passiert ist.«

Ich klammerte mich an die Hoffnung, dass sie nicht von *Der Spekulant* sprach, obwohl die Wahrscheinlichkeit nur bei einem Prozent lag. »Es ist *nichts* passiert«, erwiderte ich und versuchte, mich an ihr vorbeizudrängen.

»Du bist ja so tapfer! Ich wäre vor Scham gestorben.«

Das eine Prozent folgte den anderen neunundneunzig ins Tal der Verzweiflung.

»Wirklich schrecklich, was in den Ferien bei deinen *Dreharbeiten* passiert ist«, sagte sie extralaut, damit es alle hören konnten (also leider die ganze Klasse). »Besser gesagt, was nicht passiert ist.« Sie lachte und stellte sich so in die Tür, dass ich nicht an ihr vorbeikam.

»Wer hat es dir erzählt?«, fragte ich.

»Eine Freundin.«

Sie hatte Freundinnen? Wow. »Wer genau?«, fragte ich, weil ich sicher war, dass Moss es nicht ausgeplaudert hatte. Ich versuchte noch mal, mich an Flissy vorbeizuquetschen und in die sichere Zone zu Moss, Jenny und Maja zu gelangen, die entsetzt zusahen. Ich scheiterte kläglich.

»Ein Mädchen, mit dem ich Tanzunterricht habe, war als Statistin dabei. Weil sie weiß, dass wir auf dieselbe Schule gehen, dachte sie, es würde mich interessieren.«

»Den Rest von uns hat es nicht so interessiert«, sagte Moss (was mir zwar den Rücken stärkte, aber nicht besonders aufmunternd war, weil Flissy die Sache offensichtlich schon rumgetratscht hatte).

Natürlich musste Flissy davon Wind bekommen. In London leben mehr als achteinhalb Millionen Menschen, und der prozentuale Anteil derer, die ich kenne, ist minimal. Aber wenn mir etwas Peinliches passiert, erfährt trotzdem jedes Mal jemand davon, den ich kenne.

»Ach, das war keine große Sache. Es war mir egal. Die Rolle war eh winzig. Ich hatte nicht mal Text –«

»Echt? Als du vor den Ferien davon geredet hast, hat es geklungen, als wäre es eine Megarolle. Das ist jetzt … dumm. Na ja, du musst auf jeden Fall noch sehr enttäuscht und *beschämt* sein.«

Das Schicksal ist voll gemein. Ich hätte nie jemandem von *Der Spekulant* erzählen dürfen! Ich hatte inzwischen herausgefunden, dass es keine gute Idee war, mit Leuten über die Schauspielerei zu reden, die nichts damit am Hut hatten. Im besten Fall hielten sie mich für einen komischen Schauspiel-Freak und im schlimmsten für eine eingebildete Angeberin. Ich hatte es Flissy nicht direkt auf die Nase gebunden, aber ich hatte die Information auch nicht auf meine Vertrauten (Moss, Jenny und Maja) beschränkt. Und obwohl Flissy und ich nicht miteinander reden, wissen wir doch immer, was gerade bei der jeweils anderen läuft. Meine Mutter, die mal eine Zeit lang Bücher über Jugendpsychologie verschlungen hat (und trotzdem nie begriffen hat, wie wichtig ein gesunder Abstand ist), behauptet ständig, dass wir irgendwann Freundinnen werden. Da irrt sie sich gewaltig. Sie sagt auch ständig, dass Flissy nicht nur gemein sein kann und bestimmt mehr in ihr steckt. Da irrt sie sich genauso.

Was hätte ich in dem Moment dafür gegeben, Flissys Beachtung nicht würdig zu sein!

»Immerhin wurde ich bezahlt. Und es wird andere Rollen geben.« Ich klang wie meine Mutter (und sie hatte mit diesem Spruch nicht viel Erfolg gehabt).

»Aber natürlich«, säuselte Flissy. »Anscheinend hast du allen ganz schrecklich leidgetan. Vielleicht kriegst du ja ein Mitleids-Casting.«

Ich hasste sie. Ich hasste sie so sehr.

Ich hätte es gut sein lassen sollen, aber ich fragte: »Was hat dir denn deine ›Freundin‹ sonst noch erzählt?«

»Dass du geheult hast.« Lange Pause. »Und dass du dich schluchzend in die Arme von Archie Mortimer gestürzt hast und er nett zu dir sein musste.« Sie grinste unverschämt und gab sich keine Mühe mehr, teilnahmsvoll zu gucken.

Ich spürte, wie meine Ohren heiß und rot wurden. »Du kennst Archie?«

»Ja.« Sie zuckte mit den Schultern, als wollte sie sagen, dass sie jeden attraktiven Typen in Nord-London kannte (und vielleicht stimmte das ja auch).

»Woher?« (Warum fragte ich überhaupt? Warum?)

»Auf Frannies Halloween-Party hat er was mit Talia angefangen.«

An Halloween hatte ich *freiwillig* ein Spinnenkostüm getragen, diesmal mit ulkigen, aus Strumpfhosen gebastelten zusätzlichen Beinen, und war mit Moss und Haruka durch die Straßen gezogen. Ich sah Talia in einem geschmacklosen Kostüm aus Fischernetz und nicht viel mehr vor mir und bekam das Bild nicht wieder aus dem Kopf.

»Dann … dann geht Archie mit Talia?« Ich machte noch mal den Versuch, an Flissy vorbeizukommen, aber sie versperrte mir den Weg.

»Das war doch nur ein Partyspaß.« Sie zuckte mit den Schultern. »Keine ›wahre Liebe‹.« Sie kicherte. »So was macht man auf Partys. Gehst du oft auf Partys, Elektra?« Und dann kicherte sie wieder. »Vielleicht wirst du ja jetzt zu den vielen Filmpartys mit Stars wie Daniel Craig und so eingeladen. Ach nee, Moment, daraus wird nichts, oder? Wie schade!«

Jetzt wäre wohl auch ein Heiliger ausgerastet. Obwohl ein Heiliger sie wahrscheinlich nicht geschlagen hätte. Aber ich bin keine Heilige, also knallte ich ihr eine.

Mehr oder weniger.

In meiner Vorstellung war es eine richtige Backpfeife, ein Volltreffer in ihr perfektes, übertrieben geschminktes Gesicht. Oh ja, in meiner Vorstellung war es ein glorreicher Moment der Abrechnung wie im Film: Die Leute schnappten schockiert, aber voller Bewunderung nach Luft, Flissy trat zur Seite, und ich schritt stolz und hoch erhobenen Hauptes durch die Tür. Oder so ähnlich.

Aber ich verfehlte mein Ziel leider um Längen.

Ich hatte schon beim Abklatschen Probleme und schlug gern mal daneben. Warum ich also gedacht hatte, meine Hand würde auf ihrer Backe landen, weiß ich beim besten Willen nicht.

Ich hätte doch diesen Bühnenkampf-Workshop machen sollen.

Außerdem glaube ich, dass ich die Augen zuhatte.

Zum Glück war kein Lehrer in der Nähe (selbst mein kläglicher, misslungener Versuch hätte mich in ernste Schwierigkeiten gebracht), sodass der Zwischenfall wenigstens kein Nachspiel haben würde.

Tja, falsch gedacht: Es kam noch viel schlimmer. Irgendein Mädchen hatte die Szene mit seinem iPhone gefilmt.

Es gibt immer irgendjemanden, der heimlich mitfilmt. Immer.

»So schlimm ist es doch gar nicht«, meinte Moss und gab mir noch ein Tempo, während wir kritisch das Video begutachteten, das sieben Minuten später auf Facebook aufgetaucht war. »Flissy kommt viel schlechter dabei weg als du.« Moss hatte mich gerettet und schnell in den Flur gezogen. Wir saßen an den viel zu heißen Heizkörper gelehnt auf dem Boden, und alle, die vorbeikamen, warfen nur einen Blick auf mein Gesicht und ließen uns in Ruhe.

»Flissy kommt immerhin nur rüber wie das letzte Ekel. Ich stehe als komplette Versagerin da.«

»Ach was, alle hassen Flissy. Die Leute werden sich freuen, dass sich endlich mal jemand gewehrt hat.«

»*Versucht* hat, sich zu wehren.«

»An der Technik musst du noch ein bisschen arbeiten. Wenn ich du wäre, würde ich es noch mal probieren.« Nein, das würde ich ganz bestimmt nicht! »Zumindest hast du sie überrascht. Guck doch mal, wie ihr der Mund offen steht.« Sie hielt das Video an einer für Flissy wenig schmeichelhaften Stelle an. »Er ist noch weiter auf als normal, sodass jeder sieht, wie dämlich sie ist.«

Ich weiß nicht genau, ob Flissy wirklich dumm ist. Manchmal sagt sie unglaublich blöde Sachen (wie zum Beispiel: »Taiwan ist eine Fabrik in China, in der gefälschte Vuitton-Taschen hergestellt werden«), und im nächsten Moment haut sie einem schlagfertig einen genialen Spruch um die Ohren. Sie ist schwer einzuschätzen.

»Sie ist jedenfalls nicht so hübsch wie Talia«, bemerkte ich spitz.

»*Niemand* ist so hübsch wie Talia.«

Das stimmte leider, und ich fragte mich, ob es deshalb noch viel schlimmer war, dass sie was mit Archie gehabt hatte. Es war nicht schwer, sich die beiden zusammen vorzustellen. Ganz im Gegenteil: Ich konnte eigentlich gar nicht damit aufhören, mir die beiden zusammen vorzustellen. Talia wird wahrscheinlich bald von einer Modelagentur entdeckt, und man wird sie *anflehen*, die Burberry-Werbekampagne oder so etwas zu machen, weil sie so reich und nobel aussieht. Ich musste mir das Video noch mal anschauen. Ohne Ton wäre es nicht so furchtbar gewesen, aber man konnte jedes Wort hören, weil die ganze Klasse den Atem anhielt. Ohne Ton hätte ich mir zusammenlügen können, was passiert war, und es hätte niemanden gekümmert. Aber so konnte die ganze Welt sehen und auch hören, wie demütigend die Panne bei den Dreharbeiten für mich gewesen war und dass ich Archie Mortimer vollgeheult hatte.

Moss' Telefon surrte. Sie schaute auf das Display.

»Torr?« Es war immer Torr.

»Japp.«

»Sag mir, dass er es nicht gesehen hat.«

Sie sagte nichts.

»Er hat es also gesehen. Was schreibt er?«, fragte ich und schnappte mir ihr Handy.

Ha, ha, ha! Typisch Elektra.

Großartig. Es war also nicht nur lustig, dass ich mich blamiert hatte, es war auch noch *typisch* für mich! Und das sagte jemand, den ich ganze drei Mal getroffen hatte (ohne dass er mir viel Aufmerksamkeit geschenkt hatte). Und Moss hatte fast gelacht, als sie es gelesen hatte. Ich nahm mir noch ein Taschentuch und beobachtete, wie es immer mehr Likes wurden: 80, 85, 92 … Na ja, es war Mittagszeit, und die Leute hatten nichts Besseres zu tun. Nach nicht mal fünfundzwanzig Minuten hatte das Video ungefähr fünfzig Likes mehr als jeder andere Status, in dem ich markiert war. Aber was mich richtig fertigmachte, waren die (hauptsächlich an Archie gerichteten) Kommentare. Hier ein paar Beispiele:

> **Gut gemacht, Kumpel** (Archie war natürlich markiert), **zwei Mädels im Clinch. Respekt!** (19 Likes)
> **Sofort runternehmen!** (Gepostet von Moss. Bisher 6 Likes – und fast alle von Mädchen aus unserer Klasse, was sehr mutig war.)
> **Zum Brüllen komisch!** (27 Likes)
> **Schwere Wahl, Alter.** (3 Likes)
> **Wer ist die Flachbrüstige?** (1 Like. Dieser Kommentar machte mir nicht so sehr zu schaffen, wie man hätte meinen können, denn Ben Gardener hatte ihn gepostet: ein Troll, der im Netz nur so mit wüsten Beschimpfungen um sich warf. Und ich war ja auch flachbrüstig. (Außerdem hatte nur Flissy auf »Gefällt mir« geklickt – bis jetzt.)
> **Du hast Talia Spearman abgeschleppt?!!! Nicht schlecht, Alter.** (43 Likes)
> **Wer nicht?** (12 Likes – alle von Mädchen. Wie gesagt, Talia war wahnsinnig hübsch.)

Es gab noch andere Kommentare, die ich hier nicht wiedergeben will.

★

KAPITEL 21

»Toll, dass die Leute es nicht mitbekommen haben, als ich all meine Fehler gemacht habe.«

Jessica Chastain

»Hallo, Elektra!« Nelly lächelte mir zu. Sie leitete das Büro im ACT und rückte uns auf den Pelz, wenn wir mehr als zweimal hintereinander fehlten. »Was hast du diesmal verloren?«

»Nichts – ich habe mich gebessert.« Sie sah mich skeptisch an. »Es ist nur so, dass Daisy heute nicht da war«, sagte ich. Es war der erste ACT-Unterricht im Sommertrimester. Niemand fehlte in der ersten Stunde nach den Ferien, weil es dann Kuchen gab und jede Menge Tratsch. Vielleicht hätte ich nach dem ganzen Drama mit *Der Spekulant* auch besser gefehlt.

»Sie war nicht da?«

»Nein, und in der letzten Stunde vor den Ferien auch nicht.« Niemand fehlte in der letzten Stunde des Trimesters, weil … na ja, Kuchen und so. Daisy war seit *Fortuneswell* nicht mehr im ACT gewesen, und ich wollte checken, ob mit ihr alles okay war.

»Ich bin sicher, Daisy geht es gut«, sagte Nelly in einem Ton, der bedeutete, dass sie mir nichts sagen würde, selbst wenn sie etwas gewusst hätte.

»Ich habe ihre neue Handynummer nicht und wollte mal nachhören, ob alles in Ordnung ist.«

»Tut mir leid, ich darf die Telefonnummern unserer Schüler nicht herausgeben.«

»Aber ich bin's doch, Nelly, nicht irgendein zwielichtiger Fremder.«

»Ich darf es wirklich nicht. Schick ihr eine Nachricht über Facebook.«

»Sie ist nicht bei Facebook.«

»Respekt! Also, ich könnte ihr deine Nummer geben, wenn du möchtest.«

Ich schrieb meine Handynummer auf ihren Block, den sie mir zusammen mit einem Stift hinhielt. Auch ich hatte eine neue Nummer, weil ich ein neues Telefon hatte. Ein funkelnagelneues iPhone, das Eulalie mir am Tag der Dreharbeiten zu *Der Spekulant* geschenkt hatte. Auf der Rückseite stand: »Es ist besser, zu handeln und es zu bereuen, als nicht zu handeln und es zu bereuen.« Also im Prinzip: »Man lebt nur einmal.« Es war das einzig Gute, was bei der ärgerlichen Geschichte herausgekommen war. Jetzt konnten wir unterwegs skypen. Ich wusste nicht genau, wo sich mein neues Telefon in diesem Moment befand (leichte Panik, wie immer), aber die Nummer konnte ich auswendig. »Bitte nicht vergessen, ja?« Nelly machte immer so einen chaotischen, witzigen Eindruck, und ich hoffte, dass ich mich wirklich auf sie verlassen konnte.

»Versprochen! Soll ich Daisy etwas ausrichten?«

Ich schüttelte den Kopf. »Nein, sie soll mich nur anrufen.«

»Okay.« Nelly fragte nicht nach einer Erklärung. Im Gegensatz zu den meisten Erwachsenen ging sie einem nicht auf die Nerven.

»Und? War's schön heute?«, fragte sie. Sie erkundigte sich immer danach, was wir im Unterricht machten. Ich glaube, sie hätte lieber mit uns allen unten auf der Bühne gestanden, statt hier oben allein hinter Bergen von Papierkram zu sitzen.

»Sehr schön. Wir haben eine Mischung aus *Game of Thrones* und *Gossip Girl* improvisiert.« Dass ich die meiste Zeit damit verbracht hatte, Augenkontakt mit Archie zu vermeiden, erwähnte ich nicht.

»Klingt ja spannend.«

»Die Sache kam in Schwung, als Chuck Bass von den Söhnen der Harpyie überwältigt wurde.«

»Wer hat Chuck gespielt? Ich liebe Chuck!«

»Ich auch.«

Kurzes Schweigen, weil wir beide daran dachten, wie großartig er war. »Christian«, sagte ich dann.

»Auweia!«, meinte Nelly.

»Dass ausgerechnet er Chuck gespielt hat, war eine unheimliche Motivation für die Söhne.« Ich stibitzte ein großes Karamell-Toffee aus der Tüte auf ihrem Schreibtisch. Als ich das Büro verließ, kaute ich noch darauf herum.

»Elektra!«

Ich zuckte zusammen. Ich hatte nicht erwartet, Archie so spät nach dem Schauspielunterricht noch im Haus zu begegnen. Und ich wurde natürlich knallrot.

»Hier.« Er gab mir meine Jacke. »Du hast sie unten liegen lassen.«

Ich schluckte (mühsam) das Toffee runter, um antworten zu können. »Danke.«

»Ich glaube, du hast dein Handy in der Tasche gelassen. Sie bellt jedenfalls ständig.«

»Ja, dann ist es wahrscheinlich meins.«

»Wahrscheinlich«, sagte er lachend und nickte mir zu, und mir fiel nichts Vernünftiges mehr ein. Es war zwar kein tolles Gespräch und verglichen mit der gelungenen Unterhaltung in der Turnhalle bei *Der Spekulant* eindeutig ein Rückschritt, aber es machte mich glücklich. Nachdem ich Archie bei unserer letzten Begegnung vollgeheult hatte, war es schon ein Erfolg, dass er überhaupt noch mit mir redete. Und ich war ihm unendlich dankbar dafür, dass er das Video nicht gelikt, geschweige denn kommentiert hatte, und ich war noch dankbarer (erbärmlich dankbar?), dass er mich nicht vor den anderen darauf angesprochen hatte. Es hätte mir nicht mal etwas ausgemacht, wenn er einfach nur Mitleid mit mir gehabt hätte. Ich hatte beschlossen, mal ein bisschen nett zu mir zu sein.

»Du warst heute eine großartige Harpyie«, sagte er.

»Danke«, sagte ich. Gut zu wissen, dass ich als raubgieriges Ungeheuer Eindruck gemacht hatte.

»Hast du das mit der Panne bei *Der Spekulant* inzwischen verdaut?«

»Mehr oder weniger«, antwortete ich, obwohl ich lieber »sicher doch« gesagt hätte, aber das konnte ich nach der ganzen Heulerei an seiner Schulter nicht bringen.

»Ich würde das auch nicht so leicht verkraften. Das war echt Mist.«

So was würde nicht jeder Junge sagen. Jetzt mochte ich ihn noch mehr.

»Willst du auch was?« Er hielt mir eine Tafel Schokolade hin.

»Nur ein Stück, bitte.«

»Klar«, sagte er und brach vier für mich ab.

»Gott, ich *liebe* Schokolade!« Ich muss wohl etwas theatralisch geklungen haben, denn Archie sah mich schräg an. »Nein, wirklich, im Ernst.«

»Vollmilch oder Zartbitter?«

»Ist mir egal. Es geht eigentlich nicht um den Geschmack.«

»Worum denn?«

Wie konnte er das nicht wissen? »Sie tut einfach gut«, sagte ich.

»Hilft einem durchzukommen, was?«

Ich nickte. Ich hatte in letzter Zeit eine Menge Schokolade gegessen. Wahrscheinlich war es inzwischen so weit, dass Schokolade einer der Hauptbestandteile meines Körpers war, dicht gefolgt von Kohlenstoff und Kalzium.

»Ja, also … dann sehen wir uns nächste Woche.«

Ich dachte, er würde mich vielleicht umarmen – freundschaftlich meine ich, weil wir beide in der Schauspielbranche waren, wo viel umarmt wurde –, aber er lächelte nur, zuckte mit den Schultern und ging zu der Bushaltestelle auf der anderen Straßenseite. Ich ging auch zur Bushaltestelle, aber mein Bus fuhr in die entgegengesetzte Richtung. Es war irgendwie witzig, wie wir uns gegenüberstanden und jeder versuchte, den anderen nicht anzugucken. Wie in einer Liebeskomödie.

Liebeskomödien-Momente waren außerhalb meines Erfahrungsbereichs (aber schön).

Ich schrieb Moss. **Archie … immer noch mega. Ich meine ja nur.**

Mein Telefon bellte. Juhu! Sie reagierte ausnahmsweise mal. **Hast du etwa wieder mit ihm geredet?!!! PS: Ich weiß, er ist mega, wir haben ihn ja oft genug gestalkt.** 😉

Er eher mit mir …

OMG, es ist Liebe!!!!!

Ha, ha, ha!

😉

😜

Es gibt keine Entschuldigung für solche unsinnigen Dialoge, also versuche ich es erst gar nicht. Verurteilt mich nicht!

Mum machte mir Stress, als ich nach Hause kam. »Du bist wirklich spät dran! Warum hast du nicht angerufen? Ich habe mir Sorgen gemacht. Ich hätte fast bei der Polizei angerufen.«

Das war mal wieder typisch. Sie denkt nicht, wie es jeder andere tun würde: »Elektra hat anscheinend viel Spaß im ACT. Wahrscheinlich quatscht sie noch mit ihren Freunden.« Oder: »Oh, es ist wohl viel Verkehr auf der Straße, das ist aber ärgerlich für die arme Elektra.« Nein, nein, nein, meine Mutter denkt: »Elektra hätte vor fünfunddreißig Minuten hier sein müssen, sie wurde also von einem Kinderschänder oder einem kopflosen Geist überfallen.« (Oder von etwas, das in London um sieben Uhr abends, *wenn es noch nicht mal dunkel ist*, genauso unwahrscheinlich ist.) Und dann geht sie händeringend auf und ab.

Dass sie fast bei der Polizei angerufen hätte, war keine der üblichen elterlichen Übertreibungen, sondern die Wahrheit. Sie hatte tatsächlich schon mal da angerufen. Ich hatte womöglich eine Akte. Mum war echt nicht normal.

»Tut mir leid.« Es war das Beste, sie nicht darauf hinzuweisen, wie absurd ihre Gedanken waren, solange sie sich noch nicht abgeregt hatte. »Tut mir leid.« Ich würde es einfach immer wieder sagen.

»Und du bist *nicht ans Telefon gegangen*«, sagte Mum (wie so oft). »Ich habe hundertmal angerufen!«

Das war sozusagen ihre Hauptbeschwerde. Es nervte sie noch mehr, als wenn ich »voll« sagte. Vermutlich war es keine gute Idee, ihr zu erklären, dass mir das Handy zwischendurch abhandengekommen war. Es hatte die drei entgangenen Anrufe angezeigt, als ich Moss geschrieben hatte, aber in der ganzen Aufregung wegen der Sache mit Archie hatte ich irgendwie vergessen, meine Mutter anzurufen.

Prioritäten …

Sie redete und redete, und die vielen Wörter drückten im Grunde alle das Gleiche aus: Enttäuschung.

»Tut mir leid«, sagte ich noch mal und wechselte das Thema, bevor sie mir mit irgendeiner entsetzlichen Statistik kommen konnte, wie lange es durchschnittlich dauert, bis vermisste Kinder von ihren Entführern in Stücke gehackt werden oder so was. »Was gibt's zum Abendessen? Ich sterbe vor Hunger. Ich habe den ganzen Tag nichts gegessen.«

Ha, *das* Stichwort für meine Mutter! Hervorragendes Ablenkungsmanöver. Die Schokolade musste ich ja nicht unbedingt erwähnen.

Daisy meldete sich erst nach dem Wochenende bei mir. **Hatte mir ein Virus eingefangen, bin bald wieder dabei! xx**

Ich schrieb meine Antwort unter dem Tisch. Es war eine besonders nervtötende Chemiestunde zum Thema Ionen- und Atombindung, und ich war dankbar für die Ablenkung. **Gute Besserung! Wir vermissen dich alle**. Dann fügte ich ironisch hinzu: **Big Brian ganz besonders!**

Er fehlt mir auch. Wir haben eine innige, tief gehende Beziehung.

Ha, ha, ha.

Habe von Der Spekulant gehört. Schlimme Sache. Tut mir leid für dich.

Gegen Mitleid von Daisy hatte ich nichts, weil ich wusste, dass sie nachvollziehen konnte, wie es mir ging. Genau wie Archie. Nur wenn man selbst erlebt hat, wie schwer es ist, bei Castings einen Job zu ergattern, versteht man wirklich, wie es ist, wenn so was schiefläuft. Es überraschte mich nicht, dass Daisy davon wusste. Alle wussten davon. Auch Leute, die nicht bei Facebook waren.

Von Fortuneswell habe ich nichts mehr gehört, du vielleicht?

Nein

☹

Big Brian hat die Rolle eines Kriminellen in einer BBC-Produktion gekriegt.

Na, das passt ja.

Und Archie hat einen Sprecherjob für eine neue Kekswerbung.

Echt? (Ich versuchte, mir nichts draus zu machen, dass Daisy es wusste und ich nicht – leider klappte es nicht). **Diese Stimme!**

😉

Warum schien das alles für Jungs viel leichter zu sein? Die, die ich kannte, hatten fast ausnahmslos nichts mit *Fame – der Weg zum Ruhm*, *Glee* und *Footloose* am Hut und dachten auch nicht über ihr Outfit bei der Oscar-Verleihung nach.

Die meisten waren gar nicht so scharf auf Schauspielunterricht. Sie wurden zum Fußball geschickt, und wenn sie nicht gut waren, dann kümmerte es sie entweder nicht und sie machten trotzdem weiter (Mädchen haben da eine ganz andere Einstellung), oder sie verzogen sich einfach nach drinnen und spielten wie besessen FIFA auf dem Computer. Und es gibt viel mehr (und viel bessere) Rollen für Jungen als für Mädchen. Jungs tauchen auch nicht scharenweise bei Castings auf – die Casting-Leute müssen rausgehen und nach ihnen suchen. Sie stalken sie regelrecht.

Besetzungsleiter sind im Prinzip wie Teenie-Mädchen: Sie sind immer auf der Suche nach dem nächsten attraktiven Jungen.

Daisy musste sich was wirklich Übles eingefangen haben, denn am darauffolgenden Donnerstag kam sie wieder nicht ins ACT. Wir hatten einen Vertretungslehrer (oder »Schauspielmentor«, wie er sich angeberisch bezeichnete), der fast so hässlich war, wie Lens gut aussah. Er hielt uns einen dreißigminütigen Vortrag über Stanislawski und seine Schauspiel-Lernmethode (das sogenannte *Method Acting*), und in der halben Stunde danach sollten wir uns an traurige und/oder belastende Dinge erinnern, die uns passiert waren. Es funktionierte nicht wirklich gut, denn alle Jungs wurden verlegen (also hatten die belastenden Dinge wohl mit Sex zu tun), und alle Mädchen fingen an zu weinen (also hatten die belastenden Dinge wohl mit Liebe oder vielleicht mit kleinen Tieren zu tun).

Ich weinte allerdings nicht. Ich konnte mich nicht wirklich auf die Übung einlassen. Zwar dachte ich an traurige Sachen, aber an solche, die ich gleichzeitig irgendwie komisch fand. Ich wusste, dass das nicht richtig war. Ich wusste, dass ich mich eigentlich in eine Situation hineinversetzen sollte, die schmerzhaft für mich gewesen war, und dass der Lehrer, Verzeihung, der *Mentor*, wollte, dass ich mit diesen Gefühlen arbeitete. Obwohl er echt ätzend war und nur hochgestochene Lehrbuch-Phrasen von sich gab (»mit Risiko spielen in einer sicheren Umgebung« fand ich besonders ironisch, weil ich neben Big Brian stand), begriff ich, worauf er hinauswollte. An einem anderen Tag hätte ich mich einfach zusammengerissen und es gemacht. Aber die Erinnerung an *Der Spekulant* und den Flissy-Skandal war noch zu frisch.

Von: Charlotte, Agentur Haden

Datum: 27. April 18:02

An: Julia James

Cc: Stella, Agentur Haden

Betreff: Elektra

Liebe Julia,

leider haben sich Mayday Productions entschieden, bei dem Projekt *Rauschstörung* (stumme Rolle als traumatisiertes Kind) in eine andere Richtung zu gehen. Sie haben uns aber gebeten, Elektra ihren Dank auszurichten, die beim Casting anscheinend sehr überzeugend in der Rolle war! Sie werden bestimmt bei anderen Projekten auf sie zurückkommen.

Danke, dass Sie nachgefragt haben, wie es mit *Straker* (Arbeitstitel) weitergeht. Soweit wir wissen, gibt es noch keine Entscheidungen zur Besetzung. Vielleicht wurde beschlossen, die Netze weiter auszuwerfen und noch mehr Mädchen anzusehen, vielleicht hat die Verzögerung aber auch gar nichts mit dem Casting-Prozess zu tun. Tut mir leid, dass ich diesmal keine aufregenderen Neuigkeiten für Sie und Elektra habe!

Liebe Grüße

Charlotte

WARTEN

- In der Schule verbrachte Zeit (wach): 63,1 Prozent. In der Schule mit Nachdenken über die Schauspielerei verbrachte Zeit: 37,5 Prozent (ist weniger geworden, ich war durch echte Lebensdramen abgelenkt).
- Castings seit *Der Spekulant:* vier (Stella bemüht sich, mir darüber hinwegzuhelfen). Erfolgsquote: null. (Dafür bin ich jetzt EXPERTIN, was Castings angeht.)

Die wichtigsten Casting-Tipps

(von Google gefunden und von mir kommentiert)

1. Sei du selbst.

LOL! Besser nicht! Was für ein blöder Tipp.
Sei die Figur, die du spielst!

2. Wähle schlichte schwarze Kleidung als neutrale Basis für deine Darstellung.

Es sei denn, du hast zufällig eine knalllila Schuluniform im Schrank. Wenn ja, hol sie raus!

3. Sei textsicher.

Das ist richtig. Lern deinen Text, auch wenn sie sagen, dass es nicht nötig sei. Dann kannst du dir was drauf einbilden. Und dann kannst du auch besser spielen.

4. Sei nett zum Besetzungsleiter.

Guter Plan. Einen auf unnahbar machen funktioniert nicht, wenn im Warteraum siebzehn Mädchen sitzen, die GENAUSO aussehen wie du.

5. Geh es mit positiver Energie an.

Was soll das überhaupt bedeuten?

6. Frag nicht nach Feedback.

Ich glaube, das ist eine amerikanische Liste. Ich kenne keinen einzigen britischen Schauspieler, dem es nicht viel zu peinlich wäre, danach zu fragen.

7. Belohne/tröste dich immer mit Kuchen.

Diesen Punkt habe ich hinzugefügt. Gern geschehen!

KAPITEL 22

»Meine Mutter hat mich jedes Mal gefragt: ›Bist du sicher, dass du das machen willst?‹, und ich immer so: ›Klar doch!‹«

Dakota Fanning

»Elektra, soll ich den Text mit dir durchgehen?«, rief meine Mutter von unten.

»Ich spiele ein totes Kind. Ich habe keinen Text«, rief ich zurück.

»Nein, ich meine das *Casualty*-Casting mit sieben Zeilen Text kurz vor der Operation«, brüllte sie.

Ich würde meinen Text natürlich noch lernen, aber weil ich gerade mitten in einem gemütlichen Sonntagabend-Chat mit Maja war, ignorierte ich Mum. Ich musste unbedingt wissen, ob Jenny Bella in der erbitterten Schlacht (also, in der *dieswöchigen* erbitterten Schlacht) um Max' Zuneigung geschlagen hatte. Ich checkte mein Handy. Geilo, sie hatte gewonnen! (Ich mochte Bella, aber Jenny mochte ich lieber.)

Wie findest du Torr?, fragte Maja als Nächstes.

Netter Typ.

Ein bisschen arg von sich eingenommen, oder?

Ein bisschen.

Hab ihn heute in der U-Bahn gesehen. Sie hängte ein Foto von ihm an, mit gewaltigen Kopfhörern, die seine Haare platt drückten. Ihm war praktisch anzusehen, wie er im Takt der Musik mit dem Kopf wippte.

Irgendeine Indie-Band, die »groß im Kommen« ist, was? Das war meine Vermutung.

Kennt wahrscheinlich den Drummer.

Ha, ha, ha. Hast du mit ihm gesprochen?

Nein. Er hat so getan, als würde er mich nicht kennen.

Fairerweise muss ich sagen, dass Torr Maja wirklich kaum kannte.

Mein Telefon bellte wieder. **Zu cool?**

So cool.

Ein bisschen versponnen?

LOL, vielleicht.

Und Moss ist so langweilig, wenn sie mit ihm zusammen ist.

Ich weiß. Dann bekam ich Gewissensbisse und schrieb: **Aber die zwei sind echt süß zusammen.**

Keine Antwort.

»Elektra?«, rief meine Mutter noch mal (war ja klar gewesen). »Bist du textsicher?« Das Echo ihrer Stimme hallte durch das Treppenhaus.

»Jahaaaa!« Nein, natürlich nihiiiicht.

»Das glaube ich nicht.«

Woher wusste sie das immer?

»Komm runter, und wir gehen das einfach ein paarmal durch.«

Ich wusste, dass sie raufkommen würde, wenn ich nicht nach unten ging, und dann würde sie wegen der Unordnung in meinem Zimmer auf mich losgehen *und* weil ich so schlecht vorbereitet war. Aufräumen stand zwar auf meiner Liste, aber viel weiter unten als Textlernen.

»Ich kann allein üben«, sagte ich, als ich in die Küche kam, und nahm mir ein Stück Biskuitkuchen. »Hallo Dad.« Er hatte sich hinter einer perfekt aufgebauten Mauer aus Akten regelrecht verschanzt und gab nur ein Grunzen von sich.

»Nimm dir bitte einen Teller! Allein kannst du nicht die anderen Rollen lesen«, sagte Mum.

»Kann ich wohl.« Ich bohrte den Zeigefinger in die Cremefüllung und leckte ihn ab. Der Kuchen war gut. Sie sollte mehr Kuchen backen und mich in Ruhe meine Texte lernen lassen.

»Ich möchte helfen.«

Seit der Grundschule hatte meine Mutter eigentlich nicht mehr so viel mit meinem Leben zu tun gehabt. Ich hatte gedacht, ich hätte es längst hinter mir, mit dem Auto abgeholt zu werden, mir widerwillig die Haare kämmen zu lassen und an meine Manieren erinnert zu werden – aber irgendwie steckte ich plötzlich wieder mittendrin.

Dabei war es so viel Arbeit gewesen. Stück für Stück hatte ich mir Raum verschafft, und jetzt mischte sich Mum wieder voll ein. Es waren keine riesigen Freiräume, die ich mir geschaffen hatte, sondern einfach nur ein bisschen Raum. Ein kleines bisschen.

Und sie *liebte* es, mir beim Textlernen zu helfen. Sie ging komplett darin auf und las die anderen Rollen mit *Gefühl* und vielen sonderbaren Akzenten. Es nervte mich mehr, als es mich hätte nerven dürfen.

»Ich komme klar. Ich habe noch jede Menge Zeit, und ich übe in der Mittagspause mit Moss.« Das war gelogen.

»Du hast nur noch zwei Tage, und du wirst nicht mit Moss üben. In der Mittagspause hast du Spanisch-Konversation.«

Wie konnte sie sich das alles merken? *Warum* merkte sie sich das alles? Und das war gar nicht der wahre Grund, warum ich nicht mit Moss üben würde. Der wahre Grund, warum ich nicht mit ihr üben würde, war, dass Moss neuerdings in jeder Mittagspause über Snapchat mit Torr chatten musste (weil ja zwischen 8.30 Uhr und 12.30 Uhr irgendetwas wahnsinnig Aufregendes im Leben des jeweils anderen passiert sein konnte).

»Ich habe Stella gemailt und das Casting zu *Verirrungen* abgesagt«, sagte Mum.

Das war vorauszusehen gewesen. Stella hatte gefragt, ob ich eventuell für die Rolle der Holly in einem – wie sie es nannte – »erschütternden Filmdrama über das Erwachsenwerden« vorsprechen wollte. Ich fand, es klang ganz interessant. Meine Eltern fanden es entsetzlich. (Ich glaube, sie haben die Formulierung, dass es eine »lebensverändernde Erfahrung« sein würde, ein bisschen zu wörtlich genommen.)

»Natürlich«, sagte ich schnippisch, und Mum zog die Schultern hoch und machte ein beleidigtes Gesicht. Sie kraulte Digby ganz demonstrativ und nannte ihn einen »braven Jungen«. Mir war klar, was sie damit ausdrücken wollte. Digby guckte so selbstgefällig, wie ein Dalmatiner nur gucken kann (also *ziemlich* selbstgefällig).

»Gassi!«, flötete Mum und war verschwunden, bevor ich mich entschuldigen konnte.

»Ich finde, so solltest du nicht mit deiner Mutter reden«, sagte Dad und sah von seiner Arbeit auf. Sein Ton war ruhig, trügerisch ruhig. Er war stinksauer auf mich.

»Tut mir leid«, brummelte ich. »Ich wollte mich ja gerade entschuldigen.«

»Sie versucht doch nur zu helfen.«

»Aber das ist keine Hilfe. Das stresst mich nur. Sie macht immer so ein Tamtam um alles.«

Es folgte eine von diesen schrecklichen langen Pausen, in denen man sich wünscht, man hätte nichts gesagt, und in denen sich die Eltern eine Antwort überlegen, mit der sie einem ein richtig schlechtes Gewissen machen können.

»Sie ist auch gestresst, Elektra. Sei bitte ein bisschen einfühlsamer.«

»Du meinst, weil *ich* sie stresse?«

»Nicht nur du …« Es gab wieder eine Pause, in der wir beide an die unzähligen Dinge dachten, die Mum stressen konnten. »Aber auch. Dich zu den Castings zu fahren und stundenlang auf dich zu warten, das ist schon anstrengend. Das hat sie sich nicht ausgesucht.«

Okay.

»Und sie findet es stressig, darauf zu warten, ob du eine Rolle kriegst oder in die engere Wahl kommst.«

»Warum ist das stressig *für sie*? Für mich ist es doch viel schlimmer.«

»Da bin ich nicht sicher. Aber sie macht sich eben Gedanken, weil sie dich liebt«, sagte er und ordnete seine Papiere so an, dass sie exakt an der Schreibtischkante lagen.

»Tja, du verplemperst deine Zeit auf jeden Fall nicht damit, dir Gedanken darüber zu machen, ob ich irgendeine Rolle kriege, die ich wahrscheinlich eh nicht kriege.«

»Richtig, aber vielleicht brauche ich mir ja keine Gedanken machen, weil Mum sich welche für uns beide macht. Und wenn sie dich nicht zu diesen gottverlassenen Locations fahren würde, dann müsste ich das vermutlich machen.«

Ich verdrängte den Gedanken, dass wir dann wahrscheinlich viel schneller da und wieder zu Hause wären. »Du hast mich zu dem *Fortuneswell*-Casting gefahren«, sagte ich.

»Ja, stimmt, aber das war im Zentrum von London, und es war so langweilig, dass ich wirklich Respekt vor deiner Mutter bekommen habe.«

Mein Telefon bellte. Nachricht von Archie. Ich öffnete sie verstohlen. **Hey, Elektra, wmds?**

Jubel! **Nicht viel. Und du?**

»Bist du schon wieder mit deinem Handy zugange?«, fragte mein Vater.

»Ja, tschuldigung.« Ich legte es schnell weg, mit dem Display nach unten.

Dad war noch nicht fertig. »Und wenn du mal Rollen kriegst, was meinst du, wer den ganzen Papierkram erledigen muss? Das kannst du nicht allein machen, dafür bist du noch zu jung.«

Und ich würde wohl auch ständig was vergessen und dann alles verlieren.

»Deine Mutter tut sehr viel für dich, Elektra, und sie beschwert sich nicht.« (Im Gegensatz zu mir, meinte er damit.)

»Aber mal im Ernst, Dad, sie ist schon ein bisschen übergeschnappt. In einem Moment erzählt sie mir, dass die Filmwelt eine furchtbare, ausbeuterische Branche ist und ich zusehen soll, dass ich an eine gute Universität komme, und im nächsten sitzt sie da, sucht im Internet nach offenen Castings und klickt immer wieder meine Seite in der IMDb-Filmdatenbank an.«

Warum? Warum machte sie das? Als wäre es wichtig, fünf Klicks mehr oder weniger zu haben! In dieser Datenbank sind mehr als vier Millionen Schauspieler erfasst – wie sollte ich mich da jemals herausheben? Heute ist Jennifer Lawrence im STARmeter auf Platz eins. An einem Tag steigen die Punkte um 11.779 (grüner Pfeil nach oben), am nächsten Tag fallen sie wieder um 41.324 (roter Pfeil nach unten). Tja, und mich klickt niemand an, der nicht mit mir verwandt ist. Das STARmeter ist ein ganz nützliches Ding mit Informationen über Kinostarts und Oscar-Nominierungen und mit Höchst- und Tiefstwerten in Sachen Beliebtheit.

»Und dann redet sie dauernd davon, wie toll sich das Mädchen in *Game of Thrones* schlägt, und ich habe keine Ahnung, ob sie das gut findet oder nicht.« Wenn ich meine Eltern *Game of Thrones* gucken sehe, fühle ich mich immer etwas unbehaglich.

»Vielleicht ist sie hin- und hergerissen«, sagte Dad.

»Und was ist mit dir? Möchtest du, dass ich das mache?«

Er sah mich an. »Ich möchte nur, dass du es machst, wenn du es wirklich willst. Ich habe den Eindruck, dass es im Augenblick nicht so einfach für dich ist.«

»Du sagst doch immer, dass man sich durchboxen muss, wenn es mal nicht so läuft. Dass man am Ball bleiben muss. Ohne Fleiß kein Preis und so weiter.«

»Das gilt für Geometrie. Und für Physik. Im Prinzip für alle deine Fächer – außer Französisch. Aber für die Schauspielerei gilt es nicht. Das ist keine Pflichtveranstaltung. Tu es, wenn es dich glücklich macht. Und wenn es dich nicht glücklich macht, dann hör damit auf. Vielleicht bist du ja auch ein bisschen hin- und hergerissen?«

Ich wusste nicht, ob er recht hatte. Ich wollte auch gar nicht darüber nachdenken. Vielleicht dachten alle Leute zu viel nach, statt einfach zu machen. »Kann ich jetzt mein Handy checken?«

Er zog eine Augenbraue hoch. »Erwartest du eine wichtige Nachricht?«

»Nein«, sagte ich schnell und wurde (mal wieder) rot.

Er lachte über mich. »Na, mach mal«, sagte er.

Archie hatte zurückgeschrieben. Jetzt zählte es als richtiges Gespräch. **Was machst du am Wochenende?**

Nichts. Schnell raus mit der Info, dass ich rund um die Uhr zu haben war! Aber Moment, jetzt dachte er, ich hätte keine Freunde und wäre ein tragischer Fall. **Mit Freunden rumhängen, aber nichts Konkretes.** Au, und jetzt dachte er bestimmt, ich hätte keine Freunde, wäre ein tragischer Fall und hätte es selbst gemerkt und deshalb noch mal geschrieben. **Und du?** Gut so, schön das Gespräch in Gang halten!

Muss zu Verwandten aufs Land. Kühe und so. Ätzend.

Enttäuschte Erwartungen. Wieder mal.

»Was Interessantes?«, fragte Dad freundlich.

»Willst du einen Tee?«

»Du lenkst vom Thema ab.«

»Japp.«

»Na gut. Willst du rüberkommen und mit mir und Digby Fußball gucken?«

»Es ist mir eine Ehre. Soll ich dir Kuchen mitbringen?«

»Nein, danke.«

»Du musst mehr essen, du bist viel zu dünn.« Das stimmte wirklich.

»Du klingst wie deine Mutter.«

Oh, das war nicht gut.

Von: Stella, Agentur Haden

Datum: 11. Mai 15:41

An: Julia James

Cc: Charlotte, Agentur Haden

Betreff: Re: Elektra und Verirrungen

Liebe Julia,

danke für die schnelle Rückmeldung zum Casting zu *Verirrungen*. Ich persönlich glaube, dass Sie die richtige Entscheidung getroffen haben: Der Inhalt des Drehbuchs ist streckenweise problematisch und die Ausdrucksweise recht derb.

Herzliche Grüße

Stella

KAPITEL 23

»Manchmal sind gerade die Szenen die besten, bei denen man sich [als Schauspieler] unwohl fühlt.«

Natalie Dormer

»Wenn du es nicht so gemeint hast, warum hast du es dann gesagt?« Moss war voll sauer auf mich.

»Ich habe gar nichts gesagt.« Was ja streng genommen stimmte. Ich hatte nichts Schlimmes getan. Na ja, vielleicht doch. Ich hätte wissen müssen, dass Maja Moss unseren Chat zeigen würde. (Ich glaube, ich hatte es die ganze Zeit gewusst – ich hatte ein schlechtes Gefühl, seit ich mit Maja gechattet hatte.)

»Torr ist also ›von sich eingenommen‹ und ›zu cool‹?«

»Das habe ich nicht gesagt.«

»Mehr oder weniger schon.«

»Nein, das hat Maja gesagt. Ich habe nur ›LOL‹ gesagt.« Das hätte ich nicht tun sollen. Nicht nur, weil man »LOL« grundsätzlich nicht sagen sollte – dafür gibt es keine Entschuldigung –, sondern weil ich Torr in Schutz hätte nehmen müssen. Erwähne nicht den anderen Satz! Bitte erwähne nicht den anderen Satz!

»Du hast gesagt, ich wäre langweilig, wenn ich mit ihm zusammen bin.« Natürlich erwähnte Moss den anderen Satz. Dieser Satz war das größte Problem.

»Das habe ich nicht gesagt. Ich habe Maja höchstens zugestimmt, wenn man so will. Warum bist du eigentlich nicht sauer auf sie?«

»Weil sie nicht meine beste Freundin ist.«

»Nein, nur deine Informantin.«

»Sie hatte ein schlechtes Gewissen wegen dieser Sache. Deshalb hat sie mir davon erzählt.«

»Du weißt, dass das nicht stimmt.«

»Und sie hat ein paar Freunde von Torr im Starbucks getroffen, und die meinen merkwürdigerweise nicht, dass er von sich eingenommen ist.«

Ach so. Maja stand also auf einen von Torrs Freunden. Und jetzt wollte sie sich bei Moss einschmeicheln, um besser an ihn ranzukommen. Allmählich begriff ich die ganze Geschichte.

»Du hältst meinen Freund offensichtlich für versponnen.« Moss konnte einfach nicht aufhören.

»Nein!« Die Versuchung, darüber zu spotten, wie Moss »mein Freund« sagte, statt einfach Torr, war groß, aber ich hielt meinen Mund.

»Dann hast du LOL nur zum Spaß gesagt?«

»Ich war nur faul. Ich wollte nicht gemein sein.«

»Klar, du warst so faul, dass du gleich mehrmals geantwortet hast.«

»Ich mag Torr«, sagte ich wenig überzeugend, und Moss zuckte mit den Schultern, um mir zu zeigen, dass sie mir nicht glaubte. Doch ich hatte nicht gelogen. Ich kenne nicht viele sechzehnjährige Jungs, die überhaupt fähig sind, eine Beziehung zu führen. Dafür verdiente er schon mal eine Menge Punkte. Aber Moss war so mit ihm beschäftigt, dass sie mir schrecklich fehlte. Sie war ihm praktisch mit Haut und Haaren verfallen, wie es so schön heißt (und mit allem anderen auch, würde ich sagen), und wir hatten uns mal versprochen, niemals so zu werden. Sie setzte sich nicht mehr auf Stühle, wenn sie auf seinem Schoß sitzen konnte, und sie flüsterte ihm ständig was ins Ohr, sodass jeder andere (ich) vom Gespräch ausgeschlossen war. Und wenn sie nicht mit Torr rumhing (was nicht oft der Fall war), dann wollte sie über ihn reden.

Und es ging immer darum, was Torr wollte. Das, was Moss ausmachte, war irgendwie verschwunden. Sie sah sich Filme an, die sie nicht sehen wollte, sie ging in Cafés, die keinen Kuchen hatten, und sie verbrachte viel Zeit damit, Torr zuzuhören, wenn er über Dinge sprach, an denen sie kein Interesse hatte (wenn sie nicht gerade rumknutschten). Sie ging auf *Konzerte*. Und sie war so verliebt, dass es nicht mal Streit gab. Wenn sie also über Torr redete, dann beschwerte sie sich nicht über ihn, sondern schwärmte nur davon, wie süß und toll und großartig und clever und verknallt er in sie war und so weiter. Offen gesagt war es ziemlich langweilig, und manchmal war es langweilig *und* peinlich zugleich.

»Aber vielleicht ist nicht jeder so besessen von Torr wie du.« Das war ehrlich, aber eigentlich keine Entschuldigung.

»Du sollst ja auch gar nicht so besessen von ihm sein wie ich.« Moss sah mich nicht mal an.

»Dann gibst du also zu, dass du besessen von ihm bist?«

»Warum soll ich das zugeben? Warum bist du so ätzend zu mir?«

»Ich bin gar nicht ätzend.« Doch, ich war ätzend, und ich wusste es, aber nachdem ich einmal angefangen hatte, konnte ich nicht mehr aufhören.

»Du musst ihn nicht lieben, Elektra, nicht mal mögen, aber es wäre einfach nett, wenn du nicht hinter meinem Rücken über ihn reden würdest.« Sie war den Tränen nahe.

»Das ist nicht fair … Hör mal, es fehlt mir, mit dir zusammen rumzuhängen.«

»Du bist die Hälfte der Zeit mit deinem Schauspielkram beschäftigt, und ich beschwere mich nicht darüber, und außerdem hängen wir trotz allem noch viel zusammen rum.«

»Äh, nein, tun wir nicht.« Mein »Schauspielkram« beanspruchte viel weniger Zeit als ihr Liebesleben, aber davon wollte ich nicht anfangen.

»Jetzt hängen wir zum Beispiel zusammen rum.«

»Sich vor dem Schulklo zu streiten zählt nicht.«

»Und was ist mit letztem Samstag?«

»Ich glaube, peinlich berührt einen halben alten Film bei dir zu Hause zu gucken, während du mit Torr rummachst, zählt auch nicht.« Ich würde nie erfahren, ob Bridget Jones und Mark ein Paar wurden (ich konnte es mir allerdings denken). »Wir hängen nicht mal virtuell zusammen rum.« Mir fehlten unsere albernen Snapchats.

»Du klingst eifersüchtig.«

Das war ich auch, aber aus einem anderen Grund, als Moss dachte. »Nicht jeder möchte jede einzelne Minute in einer exklusiven Märchen-Beziehung verbringen.«

»Ich habe keine *Märchen*-Beziehung mit Torr. Wenn du schon mal mit einem Jungen zusammen gewesen wärst, wüsstest du das!«

Krass.

»Und überhaupt, wie würdest du dich fühlen, wenn ich hinter deinem Rücken über dich lästern würde?« Moss zupfte an einem losen Faden an ihrer Strumpfhose. Sie machte es schon die ganze Zeit, während wir redeten, und ihre Strumpfhose war stellenweise ziemlich aufgeribbelt.

Ihre Stimme wurde immer lauter, und die Mädchen strömten aus allen Richtungen zusammen wie Römer zu einem Gladiatorenkampf.

»Um Himmels willen, ich habe nicht hinter deinem Rücken über dich gelästert. Warum machst du so eine große Sache daraus? Jeder tratscht. Du machst es doch auch! Tu nicht so scheinheilig! Außerdem habe ich kaum was gesagt, und ich habe es auch nicht so gemeint.« Mir war klar, dass dieses Argument nicht ganz logisch war, aber ich stand unter Druck. Und ich ging immer mehr in die Defensive, denn je saurer Moss wurde, desto größer wurde mein schlechtes Gewissen, und je größer es wurde, desto wütender wurde ich. »Jammer nicht so rum und sei nicht so selbstgerecht. Es ist ein Wunder, dass es überhaupt irgendein Junge mit dir aushält, versponnen oder nicht!«

Aus der wachsenden Zuschauermenge waren entgeisterte Japser zu hören. Moss wirkte einen Moment lang geschockt, dann schob sie den Unterkiefer vor und richtete sich zu ihrer vollen und nicht sehr beeindruckenden Größe auf. Sie zitterte fast vor Zorn. Das war nicht gut. Mittlerweile glich unser Streit keinem Gladiatorenkampf mehr, sondern erinnerte eher daran, wie die Christen den Löwen zum Fraß vorgeworfen worden waren – und ich war der Christ.

»Weißt du was, Elektra?« (Es war unglaublich, wie viel Verachtung sie in meinen Namen legte.) »Es ist okay, total okay«, fauchte sie. »Nein, wirklich, ich verstehe das. Du kannst nichts dafür, dass dein Leben so langweilig ist, dass du hinter meinem Rücken ablästern und ein Drama aus meinem Glück machen musst, weil es mit deinem Dramakram nicht so läuft. Auf die Weise hast du wenigstens etwas zu erzählen, denn über deine Schwärmerei für Archie gibt es ja nicht viel zu sagen.« Sie holte Luft. »Wenn mein Leben so traurig und öde wäre, würde ich bestimmt das Gleiche tun. Ach, übrigens, noch ein freundschaftlicher Rat: Es ist offensichtlich, dass Archie nichts von dir will, also hör auf, ihm nachzujagen, und rette von deiner Würde, was noch zu retten ist.«

Es ging natürlich noch weiter, denn es gibt viele verschiedene Möglichkeiten, das Gleiche immer wieder mit anderen und noch gemeineren Worten auszudrücken und abfällige Bemerkungen darüber zu machen, wie sehr sich Leute verändern und auseinanderentwickeln können.

Irgendwie schafften wir es beide, nicht zu weinen. Dazu war die Atmosphäre zu frostig. Wir stritten verbittert miteinander wie zwei, die sich nicht ausstehen können.

Und ich wünschte, ich hätte nicht so einen Blödsinn geschrieben.

KAPITEL 24

»Ich mag Burger, aber will ich mein Gesicht auf jeder Burgerschachtel sehen? Eigentlich nicht.«

Kristen Stewart

Daisys Virus war also gar kein Virus, was keine große Überraschung für mich darstellte. Sie war immer noch nicht im ACT aufgetaucht und hatte auch nicht auf meine letzten zehn »Geht es dir gut?«-Nachfragen reagiert.

Hey, Elektra. Entschuldige, dass ich nicht geantwortet habe. Wollen wir am Samstag zusammen Kaffee trinken?

Wir trafen uns in dem Sandwichladen »Prêt A Manger«. Es war warm genug zum Draußensitzen.

»Daisy … du siehst *fantastisch* aus!«

»Gefällt es dir?« Verlegen machte sie eine kleine Drehung; anscheinend war sie sich nicht so sicher.

Sie hatte sich die Haare kurz schneiden lassen. Die Ringellocken waren weg und auch das Blond (ich wäre nie darauf gekommen, dass sie sich die Haare gefärbt hatte), und sie wirkte ganz und gar nicht mehr retro. Sie sah echt gut aus.

»Ich liebe deine Frisur!«

»Wirklich? Du sagst das nicht nur, um nett zu mir zu sein?«

»Wirklich. Also … entweder wurdest du gerade für einen Science-Fiction- oder Gefängnisfilm gecastet, und sie haben dir die Haare abgeschnitten, oder du bist mitten in einer krassen Produktion von *Les Misérables,* oder …«

»Oder … ich bin ausgestiegen.«

»Im Ernst? Was hat dich dazu gebracht?«

»Unter anderem, dass du bei dem *Fortuneswell*-Casting gesagt hast, ich soll einfach aufhören. Aber hauptsächlich, dass meine Mutter angefangen hat, von Los Angeles und der Pilotfilm-Saison und Oakwood zu reden.«

»Nicht *Oakwood*!«, sagte ich so entsetzt, wie es die meisten Teenie-Mädchen wären, wenn herauskommen würde, dass Robert Pattinson und Daniel Booth miteinander verheiratet sind.

Oakwood Toluca Hills ist eine Apartmentanlage in Los Angeles, in der Schauspielkinder und ihre ehrgeizigen Mütter in der Pilotfilm-Saison wohnen. Das ist die Zeit im Jahr, in der in L.A. die Schauspieler für Pilotfilme zu Serien gecastet werden. (Und manche hoffnungslose Fälle verbringen sogar Jahre dort.) Einige meiner besten Freunde sind Schauspieler, *Archie* ist Schauspieler, aber ich konnte mir nichts Schlimmeres vorstellen, als mit einem Haufen verzweifelter Kids und ihren Müttern (Horror!) in einem Wohnkomplex zusammengepfercht zu sein, wo nur über Castings und Recalls und Konkurrenz und Geldverdienen und Motivationstechniken und Enttäuschungen geredet wurde. Die Hölle.

»Das konnte ich einfach nicht.« Daisy war offensichtlich derselben Meinung wie ich. »Und weil sich meine Einstellung geändert hatte, konnte ich auf keinen Fall zulassen, dass meine Eltern noch mehr Geld ausgeben. Es war schrecklich – sie haben nur noch davon gesprochen, sich ihre Rentenversicherung auszahlen zu lassen oder eine Hypothek aufzunehmen, um ›meine Träume zu unterstützen‹.« (Sie machte diese Anführungszeichengeste, aber ich verzieh ihr, weil ich sie mochte.) »Schlussendlich habe ich einfach Nein gesagt.«

»Wie haben sie reagiert?«, fragte ich mit einem Bissen Zitronenkuchen im Mund.

»Sie fanden es komischerweise okay. Ich meine, am Anfang waren sie natürlich ziemlich fassungslos. Sie meinten, sie könnten mich nicht verstehen, und machten einen auf untröstlich, aber am nächsten Tag waren sie total normal und redeten davon, in Spanien Urlaub zu machen. Ich glaube, sie waren erleichtert.«

»Denkst du, sie haben es irgendwie schon gewusst?«

Daisy überlegte. »Nein, eigentlich nicht. Ich glaube nicht, dass sie es wissen wollten, oder besser gesagt glaube ich nicht, dass sie wussten, dass sie es wissen wollten, bevor sie es wussten. Also wussten sie es einfach nicht.«

Okaaay, es war nicht leicht, diesem Gedankengang zu folgen, aber ich *glaube*, ich verstand, was sie meinte.

»Ich meine, sie wussten, dass ich ziemlich oft gestresst war, aber dafür gab es ja auch noch genug andere mögliche Gründe.«

»Zum Beispiel?«

»Komm schon, Elektra, ganz normale Sachen halt: Panik vor Prüfungen; Angst davor, dick zu werden, und die Sorge, nie Brüste zu kriegen – oder zu große Brüste zu kriegen. Und dass du was mit einem Jungen anfangen willst, der nichts mit dir anfangen will, du aber nichts mit den Jungs anfangen willst, die was mit dir anfangen wollen, und nicht zu Partys eingeladen zu werden und so weiter.«

Ach so, klar, *solche* Sachen.

»Meinst du, deine Eltern wollen jetzt, dass du was anderes machst?«

»Nein.« Während wir redeten, fuhr sich Daisy ständig mit den Fingern durch ihre kurzen Haare, sodass sie auf dem ganzen Kopf hochstanden. Sie war anscheinend noch dabei, sich mit ihrer Pixie-Frisur anzufreunden. »Na ja, irgendwann werden sie wahrscheinlich mit was Neuem kommen. Meine Mutter wird sich womöglich einen ganz neuen Fluchtweg für mich einfallen lassen, obwohl ich dem Alltag gar nicht entfliehen will. Aber vielleicht will *sie* das ja.« Sie hielt inne, als wäre ihr dieser recht naheliegende Gedanke zum ersten Mal gekommen. »Wie auch immer.« Sie zuckte mit den Schultern. »Ich kann wohl nicht viel dagegen tun.«

Da hatte sie recht. »Was hat Stella gesagt?«, fragte ich.

»Sie war richtig, richtig cool. Sie hat gesagt, sie hätte schon seit einer Weile gemerkt, dass ich nicht so glücklich damit bin, und dass sie vorhatte, mit mir darüber zu reden. Sie meinte, sie will nicht, dass ich es mache, wenn ich mir nicht sicher bin, dass ich es machen will. Das war ihre ehrliche Meinung, das habe ich gemerkt. Wusstest du, dass sie früher auch Schauspielerin war?«

»Nein. Wann denn? In den Sechzigern?«

»Du bist echt hart. Sie war Bühnenschauspielerin und hat in vielen Stücken gespielt, nur kleinere Rollen, aber mit berühmten Leuten. Und dann hat sie über Nacht damit aufgehört, weil sie Lampenfieber bekommen hat. So schlimmes Lampenfieber, dass sie nicht mehr auf die Bühne konnte.«

Ich fand die Vorstellung erschreckend, so viel Angst davor zu bekommen, etwas zu tun, das man eigentlich liebte. »Kommst du denn noch ins ACT?«, fragte ich.

»Nein, ich denke nicht. Ich habe mit Lens gesprochen, und er hat nichts dagegen, dass ich sofort aussteige und den Kurs nicht zu Ende mache. Mir werden die Leute fehlen – es wird mir fehlen, Lens anzuhimmeln.« Von Archie anhimmeln sagte sie nichts. Das war gut, oder? »Also, *ein paar* von den Leuten werden mir fehlen, natürlich nicht Christian und Brian, aber ich glaube, es ist besser, wenn ich einen sauberen Schlussstrich ziehe. Ich will mir nicht jede Woche anhören, welche Jobs die anderen ergattert haben. Ich bin glücklich mit meiner Entscheidung und will mit dem Thema abschließen. Und ich habe auf jeden Fall genug Improvisationsübungen für ein ganzes Leben gemacht.«

»Nie wieder Superheld oder Schneewittchen? Wie willst du das aushalten?«

»Ich weiß, ich weiß«, sagte sie lachend. »Das wird hart. Ich werde ein bisschen Schultheater machen und solche Dinge. Das genügt mir. Aber wir bleiben in Verbindung. Ich bin bei Facebook.«

»Du? Bei Facebook? Ich dachte, davon hältst du nichts, da stehst du drüber.«

»Ha, nein, so überheblich bin ich nicht. Meine Mutter hatte nur Angst, dass ich ein Bikini-Foto poste oder dass jemand einen heiklen Kommentar postet und das dann in den Zeitungen landet.« Sie sah mein Gesicht. »Ich weiß, das ist verrückt, aber da war sie gerade in der Phase, in der sie gedacht hat, dass nur ein schlechter Ruf verhindern kann, dass ich die nächste Emma Watson werde.«

Ich konnte mir nicht vorstellen, wie Daisy jemals zu einem schlechten Ruf kommen sollte. »Braves Mädchen« stand ihr praktisch auf der Stirn geschrieben. Ich dachte an ein paar Sachen auf meiner Seite (die ich nicht gepostet hatte) und bekam das Grausen. Ein Leben als Plankton hat durchaus Vorteile.

»Inzwischen ist es meiner Mutter egal. Ich habe jetzt sozusagen die elterliche Erlaubnis, normal zu sein.«

»Wie? Normal im Sinn von ›einen Freund haben‹ und so?«

»Japp.«

»Hast du jemanden im Visier?«

Sie nickte und malte ein kleines Herz in die Zuckerkrümel auf dem Tisch. Sie machte es wahrscheinlich ganz unbewusst – das wollte ich jedenfalls hoffen.

»Kenne ich ihn?«, fragte ich und betete, dass es nicht Archie war. Ich hätte es locker nehmen müssen, und ich glaubte wirklich nicht, dass ich so eine gute Schauspielerin war.

»Nein. Er ist eine Stufe höher und hat nichts mit dem Schauspielern zu tun.«

»Ein Zivilist also?«, sagte ich ironisch.

»Ein cleverer, gut aussehender Zivilist, der ein Jahr weiter ist.« Wow, voll die Statuspunkte! Sie lachte laut und ungeniert und ganz anders als die alte Daisy. Es ging ihr wirklich gut. »Aber in Mathe bin ich immer noch schwach.«

»Vielleicht kann der Überflieger mit dir üben.«

»Vielleicht. Vielleicht finden wir aber auch vergnüglichere Sachen, die wir zusammen machen können.« Sie grinste.

Es war schon verwirrend: als hätten Aliens Daisy entführt, ihr die Haare abrasiert und eine Gehirnwäsche verpasst und sie wieder auf die Erde gebracht. (Das klang eigentlich nach einem Studenten-Filmprojekt. Vielleicht sollte ich Ed davon erzählen.)

»Und was ist bei dir so los?«, fragte Daisy.

»Nicht viel.«

»Wirklich? Du siehst ein bisschen ... Also, du siehst einfach aus, als würde irgendwas nicht stimmen. Macht dir das mit *Der Spekulant* immer noch zu schaffen?«

»Nein. Ich bin ein bisschen verletzt, weil es so peinlich war, aber ich bin drüber weg.«

»Geht es um irgendein Casting? Hast du wirklich darauf gehofft, bei *Fortuneswell* in die engere Wahl zu kommen?«

»Ja, schon.« Natürlich hatte ich darauf gehofft – es war ein fantastisches Projekt mit fantastischen Kostümen. Ich konnte nur schwer nachvollziehen, dass es Daisy tatsächlich egal war. »Aber es hat nichts mit der Schauspielerei zu tun.«

»Womit dann?«

»Ach, ich hatte diese Woche einen blöden Streit mit Moss, und wir haben uns noch nicht wieder vertragen. Wir haben seit Tagen nicht miteinander gesprochen.«

»Was ist passiert?«

Ich erzählte es Daisy, weil sie eine gute Zuhörerin war. Sie hatte Moss nur einmal gesehen, als sie mich beim ACT abgeholt hatte, aber sie verstand, um was es ging. Ich war nicht die Erste, die sich mit ihrer besten Freundin verkracht hatte. Es war keine Sensation, aber bestimmt die kleinlichste, unsinnigste Zankerei seit der sechsten Klasse.

»Spielt es denn so eine große Rolle, wer schuld ist? Vielleicht könntest du dich trotzdem entschuldigen.« Das war ein typischer Daisy-Rat. »Ruf sie doch gleich an.«

»Geht nicht, habe mein Handy verloren.« Na ja, verloren nicht gerade, aber ich hatte es wieder mal verschusselt.

»Nimm meins«, sagte sie und gab es mir.

Zum Glück verschusselte Moss ihr Handy nie, und ihre Nummer kannte ich auswendig. »Hi, hier ist Mossy, und ich bin gerade …« Torrs gedämpfte Stimme, dann Gelächter. »Nicht da …« Gelächter. Au Mann, ich hasste diese Mailbox-Ansage!

»Dann schreib ihr«, sagte Daisy.

Hey, Moss, bist du da?

Wer ist da? Sie hatte ihr Telefon also wirklich noch.

Sorry, ich bin's, Elektra. Ich habe Daisys Handy.

Hast du deins wieder verloren?

Nein, nein, also, vielleicht. Willst du dich mit mir treffen?

Sorry, kann nicht. Keine traurigen Emoticons, nichts.

Kannst du nicht, oder willst du nicht?

Ich kann echt nicht. Ich muss den Englisch-Aufsatz noch mal schreiben, unter der persönlichen Aufsicht meiner Mutter. Eine glaubwürdige Erklärung.

Horror! Ich wollte mich nur entschuldigen.

Ich starrte Daisys Handy fünf Minuten lang an, dann: **Mach dir keinen Kopf darüber.** Ohne Küsschen.

Im Ernst?

Keine Antwort.

»Ich gehe Notfall-Kuchen holen«, sagte Daisy.

WARTEN

- Trimesterferien: keine guten Partys (und auch keine schlechten).
- Drei Tage bei Granny Gwen (zu grauenhaft, um darüber zu reden).
- Einen Tag Shopping mit Eulalie (zu herrlich, um darüber zu reden).
- Castings: zwei (gingen so in die Hose, dass ich nicht darüber reden will).
- Gespräche mit Moss: null.

Von: Charlotte, Agentur Haden

Datum: 1. Juni 21:51

An: Julia James

Cc: Stella, Agentur Haden

Betreff: Elektras Projekte

Liebe Julia,

bedauerlicherweise haben sich Mid Hyphen Night Productions entschlossen, bei dem Projekt *Total egal* (Rolle der Alice) in eine andere Richtung zu gehen.

Vielen Dank für Ihre telefonischen Nachfragen, was die anderen Projekte betrifft. Wie immer melden wir uns, sobald wir Neuigkeiten haben (gute oder schlechte).

Liebe Grüße

Charlotte

PS: Unglaublich, dass es schon Juni ist! Denken Sie bitte daran, uns Ihre Urlaubstermine durchzugeben.

Von: Jonathan Tibble, stellv. Direktor, Berkeley Academy

Datum: 1. Juni 21:52

An: Jahrgangsstufe 10

Betreff: Sommerprüfungen

Liebe Schülerinnen,

es wird euch freuen zu hören, dass der Zeitplan für die Prüfungen ab sofort im Internetportal der Schule zu finden ist. Ich bin sicher, dass ihr schon angefangen habt, euch darauf vorzubereiten (falls nicht, dann wird es jetzt allerhöchste Zeit).

Nach dem *enttäuschenden* Zwischenfall, zu dem es letztes Jahr bei der Chemieklausur kam, sind Snacks ab jetzt bei Prüfungen verboten.

Mr Tibble

Berkeley Academy: erfolgreiche Mädchenschule seit 1964

KAPITEL 25

»Ich erlebe eigentlich keine Enttäuschungen, weil ich mich darauf gefasst mache, abgelehnt zu werden.«

Nicholas Hoult

»Moss?« Ich musste ihr praktisch auf die Zehen treten, um von ihr beachtet zu werden. »Ich will jetzt nicht paranoid klingen, aber gibt es einen Grund dafür, dass du dich in Geschichte woandershin gesetzt hast?« Und den ganzen elenden Montag lang noch nicht mit mir gesprochen hast? Das sagte ich natürlich nicht laut, weil es viel zu erbärmlich geklungen hätte. Ich wusste, dass es einen Grund dafür gab, und das war der blöde Streit wegen meines Geschreibsels – oder der Streit wegen meines blöden Geschreibsels. Ich hatte gehofft, alles würde sich von selbst einrenken, aber das war offensichtlich nicht der Fall.

Moss zuckte mit den Schultern.

Okay, sie konnte sitzen, wo sie wollte. Das war nicht so wichtig. Oder doch? Ich versuchte es noch mal. »Hattest du eine schöne Ferienwoche?«

Sie zuckte wieder mit den Schultern.

Es war echt krass. »Willst du wirklich nicht mit mir reden?«

»Es gibt nicht viel zu erzählen. Oder hast du Casting-Neuigkeiten, über die du reden willst?«

»Nein. Keine Neuigkeiten, die dich interessieren würden.« Als bräuchten wir »Neuigkeiten«, damit wir was zum Reden hatten! Abgesehen davon gab es keine Casting-Neuigkeiten außer einem Hagel von Absagen.

»Aber ich schätze, wenn du über so was reden willst, hast du Daisy.«

»Japp«, sagte ich. Ein bisschen, weil es stimmte, aber hauptsächlich, weil ich Moss auch verletzen wollte. »Und ich schätze, es gehört zu Torrs herausragenden Eigenschaften, dass er *wahnsinnig gut zuhören* kann.«

»Ich glaube, es überrascht ihn ein bisschen, wie gemein Mädchen sind, aber ja.«

»Na, er ist mit dir zusammen, da wird er sich schnell daran gewöhnen.«

Moss gab verständlicherweise keine Antwort. Sie ging einfach weg und rempelte dabei ein Mädchen mit Cello an.

Es war schrecklich.

»Warum müssen wir uns so streiten, Moss? Es waren doch nur ein paar blöde Wörter!«, rief ich ihr nach. Ganz schön erbärmlich. Das Mädchen mit dem Cello blieb stehen, um mitzuhören. Irgendjemand hört einfach immer mit.

»Wir streiten uns nicht nur um ein paar blöde Wörter, Elektra.« Moss drehte sich um. »Wir streiten uns, weil du nicht damit klarkommst, dass ich einen Freund habe, und ich keine Lust habe, mir deswegen ein schlechtes Gewissen von dir machen zu lassen.« Das stimmte mehr oder weniger, aber das war noch nicht alles. »Oder vielleicht, weil *du* keine Lust auf deine Freundinnen mehr hast, weil du jetzt einen *Freund* hast, und du so mit deiner Welt beschäftigt bist, dass es dir egal ist«, erwiderte ich.

»Das ist nicht wahr, Elektra.« Maja war plötzlich wie aus dem Nichts aufgetaucht und stellte sich demonstrativ neben Moss. »Du dramatisierst immer alles so.«

Das war *kein* Kompliment.

»Das macht dir jetzt so richtig Spaß, was?« Und wie es Maja Spaß machte! Wahrscheinlich, weil sie auf eine gute Klatschgeschichte aus war. Maja lebte für Klatsch – weshalb sie das Ganze vermutlich überhaupt losgetreten hatte. Und weil sie jetzt lange, vertrauliche, mitfühlende Gespräche mit Moss führen konnte – was anscheinend ihrer Meinung nach nichts mit »Dramatisieren« zu tun hatte.

»Und wie es aussieht, bist du ganz besessen davon, einen Freund zu kriegen. Wie läuft's denn so mit Archie?«, fragte Maja

Ich war mittlerweile so weit, dass ich mich nicht mehr erinnern konnte, warum ich Maja jemals gemocht hatte. Moss guckte ein bisschen geknickt, aber sie verteidigte mich nicht und fummelte nur an ihrem Pony rum, was sie immer tat, wenn sie sich unbehaglich fühlte. (Sie hatte ihn offensichtlich viel zu kurz geschnitten, aber es wäre nicht so gut gewesen, das in diesem Moment zu erwähnen.)

»Gehst du zum Bus?«, fragte ich Moss, und ich wusste, dass ich wieder ganz erbärmlich klang.

»Wir könnten auch noch einen Kaffee trinken«, schlug Maja ihr vor, und Moss nickte. Ich sah ihnen nach, und das Mädchen mit dem Cello sah mir dabei zu. Großartig.

Ich hätte zusammen mit Jenny zum Bus gehen können. Jenny war immer noch nett zu mir. Na ja, sie bemühte sich jedenfalls sehr, nicht Partei zu ergreifen, aber ich hatte Angst, dass sie ins Team Moss wechseln würde (und noch mehr Angst, dass es überhaupt ein Team Moss gab). Andererseits *hasste* Jenny Konflikte. Wenn sie die elfte Klasse überleben wollte, musste sie härter werden. Ich überlegte mir, dass es wahrscheinlich nicht fair von mir wäre, mich an Jenny zu hängen – sie war schließlich kein menschliches Schutzschild.

Der Spaziergang würde mir guttun.

Ich hätte nie geglaubt, dass ich diesen Satz einmal denken würde …

Ausnahmsweise war mein Vater da, als ich nach Hause kam, und nicht meine Mutter (sie war irgendwo unterwegs, um sich zu finden). Dad war in der Küche und baute kleine weiße Küchenmodelle.

»Willst du mir helfen, Elektra?«

An jedem anderen Tag hätte ich ihm total gern geholfen, das heißt, mit ihm gespielt. (Insgeheim hatte ich Sehnsucht nach meinem alten Puppenhaus, und mit seinen Modellen zu spielen war so ähnlich). Aber ich war nicht besonders kreativ drauf. »Ich kann nicht. Ich habe zu viele Hausaufgaben.« Das war eine Lüge. Ich wollte einfach allein sein. Ich checkte mein Handy. Keine Nachrichten von Moss. Keine

Nachrichten von Archie. Der einzige Mensch, der mir etwas geschickt hatte, war Mrs Gryll, aber es war nur die Mitteilung, dass mein Geografie-Aufsatz überfällig war. Ich durchsuchte den Kühlschrank, fand aber nichts, worauf ich Lust hatte.

»Alles in Ordnung mit dir?«

Wie konnte er von hinten sehen, dass es nicht so war? Strahlte ich es etwa in alle Richtungen aus? Ich steckte den Kopf noch tiefer in den Kühlschrank, um mein glühendes Gesicht zu kühlen. Hätte ich hineinkriechen und mich neben dem Reispuddingrest zusammenrollen können, dann hätte ich es wahrscheinlich getan.

»Mir geht es gut.«

»Gut im Sinn von ›lass mich in Ruhe‹?«

»Japp.«

»Und wenn du nicht mehr in Ruhe gelassen werden willst, dann sagst du es mir?«

»Mache ich.« Ich hätte ihn am liebsten dafür umarmt, dass er sonst nichts sagte, aber wenn ich es getan hätte, hätte ich vermutlich angefangen zu weinen. Für jemanden, der nie weinte, machte ich es in letzter Zeit ziemlich oft. Solange niemand nett zu mir war, kam ich klar. Ich nahm mir einen Teller und packte ein großes Stück vertrockneten Cheddar darauf, zwei leicht angematschte Tomaten und einen Rest Nudeln mit Pesto, weil ich nicht zu fertig war, um etwas zu essen (oder vielleicht wollte ich etwas essen, weil ich so fertig war – es sah nämlich nicht sehr verlockend aus). Digby kam nicht mal hinter mir her, als ich mich mit meinem Snack nach oben verzog.

Es wäre ein guter Abend für Hausaufgaben gewesen. Sogar zwei Stunden lang einen Aufsatz darüber zu schreiben, inwiefern der Friedensvertrag von Versailles Deutschland schwächte, wäre besser gewesen, als im Bett zu hocken und eine Liste von allen Rollen zu machen, die ich nicht bekommen hatte. Aber genau das tat ich.

Wenn schon Selbstmitleid, dann auch richtig darin zerfließen!

1. *Rolle eines »jungen Mädchens« in einem »anspruchsvollen, modernen« Märchen.* Eröffnungsszene: Das junge Mädchen hüpft durch einen ziemlich verrückt aussehenden Wald, der aus Messern und Gabeln besteht. Ich kam in die engere Wahl, obwohl es offensichtlich eine Rolle für eine Sechsjährige oder vielleicht ein älteres Mädchen mit Essstörung war. Es wurde nichts daraus, der Film scheiterte an Finanzierungsproblemen. Warum wohl?
2. *Rolle eines »jungen Mädchens« in einer Folge der Krankenhausserie Casualty.* (Die Mutter spült, und die Tochter steht neben ihr und trocknet ab. Sie plaudern vergnügt und unbeschwert miteinander, als der Mutter plötzlich das Messer ausrutscht, das sie gerade abwischt ...) Okay, das war vielleicht die kleinste Rolle in der Geschichte der kleinen Rollen, aber ich wollte sie unbedingt. Nicht nur, weil *Casualty* eine BBC-Serie ist und deshalb erstklassig, sondern weil sie

auch eine Art Eintrittskarte für Schauspieler ist. JEDER hat schon mal in *Casualty* mitgespielt, was vermutlich an der hohen Sterberate liegt. Wenn es gut genug für Kate Winslet und Orlando Bloom war, war es auch gut genug für mich. Anscheinend war ich aber nicht gut genug für die Rolle, denn ich bekam sie nicht. Sie ging an irgendeine Zehnjährige aus Cardiff, die wahrscheinlich die nächste Kate Winslet wird. Ich hasse sie jetzt schon.

3. *Die Rolle der Holly in* Verirrungen, *einem »erschütternden Filmdrama über das Erwachsenwerden«.* Natürlich weiß ich nicht, wie weit ich gekommen wäre, wenn meine Eltern nicht wegen des »problematischen Inhalts« ausgeflippt wären und mir die Teilnahme am Casting verboten hätten.
4. *Rolle der Alice (Spielalter sechzehn, hellhäutig, britische Standardaussprache) in einem aufwühlenden, mitunter derben multikulturellen Freundschaftsdrama.* Ich weiß nicht, warum ich die Rolle nicht bekommen habe. Offen gesagt war ich einfach perfekt dafür.
5. *Rolle eines »toten Kindes« in einem Studenten-Kurzfilm über eine Vampirinvasion und in einem Studenten-Kurzfilm über eine weltweite Virus-Epidemie.*

Wäre ich eine erwachsene Schauspielerin, würde ich wohl sagen, dass ich »pausiere«. Aber für ein fünfzehnjähriges

Schulmädchen mit Eltern wie meinen und einer Schule wie meiner wäre das eine absolut unzutreffende Formulierung.

Vielleicht fanden die mich einfach nicht so gut.

Es wurde Zeit für eine Mammut-Google-Sitzung zum Thema »Schauspieler, die oft abgelehnt wurden, bevor sie berühmt wurden«. Das Ergebnis überraschte mich und stimmte mich optimistisch.

Außerdem gibt es Schlimmeres, als bei Castings abgelehnt zu werden. Zum Beispiel, wenn sich deine beste Freundin einen anderen Platz im Klassenzimmer sucht und nicht mehr neben dir sitzt. Das ist echte Ablehnung, finde ich.

Von: Stella, Agentur Haden
Datum: 10. Juni 09:05
An: Julia James
Cc: Charlotte, Agentur Haden
Betreff: Projekt Straker (Arbeitstitel)
Anhänge: Szenen_Straker_und_Jan.doc

Liebe Julia,

nur eine schnelle Mail zur Bestätigung unseres letzten Telefonats und der guten Nachricht, dass das zusätzliche Material, das wir auf Band rübergeschickt haben, Gefallen fand und Elektra jetzt zu den drei letzten Mädchen gehört, die für die Rolle von Straker in Betracht kommen.

Der nächste Termin ist am Montag, dem 22. Juni. Es ist wichtig, dass Elektra den ganzen Tag zur Verfügung steht, deshalb braucht sie wieder eine schriftliche Befreiung vom Schulunterricht. Alle drei Mädchen wie auch die drei Jungs, die in der engeren Wahl für die Rolle von Jan sind, werden morgens an einem Workshop mit dem Casting-Team und dem Regisseur teilnehmen. Hier geht es hauptsächlich um Improvisationsübungen, für die keine Vorbereitung erforderlich ist. Ich schicke im Anhang zwei neue Szenen (Dialoge Straker/Jan) mit, an denen am Nachmittag gearbeitet wird, weshalb Elektra ihren Text sicher beherrschen sollte.

Sie sollte bequeme Kleidung tragen, in der sie sich gut bewegen kann, und Bühnenschuhe oder Ballerinas mitbringen. Das Casting-Team bittet erneut darum, dass die Mädchen ohne Make-up erscheinen.

Die Veranstaltung findet in den Büros von Panda Productions, 100 Charing Cross Road, WC2 London statt. Die nächste U-Bahn-Station ist Leicester Square.

Ich betone abermals, dass dieses Projekt streng vertraulich ist.

Dickes Lob an Elektra, weil sie so weit gekommen ist! ☺

Herzliche Grüße

Stella

KAPITEL 26

»Man improvisiert – besonders bei Shakespeare. Am Ende von Hamlet zeigen sich die Leute dankbar dafür.«

Nicholas Hoult

Lens hatte schlechte Laune. Meine war wegen des Streits mit Moss auch nicht gerade berauschend, aber seine war wirklich total mies. Er stand schon seit zehn Minuten schweigend mitten auf der Bühne und klopfte energisch mit dem Fuß auf den Boden. Es hörte sich an wie eine tickende Bombe.

»Meinst du, er hat sich mit Aidan gestritten?«, fragte Archie.

»Gott, doch wohl nicht!«

Aidan war Lens' neuer Freund, und wir waren alle voll begeistert von ihm, weil er witzig war und gut aussah und immer reinkam und mit uns quatschte, wenn er Lens abholte.

»Vielleicht ist ja auch nur das Haustier überfahren worden, mit dem er aufgewachsen ist oder so«, sagte ich hoffnungsvoll. Lens und Aidan waren das ultimative Traumpaar.

Lizzy und Carrie kamen nichts ahnend hereingezockelt. Das würde jetzt unschön werden.

»Ihr seid zwei Minuten und sechsunddreißig Sekunden zu spät. Wisst ihr, was das bedeuten würde, wenn es um ein Casting ginge oder – Gott behüte – einen Job?« Als würde dann die Welt untergehen. »Es wäre vorbei mit eurer Karriere. Einfach so!« Lens schnippte theatralisch mit den Fingern. »Es wäre das brutale, herzlose Ende einer Sache, in die ihr viel Zeit und Energie gesteckt habt.«

Ich hoffte inständig, dass es sich nicht um eine Anspielung auf seine Beziehung zu Aidan handelte.

Die beiden Mädchen sahen sich bestürzt an. Ihnen war sichtlich unbehaglich zumute. Lizzie zog ihre Jacke in Zeitlupe aus, als hätte sie Angst, bei einer plötzlichen Bewegung von Lens angegriffen zu werden.

»Gut, ich werde nicht länger auf Nachzügler warten. Bildet Vierergruppen und bitte nicht nur mit Freunden.« Es war, als hätte Lens den Körper mit Madame Verte getauscht. »Ich möchte, dass ihr euch ein kurzes Stück ausdenkt, das mit ›Mutter, wie konntest du nur?‹ anfängt. Ich hätte gern etwas Dramatisches.«

Alle begannen hektisch, sich Partner zu suchen. Ich vermisste Daisy sehr.

»Sollen wir uns zusammentun?«, fragte Archie, und darauf gab es – ganz egal, in welcher Situation – nur eine Antwort.

»Ja, gern!« Ups, es war ein bisschen lauter und begeisterter rausgekommen, als ich geplant hatte. Ich wurde rot (ist ja nichts Neues).

»Nein!«, rief Lens. Einen qualvollen Moment lang dachte ich, er würde mich meinen, aber er fuhr fort: »Ich teile euch selbst in Gruppen ein. Ich will kein Herumgealbere.«

Meiner Meinung nach wollte er keine Fröhlichkeit.

Ich landete in einer Gruppe mit Brian und Carrie (die aussah, als hätte sie eine schwere Störung) und einem Zwölfjährigen, der nicht redete. Wenigstens würde es mir nicht schwerfallen, die von Lens geforderte Verzweiflung darzustellen.

»Ich habe eine super Idee«, sagte Brian, als ihm klar geworden war, dass er nichts sagen oder tun konnte, um aus der Gruppe rauszukommen.

Ich warf Archie einen »Vielleicht überlebe ich die nächste Viertelstunde nicht, sag meinen Eltern, dass ich sie liebe«-Blick zu.

»Da ist also diese Familie, ja?«, sagte Brian. »Und da ist der Junge, also die Hauptfigur, ja?«

Wen meinte er wohl damit?

»Und der hat besondere Kräfte.« Es war wirklich ein großes Rätsel. »Und die Regierung, die ist böse, ja? Die will ihn entführen, um seine Kräfte gegen die Rebellen einzusetzen. Und als dann die ganzen Kampfroboter der Regierung vor dem Haus der Familie auftauchen, verkauft seine Mutter ihn an sie, ja?«

Ehrlich gesagt hätte ich es der Mutter nicht verübelt, wenn sie ihn einfach so weggegeben hätte.

»Wir könnten diesen besonderen Jungen Bry … an … o nennen«, schlug ich vor.

»Ja, perfekt, klingt großartig!«

Der Zwölfjährige kicherte. Carrie schien immer noch den Tränen nahe.

»Okay, dann kann Carrie meine Mutter spielen, und du«, Bry-an-o zeigte auf den Zwölfjährigen, »spielst den bösen Diktator.«

Ich war grundsätzlich dafür, beim Schauspielern auch mal die eigene Komfortzone zu verlassen, aber ich war nicht sicher, ob ein kleiner Zwölfjähriger in Schuluniform das wirklich gebacken kriegte.

»Und was ist mit mir?«, fragte ich.

»Du kannst einen Robotersoldaten spielen.«

»Okaaay, vielleicht könnten wir etwas machen, das ein bisschen realistischer ist.« Und ein bisschen weniger 7. Klasse.

»Nein, wir machen das, was ich gesagt habe«, erwiderte er störrisch. (Er ist stur wie ein Esel.)

»Ich habe nur das Gefühl, dass es nicht funktionieren wird. Gar nicht. Könnten wir nicht was mit einer Mutter machen, die ihren Kindern sagt, dass sie noch mal heiraten wird oder so?«

»Nein, Elektra, wir haben schon was. Und das hier soll eine Gemeinschaftsarbeit sein, und ich finde, du bist uns nicht besonders behilflich, ja? Ich fange mal an und …«

Es gab eine lange Pause. Ziemlich untypisch für Brian.

»Mir fällt nichts ein«, sagte er schließlich.

Gut, das hätte auch eine bewusste Verwirrtaktik sein können, um unsere Erwartungen zu unterlaufen – aber ich nahm an, dass Brian einfach nur keine Ahnung hatte, was er sagen sollte.

»Noch zwei Minuten!«, rief Lens.

»Okay.« Bry-an-o sprang wie wachgerüttelt auf und fing an rumzukommandieren: »Wir beginnen mit der Szene mit dem Jungen, dann bespricht der Diktator den Deal mit der Mutter, dann packt der Robotersoldat den Jungen und schleppt ihn fort, und der Diktator hält eine Rede, dann macht sich der Junge auf eine waghalsige Flucht, tötet den Diktator und schart die Menschenmassen um sich, ja?«

Na, das konnte ja heiter werden.

»Okay, Leute!« Lens bat um Ruhe, und es wurde (ausnahmsweise mal) sofort still. »Archie, wir fangen mit deiner Gruppe an.«

Der Gedanke, dass wir buchstäblich nichts vorzuweisen hatten, lenkte mich fast zu sehr ab, um Archie anzulinsen. Aber nicht ganz. Seine Gruppe war so vernünftig gewesen, beim guten alten Familiendrama zu bleiben, und hatte sich eine schwierige Stiefvater-Stieftochter-Beziehung als Thema ausgesucht (höchstwahrscheinlich »geborgt« von einer Vorabendserie, aber das machte nichts).

»Gut gemacht, das war sehr realistisch.« Zurückhaltendes Lob. »Okay, Elektra, dann zeigt uns doch mal, was ihr euch ausgedacht habt.«

Es gab so viele Gründe, warum das, was sich unsere Gruppe »ausgedacht« hatte, eigentlich nie jemandem gezeigt werden durfte.

»Bry … Brian hat bei uns das Sagen«, erklärte ich.

»Das ist eine Gemeinschaftsübung«, sagte Lens. »Gruppenverantwortung.« Sein Handy summte in seiner Tasche. Er nahm es heraus, las eine Nachricht und lächelte glückselig. Ich warf Archie einen Blick zu und grinste.

»Also«, fuhr Lens fort. Seine Stimme war so sanft und mild, dass ich unwillkürlich an ein köstliches Dessert nach einem eher ungenießbaren Hauptgang denken musste. »Elektras Gruppe. Elektra? Oder Brian? Wer auch immer. Zeigt uns, was ihr habt. Ich bin sicher, es wird großartig.« Und er *strahlte*.

Oh je! Ich hätte ihm so gern etwas Schönes gezeigt. Na ja, wenigstens hatte der Robotersoldat keinen Text.

»Das war *unglaublich*«, sagte Lens, als wir fertig waren. Er grinste von einem Ohr zum anderen (wie ein Krokodil).

Brian war ganz stolz, aber ich wusste, was als Nächstes kam.

»Leider hätte ich gern etwas Glaubwürdigeres gesehen.«

»Freust du dich nicht wegen *Straker*?«, fragte meine Mutter, als ich nach Hause kam.

»Doch.«

»Du siehst aber nicht so aus.«

»Ich freue mich aber.« Ich freute mich wirklich (und ich war auch nervös), aber der Termin war noch lange hin, und es war wieder nur ein Casting. Ich gab mir allergrößte Mühe, mich nicht zu sehr über Castings zu freuen.

Je niedriger meine Erwartungen waren, desto weniger konnte ich enttäuscht werden. Das war meine neue Strategie, und die wollte ich beibehalten. Und aus Gründen, die nichts damit zu tun hatten, hatte sich meine Laune noch nicht gebessert.

Mum setzte diesen prüfenden Blick auf, den sie immer aufsetzt, wenn sie mir in die Seele gucken will. »Du siehst unglücklich aus. Hast du immer noch Streit mit Moss?« Ich weiß nicht genau, wann ich ihr von meinen »Problemen« mit Moss erzählt hatte. Ich hatte es nicht vorgehabt, aber offensichtlich hatte ich es getan. Das passierte oft.

»Alles okay.« Nur dass nichts okay war. Ich glaube, ich hätte es besser ertragen, wenn Flissy sich Archie geangelt hätte, als weiter von Moss mit Schweigen bestraft zu werden.

»Allem Anschein nach nicht.«

Ich zuckte mit den Schultern und widmete mich wieder meiner Facebook-Seite, um zu checken, was es Neues in meinem Newsfeed gab. Ich fand Fotos von Moss und Jenny, wie sie vor der Saftbar in der Nähe unserer Schule posierten. Ich drückte auf »Gefällt mir«, um eine Aussage zu machen, obwohl ich mir nicht sicher war, was für eine.

»Um Himmels willen, Elektra, geh einfach hin und bring das in Ordnung«, sagte/befahl meine Mutter. »Du benimmst dich wirklich kindisch.«

»Danke, das hilft mir.« Nicht. »Ich stelle mich doch nicht bei ihr vor die Tür und bettele, dass sie mich reinlässt und wieder mit mir spricht. Ich bin keine sechs mehr!«

»Nein, aber du führst dich so auf«, sagte Mum und hackte energisch ein paar unschuldige Möhren klein. »Du und Moss, ihr habt euch auch früher schon mal verkracht, und es hat sich immer wieder eingerenkt.« Es folgte eine lange Liste alter Streitigkeiten, die nichts mit der jetzigen Situation zu tun hatten.

»Wir haben uns noch nie wegen einem Jungen gestritten.«

»Ihr seid beide zu jung, um euch überhaupt um Jungs zu kümmern. Eure Freundschaft sollte an erster Stelle stehen.«

Noch mehr widersprüchliche Botschaften – und merkte sie denn nicht, dass das genau meine Einstellung war? Dad schaute vom Sportteil der Zeitung auf. »Lass sie das einfach selbst regeln, Julia.«

»Es sieht nicht so aus, als würde sie es versuchen, oder? Elektra lässt mir doch keine andere Wahl. Irgendjemand muss sich einmischen, denn sie weiß allem Anschein nicht, wie man sich als verantwortungsvoller Erwachsener oder zumindest als verantwortungsvoller Teenager verhält.« Sie unterbrach kurz ihre aggressive Schnibbelei und gab mir ein Glas Wasser und eine Vitamintablette, die groß genug zur Unterstützung des Immunsystems eines Nashorns war.

Ich sah meinen Vater hoffnungsvoll an, aber der hatte sich schon wieder hinter seine Zeitung zurückgezogen (wie es anscheinend alle Väter machten) und in eine ausführliche Analyse vertieft, warum Chelsea besser im 4-3-3-System gespielt hätte. Eigentlich fand ich es ziemlich gut, dass er sich nicht in meine Freundschaftsangelegenheiten einmischte, aber jetzt, wo Mum so streng mit mir war, wäre ein bisschen Verstärkung nett gewesen.

»Danke für die Hilfe, Dad«, sagte ich.

»Deine Mutter hat recht, Elektra. Du bist wirklich lasch, was das angeht«, entgegnete er, ohne den Kopf zu heben. Ein weiteres typisches Beispiel für elterliche Übereinstimmung. Und mein Vater nannte mich lasch. Großartig. Ein neuer Tiefpunkt.

»Was soll ich denn machen?«, rief ich verzweifelt. Es war eine Pseudo-Frage. Dumm von mir, weil ich jetzt noch mehr Ratschläge bekommen würde, ob ich wollte oder nicht.

»Sprich mit Moss. Sprich mit Maja oder wie auch immer das andere Mädchen heißt. Oder vergiss das Ganze mal für eine Weile und genieß die anderen Dinge in deinem Leben. Ich weiß auch nicht.«

Klar, weil es ja so einfach ist.

»Ich würde schon mit ihr reden«, sagte ich und gab Digby heimlich die Tablette, der sie – wie ich mir hätte denken können – sofort wieder ausspuckte. Ich kickte sie unter den Tisch und hoffte das Beste. »Moss ist diejenige, die nicht mit mir reden will.«

»Dann seid ihr beide kindisch. Ich begreife nicht mal, um was es bei eurem Streit geht«, meinte Mum. Dass sie auch Moss kritisierte, hätte mich aufmuntern sollen, aber es gab mir nur das Gefühl, nicht zu Moss zu stehen.

»Wenn du das mit Moss nicht in Ordnung bringen willst, dann ruf wenigstens mal andere Freundinnen an. Und nicht nur deine Schauspielfreunde.« Sie sagte »Schauspielfreunde« wie ich »Zirkusseehunde« gesagt hätte.

Ich wusste, dass ich mich mehr um meine Schulfreundinnen bemühen musste.

Und ich wusste es, weil meine Mutter es mir schon mindestens hundert Mal gesagt hatte und ich mir wirklich wünschte, dass sie damit aufhören würde.

Je mehr sie mit irgendetwas recht hat, desto mehr regt es mich auf, wenn sie es sagt. Vielleicht, weil es nie vorkommt, dass sie es nur einmal sagt. Das wäre schön! Ich war einfach zurzeit nicht besonders gesellig. *Nach* der Versöhnung mit Moss würde ich mich um die anderen in der Schule kümmern, die ich in den letzten drei Wochen verärgert hatte.

Vielleicht würde es aber auch anders kommen, und Flissy würde meine beste Freundin. Dann könnten wir unsere Schminksachen austauschen, und sie würde mich in Sachen Jungs beraten. Ha!

Vielleicht würde ich aber auch nur mein Körpergewicht in Schokolade verputzen.

»Tja, wenn du meinen Rat nicht annehmen willst, kann ich dir nur empfehlen, nicht in meiner Küche Trübsal zu blasen.« Mum stampfte verärgert ein paar arme kleine Kartoffeln. »Und wenn du später noch mal rausgehst, dann zieh dich vorher um.«

»Warum?«

»Deine Leggings sind … viel zu eng im Schritt.«

Jetzt konnte ich also auch noch »Kamelzehe« auf die Liste der Dinge setzen, über die ich mir Sorgen machen musste. Und ich hatte die Leggings im ACT angehabt. Au Mann.

Mum war immer beleidigt, wenn ich ihren »Rat« nicht annahm, aber die Zeiten, als sie mir noch in alles reinreden konnte, waren vorbei. Ich überlegte, mit Eulalie zu sprechen, aber nur, weil sie mir dann angeboten hätte, zur Aufmunterung mit mir shoppen zu gehen. Sie konnte auch keine Lösung für mein Problem herbeizaubern. Außerdem konnte ich gar nicht mit ihr sprechen, weil sie in der Karibik war, um ihre Bräune aufzufrischen. Ich bekam nur Fotos von ihr über Instagram, auf denen sie Sarongs trug (#poolparty #jedemengespassindersonne), und ich wollte ihr nicht ihre (extrem sonnige) Stimmung verderben.

Und überhaupt wollte ich viel lieber mit Moss reden. Ich wollte ihr von dem *Straker*-Casting erzählen, aber vor allem wollte ich mit ihr über die ganzen Sachen reden, über die wir immer redeten – über echte Probleme, wie zum Beispiel, ob Miranda in der Stufe über uns eine Essstörung hatte. Aber auch über Tratschgeschichten – ob es zum Beispiel stimmte, dass Maja/Claudia/Isabell etwas mit Ben/Josh/Anna/Ben (demselben Ben) angefangen hatten. Und darüber, warum niemand Ben verurteilte. Ich wollte mit ihr über Sachen reden, die ich niemand anders fragen konnte, weil es mir peinlich gewesen wäre. (War meine linke Augenbraue höher als meine rechte? Weil ich eigentlich wusste, dass es so war, lautete die interessantere Frage, warum es mich so beschäftigte.) Und über andere peinliche Sachen, die ich hier nicht aufzählen will. Ich wollte mit ihr über Sachen reden, die mir nicht aus dem Kopf gingen. (Ob sie beispielsweise dachte, dass Archie immer noch auf Talia stand. Das tat er bestimmt.)

Vergesst es! Über nichts von alldem wollte ich wirklich mit ihr reden.

Eigentlich wollte ich ihr nur sagen, dass es mir schrecklich leidtat.

★

KAPITEL 27

»Ich kann einfach nicht Nein sagen. Im Grunde bin ich ein Zirkusbär.«

Tom Hiddleston

Es war ein absolutes Unding, dass zwei Erwachsene *von Ende vierzig* um einen Küchentisch tanzten und dabei mit dem Popo wackelten, was das Zeug hielt.

»Was zum …?«

Sie hielten inne, ließen die Arme sinken und machten verlegene Gesichter, was echt das Mindeste war, was sie tun konnten.

»Es muss einen Grund für so ein Verhalten geben.« Ich denke, ich klang ziemlich streng. Das wollte ich auf jeden Fall. Aber was war, wenn es gar keinen Grund gab? Was war, wenn ich nur einen kleinen erschreckenden Eindruck davon bekommen hatte, wie ihr Eheleben ablief, wenn ich nicht da war?

»Tschuldigung«, sagte Mum.

»Tschuldigung«, sagte Dad.

Es ist ein glorreicher Moment, wenn Eltern einen um Entschuldigung bitten. Und meine entschuldigten sich gleich zweifach! Das machte die Tanzerei fast wett. Aber nur fast. Auch ohne die halb leere Sektflasche hätte ich an ihrem leicht dümmlichen Grinsen und ihrer übertriebenen Ausgelassenheit erkennen müssen, dass sie beschwipst waren.

»Und der Grund für das Gehopse und das alles ist?« Einen kurzen Moment lang überlegte ich, ob Granny Gwen gestorben war und das ihre Vorstellung von Trauer war. Der Moment war nicht kurz genug, und ich bin nicht stolz darauf.

»Dein Vater wurde befördert!« Mum drehte wahrhaftig eine Pirouette. »Er ist von den Küchen weg und wird an einem Versuchshaus-Projekt mitarbeiten.«

»Versuchshaus?« Das klang irgendwie nicht so gut. Ich hätte mich an seiner Stelle für etwas entschieden, das sich schon bewährt hatte.

»Das ist okay. Die haben gesagt, dass es ruhig weiß sein kann. Und ohne viel Schnickschnack.«

Was? Ich hatte Mühe, Mum zu folgen.

»Ich werde viel zu tun haben«, sagte Dad, als wäre viel Arbeit das Beste, was man sich nur wünschen konnte. »Keine Küchen mehr!«

Ach, Versuchshäuser hatten keine Küchen?

»Willst du ein Glas Sekt?« Mum winkte mit der Flasche. Ich schaute auf die Uhr. Es war 16.46 Uhr. So etwas fragte mich Eulalie, wenn ich aus der Schule kam, aber nicht meine Eltern! Obwohl ich noch mindestens zwei Stunden Physik-Hausaufgaben vor mir hatte (das elektromagnetische Spektrum, nicht gerade mein Lieblingsthema, aber Physik war ja auch nicht mein Lieblingsfach), entschied ich mich für den Sekt. (Wieso nicht? Einem geschenkten Gaul schaut man nicht ins Maul. Na ja, eher einem geschenkten Fohlen – ich bekam höchstens zwei Zentimeter ins Glas.) Mein Telefon bellte.

Hey, Elektra, was geht? x

Es war Archie. Er meldete sich jetzt immer öfter, und das »x« gehörte inzwischen dazu. Lag Moss vielleicht falsch? Andererseits klang alles, was er schrieb, ziemlich freundschaftlich. Und ich wollte nicht mit Archie Mortimer in der Freundschaftsecke stecken bleiben.

»Wer hat dir geschrieben?«, fragte Mum.

»Niemand«, sagte ich.

»Normalerweise lächelst du nicht so, wenn dir *niemand* schreibt. Willst du drüber reden?« Sie hickste.

Na großartig. Mein Vater summte im Hintergrund leise vor sich hin. Er bekam überhaupt nichts mit.

»Nö.« Ich ignorierte den Dackelblick, den meine Mutter aufsetzte. »Ich gehe jetzt nach oben und mache Hausaufgaben.« Was so viel bedeutete wie: »Ich gehe jetzt nach oben und will meine Ruhe haben.«

Ich setzte mich aufs Bett und starrte mein Handy an, als könnte es mir – in Ermangelung einer besten Freundin – sagen, was ich machen sollte. Digby kratzte an der Tür, und ich ließ ihn rein, weil er meine Privatsphäre nicht verletzte, sondern nur eine Delle in Hundegröße hineindrückte. Er sprang auf mein Bett und zerrte an meinem Lieblingspulli rum, bis er ihn so in Form gebracht hatte, dass er sich schön darauf zusammenrollen konnte. Sollte ich Archie ein bisschen warten lassen? Wahrscheinlich schon, oder? Digby wedelte mit dem Schwanz, was mir als Ratschlag etwas zu uneindeutig war.

Ich bin nicht gut im Warten.

Nicht viel. Bin am Lernen. x

Blöd, jetzt hatte ich zu schnell geantwortet. Noch dazu war meine Antwort absolut langweilig und deprimierend. Doppelt blöd war, dass ich ihm keine Frage gestellt hatte. Damit hatte ich die Kommunikation gekillt. Schwerer Fehler. Aber kurz darauf erschien eine neue Nachricht auf dem Display.

Schreibe nächste Woche meine letzte Klausur. Kann es echt nicht erwarten. Dann fängt das Leben endlich wieder an. x

Archie hatte die letzte große Prüfung vor dem Abitur also fast hinter sich. Ich hatte jetzt schon Angst vor dem nächsten Jahr. **Hoffe, es ist alles gut gelaufen.**

Wer weiß?

🤞😄 🤞😄 🤞😄 🤞😄 🤞😄 🤞😄 🤞😄 🤞😄 🤞😄 🤞😄

Danke. X

Diesmal ein großes X für ein Küsschen. War das eine Steigerung oder ein Tippfehler? **Kommst du trotzdem diese Woche ins ACT? x** Wahrscheinlich hatte Archie inzwischen gemerkt, dass witzige Sprüche nicht gerade meine Stärke waren, aber Chatten war wirklich stressig für mich.

Glaube nicht. x

Ein kleines x. Enttäuschend. Und genauso enttäuschend war, dass ich ihn nicht im ACT sehen würde. Ein paar Minuten später schrieb er wieder.

Gehst du nächsten Freitag zu Steph? Xx

»Xx« war eindeutig eine Steigerung, oder?

Hätte mich jemand vor zehn Minuten gefragt, ob ich zu Stephanies Hausparty gehen wollte, hätte ich Nein gesagt. Wahrscheinlich würde sie sowieso nicht so gut werden, weil keine von uns (zumindest in meiner Stufe) oft genug zu Partys ging, um sich dort wenigstens halbwegs normal zu verhalten. Alle würden versuchen, jemanden aufzureißen, und die Mädchen, die eine Woche lang auf Kohlenhydrate verzichtet hatten, würden vor der Party den ganzen Tag nichts essen, um dünn auszusehen. Und dann würden sie sich über den eingeschmuggelten Alkohol hermachen (falls er nicht direkt von Stephs Eltern serviert wurde – das soll's schon gegeben haben). Viele Leute würden sich übergeben. Es würde mindestens eine Rauferei geben, bei der aber höchstwahrscheinlich niemand verletzt werden würde, weil alle (auch die Jungs, die Rugby spielten) wie Mädchen kämpften. Außerdem würde ich nicht mit Moss reden oder hinterher mit ihr darüber tratschen können. Meiner sehr begrenzten Erfahrung nach war das Ablästern eigentlich das Beste.

Ich hatte nicht damit gerechnet, von Steph eingeladen zu werden, weil ich sie nicht so gut kannte. Moss hatte sie aber eingeladen, und sie dachte wahrscheinlich, dass es wieder Streit geben würde, wenn wir beide da wären. (Vielleicht hätte sie mich einladen *sollen*: Wir hätten für Unterhaltung sorgen können.)

Wenn mich also jemand vor zehn Minuten gefragt hätte, ob es mir etwas ausmachte, nicht eingeladen zu sein, hätte ich aus tiefster Überzeugung Nein gesagt. Jetzt war ich mir nicht mehr so sicher.

Es hatte keinen Zweck, Archie irgendetwas vorzulügen. Alle wussten über alles Bescheid.

Nö, bin nicht eingeladen. x

Ihr seid nicht befreundet?

Wir sind nicht unbedingt nicht befreundet, aber das ist kompliziert. Diesmal fügte ich kein x hinzu, weil er es auch nicht gemacht hatte. Andererseits konnte man ja auch nicht nach jedem Satz ein x machen. Oh Gott, womöglich waren seine Küsse bloß Satzzeichen?

Minuten vergingen, lange Minuten, und er antwortete nicht. Mit einer ehrlichen Bemerkung zur Kompliziertheit von Mädchenfreundschaften hatte ich die Kommunikation gekillt.

Zu dumm.

Dann konnte ich eigentlich auch Hausaufgaben machen.

Es vergingen weitere lange Minuten. Ich fand es schwer, mich auf den Unterschied zwischen ultravioletter Strahlung und Infrarotstrahlung zu konzentrieren.

Ich kritzelte eine Weile in meinem Physikbuch rum (einen kleinen Cartoon, in dem Squirrelina Colonel Kernig abserviert) und checkte wieder mein Handy.

Nichts.

Hatte Gammastrahlung die kürzeste oder die längste Wellenlänge? Es fiel mir nicht leicht, das überhaupt wichtig zu nehmen.

Mein Telefon bellte. **Sorry, Eltern … Zu kompliziert, um als meine Begleitung mitzukommen? xx**

Wieder ein Doppel-x und dazu eine Party-Einladung. Das konnte nicht nur freundschaftlich gemeint sein, oder vielleicht doch? Vielleicht steckten wir so tief in der Freundschaftsecke, dass ein x mehr oder weniger gar keine Rolle spielte. Vielleicht dachte Archie ja auch gar nicht so genau über die Bedeutung von jedem einzelnen Buchstaben in seinen Nachrichten nach. Ich war voll verwirrt. Warum gab es für so was kein Handbuch?

Ich musste Moss fragen, aber natürlich konnte ich sie nicht fragen.

Ich wusste nicht, was ich tun sollte.

Ich schrieb: **Sorry, zu kompliziert. xx,** grübelte ganze zehn Minuten darüber, löschte es wieder und schrieb: **Nein! Warum nicht! xx,** und drückte auf Senden, bevor ich es mir anders überlegen konnte.

Mein Handy bellte sofort: **xxx**

Diese Nachricht verstand sogar ich.

KAPITEL 28

»Ich bemühe mich ehrlich gesagt, keine hohen Erwartungen zu haben.«

Cara Delevingne

Mein Handy bellte. **Viel Glück beim Straker-Recall!** Mehrere lächelnde, daumendrückende Emoticons. Nicht von Moss.

Danke, Daisy, ich hab so einen Bammel!

Ach was, du schaffst das schon. Melde dich danach!

Ich war wahnsinnig nervös. Aufgeregt und begeistert natürlich auch, aber vor allem nervös. Das komplette Drehbuch hatte ich immer noch nicht gesehen; ich kannte nur die Szenen, die mir geschickt worden waren. Der Recall fand im Büro der Produktionsgesellschaft statt. Es war ein ziemlich cooles Büro, modern, mit viel Glas und weißen Wänden, an denen Plakate früherer Produktionen hingen. Wir wurden alle in einen großen Raum geführt, in dem wohl sonst Konferenzen abgehalten wurden. Die Stühle waren jedoch zur Seite geräumt worden, um einen Proberaum zu schaffen. Wir waren zu sechst, und ich kannte drei von den anderen.

Die beiden anderen Mädchen waren kleiner und mädchenhafter als ich (was keine große Überraschung war). Das Mädchen, das ich kannte, hieß Amy. Sie tauchte jeden Donnerstagabend als Mitwirkende bei *Sunningtown* in unserem Wohnzimmer auf. *Sunningtown* war eine klassische Fernseh-Soap. Sie war nicht mein Ding, wurde aber offensichtlich von vielen Leuten geguckt, denn sie lief schon seit mindestens zehn Jahren. Amy hatte von Anfang an mitgespielt und war vor den Augen der Zuschauer aufgewachsen (obwohl ihre Figur zweimal fast gestorben wäre – Sunningtown war eine kleine Stadt, in der sich allerdings viele außergewöhnliche Vorfälle ereigneten).

Amy war intensiv mit ihrem iPhone beschäftigt und kümmerte sich nicht um den Rest von uns. Ihre Mutter saß neben ihr und las eine Zeitschrift mit Amy auf dem Titel. Echt schräg. Alle anderen Teilnehmer hatten ihre Eltern vor der Tür gelassen.

Das Mädchen, das ich nicht kannte, kam gleich auf mich zu. Es hatte ein sympathisches Lächeln.

»Hey, ich bin Lana. Warst du auch bei dem Casting für *Hetty Feather*? Ich bin sicher, dass ich dich da gesehen habe. Du hattest eine lila Schuluniform an.«

Es war das erste Mal, dass mich jemand aus der Branche wiedererkannte – und das wegen eines Castings für eine Rolle, dic ich nicht bekommen hatte, und wegen meiner grässlichen Schuluniform. Großartig.

»Ja, ich habe die Rolle nicht gekriegt.«

»Ich auch nicht. Dann haben wir es also jetzt mit Amy Underhill zu tun.«

Wir schauten beide in Amys Richtung. Sie würdigte uns keines Blickes und machte wichtigtuerisch Stimmübungen zum Aufwärmen.

»Sie wird die Rolle bekommen«, sagte ich resigniert.

»Japp«, sagte Lana. »Ich betrachte das hier als reinen Gratis-Workshop.«

Ich mochte Lana jetzt schon. Sie machte einen vernünftigen, normalen Eindruck. Und es stimmte: Einen Workshop mit dem Regisseur des Films konnte man für kein Geld der Welt kaufen. So gesehen war der Tag auf jeden Fall ein Erfolg. Oh, und wir mussten nicht in die Schule. Ich dachte an Flissy, die sich jetzt mit zwei Stunden Physik rumschlagen musste, und grinste. Ein glatter Doppelerfolg!

Mein Handy bellte. **Viel Glück für heute! xx** Nicht von Moss (schlecht), aber von Archie (gut). Zwei Küsschen (nicht so gut wie xxx, aber trotzdem okay). Ich schaltete es auf stumm (der Klingelton war doch sehr durchdringend).

Lana musterte Amy. »Sie ist geschminkt«, stellte sie fest.

Sie hatte recht. Amy hatte *mindestens* Foundation und Wimperntusche drauf und wahrscheinlich auch Eyeliner und Lippenstift. Wir waren nachdrücklich gebeten worden, kein Make-up aufzulegen, aber vielleicht galten für richtige Schauspielerinnen mit Jobs andere Regeln. Lana und ich trugen schwarze Leggings und weiße T-Shirts. Amy hatte eine Skinny Jeans und ein knappes Batik-Shirt an.

»Vielleicht kriegen wir ja ein Autogramm von ihr«, sagte ich ironisch.

»Na, das wäre den ganzen Aufwand doch wert«, entgegnete Lana im gleichen Ton und bot mir einen halben Mars-

Riegel an. Mit einem Mädchen, das Mars zum Frühstück aß, musste ich unbedingt die Telefonnummer austauschen!

Die drei Jungs hatten sich am anderen Ende des Raums zusammengeschart. Rudeltier-Instinkt?

Zwei von ihnen kannte ich. Alex war der Cousin von Jenny, den ich nur ein paarmal gesehen hatte. Ich hatte einen gewissen Respekt vor ihm, weil er zwei Jahre älter war und auf seine englische blonde, blauäugige Art echt gut aussah. Er hatte für eine T-Shirt-Marke gemodelt. Dass er auch als Schauspieler aktiv war, hatte ich nicht gewusst, aber es überraschte mich nicht. Er wäre der perfekte heldenhafte Kampfpilot der Royal Air Force in einem Kriegsfilm, der zwar am Ende stirbt, aber erst in der letzten Szene und erst, nachdem er seinen besten Freund gerettet und seinen neugeborenen Sohn in den Armen seiner geliebten Frau gesehen hat (vorzugsweise gespielt von mir, wahrscheinlich aber von Amy).

Der andere Junge, den ich kannte, hieß Damian. Ich hatte ihn bei verschiedenen Castings gesehen, und er hatte bei *Casualty* mitgespielt, wo er gestorben war. (Es gibt komischerweise eine direkte Verbindung zwischen der Grausamkeit des Filmtods eines Schauspielers und seinem zukünftigen Karriereerfolg – Damian hatte in der Serie einen bösen Unfall mit einem Rasenmäher gehabt, wenn ich mich recht erinnere, also lief es bei ihm jetzt wahrscheinlich ziemlich gut.) Ich hatte noch nie mit ihm gesprochen. Er sah nicht annähernd so gut aus wie Alex, war aber ganz passabel.

Der dritte Junge war der Beste. Seine Hautfarbe war schwarz, und so sahen die drei völlig unterschiedlich aus, was ungewöhnlich war bei einem Casting. Es brachte mich auf den Gedanken, dass Jans Eltern wohl noch nicht gecastet worden waren.

Keiner war wie Archie, obwohl sie alle drei nicht hässlich waren, und ich war zwar in Archie verknallt, aber ich war nicht blind. Und theoretisch konnte die Sache mit der Sympathie wegen der jungen Liebe zwischen Straker und Jan in der Nebenhandlung noch wichtig werden (eine nette Ablenkung von der ganzen Überlebensproblematik und der Insektenesserei, die offenbar das restliche Drehbuch bestimmten).

Ich glaubte zwar nicht, dass ich die Rolle bekommen würde, aber trotzdem dachte ich an die eben erwähnte Nebenhandlung, während ich Alex, Damian und den geheimnisvollen Unbekannten abcheckte.

»Okay, Leute, kommt mal alle zusammen!« Janey, die Besetzungsleiterin, die wir vom ersten Casting kannten, klatschte in die Hände, wie es Grundschullehrer machen, wenn sie in ihrer Klasse für Ruhe sorgen wollen.

»Gut, mich kennt ihr ja schon, und das hier ist Sergei Havelski.« Sie zeigte auf ihn. »Und links und rechts von ihm sitzen Selim und Rhona.«

Der Typ mittleren Alters, der still in der Ecke saß, war also der Regisseur. Auf den Fotos im Netz wirkte er forscher und strahlender. In echt sah er ziemlich durchschnittlich aus, etwas älter, kleiner und viel, viel müder. Ich hatte ihn nicht erkannt. Aber wahrscheinlich war er gerade erst aus Los Angeles eingeflogen, oder er war die ganze Nacht auf gewesen, weil er sich um einen Oscar-Gewinner gekümmert hatte, oder er hatte die Scheidung von seiner vierten Frau hinter sich oder so. Er hielt einen riesengroßen Kaffeebecher in der Hand, also würde er wahrscheinlich später munterer werden.

Selim und Rhona waren allem Anschein nach seine Assistenten – sie waren dazu da, ihm Kaffee nachzuschenken und Notizen zu machen.

Janey fuhr fort: »Wir hier kennen euch natürlich alle, aber ich weiß, dass sich einige von euch heute zum ersten Mal begegnen. Also machen wir am besten schnell eine kleine Vorstellungsrunde. Jeder sagt ein paar Sätze zu seiner Person.«

Jetzt wurde ich richtig nervös und bekam hektische Flecken. Es war eigentlich keine große Sache, aber wir waren jetzt schon auf dem Prüfstand, und das war jedem bewusst. Wer würde der Witzigste sein? Wer würde die beste Stimme, die beste Ausstrahlung und so weiter haben, und wer würde sich am besten verkaufen?

Amy fing so an, wie es sich für jemanden mit ihrem Starstatus gehörte. »Hallo, Leute.« Sie schenkte uns allen ein zuckersüßes Lächeln. »Ich bin Amy Underhill, und ich denke, was mich ausmacht, ist, dass ich für die Schauspielerei *lebe*. Es ist mein Leben. Ich spiele die Kelly in *Sunningtown* jetzt schon seit Jahren, und es ist eine *fantastische* Erfahrung. Die anderen Schauspieler sind wie eine *Familie* für mich, aber ich möchte mich weiterentwickeln und anspruchsvollere Rollen annehmen, und ich denke, dass die Rolle von Straker –«

»Danke, Amy«, unterbrach Janey sie und zeigte auf Alex (was gut war, denn wenn ich Amy noch ein bisschen länger hätte zuhören müssen, hätte ich mich übergeben).

»Ich bin Alex, ich habe vier Brüder und ... ich wohne in London und ... das hier ist mein erster Versuch, eine Rolle zu bekommen. Äh, und wenn es mit der Schauspielerei nicht klappt, versuche ich es mit Fußball. Das kann ich ziemlich gut.«

Er hatte nicht mit seinem Model-Job geprotzt. Alex war voll okay. Ich fragte mich, wie seine Brüder wohl waren.

»Ich bin Damian. Ich bin ein Einzelkind. Ich habe schon in der Schule mit der Schauspielerei angefangen, und es ist definitiv das, was ich machen will, wenn ich groß bin.«

Wenn ich groß bin??? Mal im Ernst, wer sagt denn so was? Im Fall Damian war das letzte Wort noch nicht gesprochen.

»Hallo, ich bin Lana, und, äh, ich schauspielere auch gern, und ich singe und tanze und ... äh ...« Lange Pause. »Ich bin auf einmal total nervös.«

»Du musst nicht *nervös* sein, Lana, das ist hier ja keine *Prüfung*. Wir möchten, dass ihr euch alle *entspannt* und *Spaß* habt. Ihr habt euch bisher *gut geschlagen* und seid *weit* gekommen.« Jetzt betonte Janey praktisch jedes Wort, aber für wie dumm hielt sie uns eigentlich? Selbstverständlich war das hier eine Prüfung.

Ich kam an die Reihe, und auch ich hatte einen Aussetzer. Es gab eine noch längere unangenehme Pause. »Hey.« Ich winkte verlegen. »Sorry, ich bin Elektra, und ich bin auch nervös ... das merkt man ja ...« Meine Stimme war ein bisschen zu piepsig. Ich zwang mich, tiefer zu sprechen, vielleicht etwas zu tief. »Ich habe eigentlich noch nicht viel Schauspielerfahrung, aber es macht mir Spaß. Äh, es gibt ziemlich viele Dinge, die mir Spaß machen.« Das hatte wirklich nicht zweideutig klingen sollen, aber Alex grinste. Konzentrier dich, Elektra, konzentrier dich! »Ich habe keine Geschwister.« Nicht so cool.

»Danke, Elektra«, sagte Janey und nickte begeistert, als hätte ich etwas richtig Cleveres und Scharfsinniges gesagt.

Und dann kam: »Ich bin Carlo. Ich bin siebzehn. Ich bin in New York aufgewachsen und habe da schon ein bisschen Schauspielerfahrung gesammelt. Musik ist mein Ding.«

Ich fand es sehr gewagt, dass er sagte, dass etwas anderes als die Schauspielerei sein Ding war. Carlo war cool, vielleicht zu cool. Das würde sich noch herausstellen.

»Okaaay«, sagte Janey. »Das war SUPER.« Sie bemühte sich so sehr, bei uns für gute Stimmung zu sorgen, dass sich jedes Wort von ihr anhörte, als wäre ein Ausrufezeichen dahinter. »Wir machen noch eine Runde, und diesmal möchte ich, dass jeder von euch ein kleines Geheimnis preisgibt. Nur eine einzige Sache«, ich schwöre, sie sah Amy an, als sie das sagte, »auf die niemand kommen würde. Es ist wichtig, dass man sich als Schauspieler anderen ganz und gar öffnen kann. Alex, du fängst an.«

Ich glaube, Janey stand auf Alex, was ja auch verständlich war.

»Ich höre gern One Direction.«

Das war mutig. Carlo zog eine Augenbraue hoch, aber der Rest von uns sah Alex nur voller Bewunderung an.

»Ich kann Polnisch. *Powodzenia!*«

Das war Lana, und ich war beeindruckt. Ich hatte keine Ahnung, was es bedeutete, aber es hatte eine Menge »positive Energie«, wie wir Schauspieler sagen.

»Ich habe einen Babyfoto-Wettbewerb gewonnen.«

Das war Damian, und allmählich bildete ich mir doch ein Urteil über ihn.

»Meine Mutter hat mich mal als Baby auf den Kopf fallen lassen.«

Was deinem guten Aussehen keinen Abbruch getan hat, Carlo!

»Mein linker Arm ist zwei Zentimeter länger als der rechte«, sagte Amy mit einem bestechenden Lächeln, als wäre es ihr einziger Fehler. War es vermutlich auch, aber nur, was das Äußerliche anging. Ich kann nicht sagen, dass Amy mir sympathischer wurde.

»Meine linke Brust ist *mindestens* zwei Zentimeter kleiner als meine rechte«, sagte ich, weil ich kurzzeitig den Verstand verlor.

Ich glaube, ich hatte mich den anderen *ziemlich* geöffnet. Die Jungs lachten, Amy gab sich schockiert, und Lana kringelte sich vor Verlegenheit und flüsterte mir ins Ohr: »Meine auch.«

Havelski starrte nur mürrisch in seinen Kaffee.

»Okaaay«, sagte Janey. »Ich denke, jetzt kennen wir uns alle ein bisschen besser. Dann wird es Zeit fürs Aufwärmen. Bildet bitte einen Kreis. Wer von euch macht Yoga?«

Die Hände von Amy und Damian schossen in die Höhe. Ich würde sagen, Amy schlug Damian um Haaresbreite. Carlo hob seinen Arm wesentlich langsamer (was auch wesentlich sexyer aussah), und Lana meldete sich auch.

»Suuuper«, sagte Janey. »Wer möchte uns denn gern ein paar Übungen beibringen?«

Nicht schwer zu erraten, dass Amy ganz versessen darauf war.

Wir machten also den nach unten schauenden Hund, den Krieger, das Boot, die Kobra und die Kindstellung. Mit »wir machten« meine ich, dass einige von uns die Übungen machten (sogar ziemlich schön – wie Amy das in ihrer Skinny Jeans schaffte, war mir unerklärlich, auch wenn sie aus Stretch war), während die anderen (also ich und Alex) komplett versagten und einen Lachanfall bekamen. Und je mehr ich mich blamierte, desto mehr verschwand merkwürdigerweise meine Nervosität. Janey schaltete sich erst ein, als Amy auch noch die Krähe mit uns machen wollte. Die Krähe hätte mir den Rest gegeben.

KAPITEL 29

»Ich nehme an, ich werde viel über den Kuss *reden müssen. Wir haben ihn vor zwei Wochen gedreht. Vier Takes aus der einen Richtung und zwei Takes aus der anderen. Insgesamt also sechs Mal.«*

Emma Watson

Nach dem Yoga hatten wir ein paar Improvisationsspiele gespielt und waren ein bisschen im Kreis rumgerannt, sodass sogar Amy ins Schwitzen geriet und vergaß, auf den perfekten Sitz ihrer Frisur zu achten. Im Grunde gaben sie uns drei Stunden Zeit zum Rumtoben und Entspannen.

Nachmittags war Szenenarbeit angesagt. Wir hatten alle die gleichen Drehbuchseiten; zwei Szenen mit Straker und Jan. Wir spielten sie mehrmals hintereinander vor der ganzen Gruppe, immer mit wechselnden Partnern. Es war gar nicht so schlimm, denn wenn man mal den nach unten schauenden Hund vor jemandem gemacht hat, dann ist einem wirklich nichts mehr peinlich. Es gab eine Streitszene und eine Liebeszene.

Die Streitszene war kurz.

AUSSEN.
WALD: TAG DREI

Eine Lichtung im Wald. Ringsum hohe dunkle Bäume, unheimliche Schatten. Zwei Gestalten stehen einander gegenüber, starr, erschöpft und offensichtlich wütend: Straker und Jan. Straker hat einen Spieß in der Hand.

STRAKER
(aggressiv) Warum zum Teufel musstest du dich einmischen? Ich hatte alles unter Kontrolle!

JAN
(ebenso aggressiv, geht einen Schritt auf sie zu) Du. Hattest. Nichts. Unter. Kontrolle.

STRAKER
(weicht vor ihm zurück wie vor einem gefährlichen Tier und bemüht sich, nicht vor Frust und Wut zu weinen) Ich will deine »Hilfe« nicht. Du bist kein Actionheld – na ja, in deiner erbärmlichen Fantasie vielleicht –, und ich bin kein

hilfloses kleines Mädchen. Weißt du was? Du machst alles noch schlimmer!

JAN

(schreit) Nein! *Du* machst alles schlimmer!

STRAKER

(lässt den Spieß fallen. Leise, halb zu sich, halb zu Jan:) Ich dachte, schlimmer könnte es nicht werden. Ich dachte, nichts und niemand könnte diese Sache, diesen Ort, diese Welt schlimmer machen, aber du schaffst das.

JAN

(gibt keine Antwort. Sieht sie nur voller Verzweiflung an)

(Als sie lautes Gebrüll hören, drehen sie sich ruckartig um. Die Angst schweißt sie sofort zusammen.)

JAN

Lauf!

Es war gut, mit der Streitszene anzufangen, weil wir so mit Adrenalin vollgepumpt waren, dass Schreien und Fluchen irgendwie eine Erleichterung waren. Das Tempo war flott, sodass man gar keine Zeit zum Nervössein hatte. Die Liebesszene machte uns da schon mehr Sorgen. Es war keine »richtige« Liebesszene, denn eigentlich passierte nichts, aber wir wussten, dass sie sehr wichtig war, weil die romantische Verbindung zwischen Straker und Jan hier zum ersten Mal deutlich wurde und die Zuschauer erkannten, dass der Film eigentlich eine Liebesgeschichte erzählte (eine tragische allerdings, in Anbetracht des düsteren Weltuntergangsszenarios).

INNEN. IM UNTERSCHLUPF

Eine Holzhütte aus groben Planken, Lehmboden. Im fahlen Licht des Mondes, der von draußen hereinscheint, sind zwei Gestalten sichtbar: Straker und Jan. Straker wischt das Blut mit einem feuchten Stofffetzen von Jans Hand ab. Ihre Stimme ist barsch, sie ist wütend und hat Angst, aber sie kümmert sich fürsorglich und behutsam um ihn.

STRAKER
Ich weiß nicht, wie du es geschafft hast, ihn abzuwehren, Jan. Er war doppelt so groß wie du.

JAN
(zuckt zusammen, er ist ziemlich schlimm verletzt) Aua! Du tust mir mehr weh als er.

STRAKER

Stell dich nicht so an und halt still! Ich muss die Wunde ordentlich reinigen. Wenn sie sich entzündet, haben wir noch mehr Probleme. Du bist so ein Idiot.

JAN

(tut es mit einem Lachen ab) Komm schon, gib es zu, Straker, du bist beeindruckt.

STRAKER

(ernst) Nein, ich bin nicht beeindruckt, Jan. In meinen Augen bist du ein Dummkopf. Ein Dummkopf, der fast draufgegangen wäre. Und wenn er mich auch angegriffen hätte? Hast du daran überhaupt gedacht?

JAN

(Er sieht weg. Seine Stimme ist fast unhörbar.) Ja, ich habe daran gedacht. Ich hätte dich beschützt.

STRAKER

Und wenn du es nicht gekonnt hättest? Was dann, Jan? Was machst du, wenn er mit anderen zurückkommt und nach dir sucht – und nach mir? Glaubst du nicht, er wird es noch mal versuchen? Dass du ein Warri bist, wird nicht genügen, um jeden Kampf zu überleben. Nicht mehr. Du hältst dich für unheimlich heldenhaft, dabei bist du nur unheimlich dumm.

JAN
(sieht zu Straker auf, und jetzt ist seine Stimme fester und männlicher) Ich verspreche dir, Straker, ich werde dich immer beschützen.

STRAKER
(hat angefangen zu weinen) Hier kann niemand niemanden beschützen. So etwas solltest du nicht versprechen.

JAN
(Er wischt ihr eine Träne von der Wange. Sie stehen dicht beieinander.) Ich werde dich nicht enttäuschen, Straker.

STRAKER
(Sie nimmt seine Hand und sagt sanft:) Ist es jetzt besser?

Damian und ich waren als Erste an der Reihe. Wir konnten uns also nichts von den anderen abgucken. Der Anfang war ganz okay, obwohl ich wahrscheinlich mehr Freude daran hatte, ihn einen Dummkopf zu nennen, als gut war. Ich musste mir immer wieder in Erinnerung rufen, dass es nicht die Streitszene war. Dann kamen wir bei »Ich werde dich nicht enttäuschen an«, und Damian … Tja, ich weiß nicht, wie ich es anders ausdrücken soll – er stürzte sich auf mich.

Es war ein ziemlich erfolgreicher Frontalangriff. Ich hatte keine Chance, ihm zu entkommen. Seine Mutter hatte ihm anscheinend vor dem Casting geraten, ordentlich ranzugehen, und er ging auch ordentlich ran. Seine Technik war recht pragmatisch und passte zu einem Jungen wie ihm. Er ging offensichtlich davon aus, dass ihm ungefähr drei Sekunden blieben, bevor ein Mädchen merkte, was er vorhatte. Und statt sich mir langsam und liebevoll zuzuneigen und romantische, sehnsüchtige Blicke mit mir zu wechseln, sprang er mir praktisch ins Gesicht – in der Hoffnung, dass meine Lippen da waren, wo er sie erwartete, und dass er sie treffen würde. Das tat er. Leider waren meine Zähne auch da.

Er blieb ruhig und machte einfach weiter (wahrscheinlich noch so ein Ratschlag von seiner Mutter). Dann begann er mit Phase zwei, indem er sich förmlich an meinem Mund festsaugte, um dann zu Phase drei überzugehen, dem Einsatz der Zunge. Und da war viel Zunge! War das *normal*? Wie sollte man dabei atmen? Was war, wenn ich erstickte? Deckte die Produktionsversicherung auch Tod durch Knutschattacken ab?

Wie konnte ich ihn dazu bringen aufzuhören?

»STOPP!«, brüllte Havelski. »Was zum Teufel machst du da?«

Damian sprang wie vom Blitz getroffen von mir weg, ich schnappte keuchend nach Luft, und wir standen da wie zwei

Grundschulkinder, die vor den Schulleiter geschleift worden waren.

»Erstens hast du … du …« Er sah Rhona an, die ihm nervös »Damian« zuraunte. »Du, Damian, du hast …« Er sah Rhona wieder an, die ihm meinen Namen zuflüsterte. »Du hast Elektra nur zu küssen, wenn es im Drehbuch steht! Und wo steht da bitte, dass Jan Straker küsst? Nirgends! Und der Grund, warum es nicht da steht, ist, dass Jan Straker zu diesem Zeitpunkt *noch nicht* küsst. Bist du der Drehbuchautor? Bist du ein besserer Drehbuchautor als der, der an diesem Projekt arbeitet und ein Dutzend erfolgreiche Hollywoodfilme gemacht hat? Ich werde für dich antworten: nein und nochmals nein!«

Wow, Havelski war furchterregend. Mir zitterten die Beine, was ganz sicher nichts mit Damians Aktion zu tun hatte.

»Zweitens«, fuhr Havelski fort, »habe *ich* dir nicht gesagt, du sollst sie küssen. Drittens, wenn du sie schon küssen musstest, hättest du sie anständig küssen sollen. Das war kein Kuss, das war ein ANGRIFF!« (Er dachte offenbar auch an die Versicherung.)

Mehrere Minuten lang herrschte absolute Stille. Der arme Damian würde sich wohl nie wieder auf ein Mädchen stürzen. Was auch ganz gut war.

»Aber ich dachte, Sie wollten gucken, ob die Chemie stimmt«, sagte er kleinlaut.

»Nun, Damian, du musst noch viel über Frauen lernen, wenn du denkst, dass ein Kuss zeigt, dass die Chemie stimmt.«

Es gab ein bisschen Gelächter, nervöses Gelächter. Ich lachte nicht.

»Ich nehme an, du hast vorher schon mal ein Mädchen geküsst?«

Damian nickte beleidigt.

Bitte lass ihn nicht fragen, ob ich vorher schon mal einen Jungen geküsst habe. Bitte!

Er fragte mich nicht. »Entschuldige bitte, Elektra.«

»Ist schon gut«, murmelte ich und wagte kaum, den Regisseur anzusehen.

»In gewisser Hinsicht hast du recht, Damian. Unter anderem seid ihr sechs heute hier, weil wir sehen wollen, wie ihr miteinander zurechtkommt und wie es mit der ›Chemie‹ zwischen euch steht. Ihr habt alle eine Zusammenfassung der Handlung bekommen. Ihr wisst, dass Jan und Straker sich ineinander verlieben. Im Verlauf der Geschichte werden sie sich küssen, und wenn wir uns für zwei von euch entschieden haben, werden wir darüber reden, und wir werden auch mit euren Eltern darüber reden. Aber heute ist das kein Thema. Was an Jans und Strakers Geschichte wichtig ist, das ist *Liebe*. Sie verlieben sich, während ringsum alles in Trümmern liegt, und ihre Liebe ist das Einzige, das den Zuschauern die Hoffnung gibt, dass vielleicht doch noch nicht alles verloren ist.«

Puh, heftig. Und sein Akzent machte es noch heftiger. Russe? Ungar? Erdmännchen? Ich musste Havelski mal genauer googeln.

Er fuhr fort: »Die Schauspieler, die Jan und Straker darstellen, müssen dem Publikum glaubhaft vermitteln, dass sie ineinander verliebt sind. Damit steht und fällt die ganze Geschichte. Meint ihr etwa, wir hätten nicht auf die Chemie geachtet, als ihr die Streitszene gelesen habt? Meint ihr nicht, dass Leute, die ineinander verliebt sind, anders miteinander streiten, anders miteinander reden und einander anders ansehen? Es geht nicht um Körperteile.«

Niemand traute sich, jemand anders anzusehen. Wir redeten alle ständig über Körperteile, aber wenn ein sechzigjähriger Mann anfing, darüber zu reden, war es unglaublich peinlich.

»Nun, es geht nicht *nur* um Körperteile. Es geht um eine emotionale Verbindung, eine geistige Verbindung, um eine gemeinsame Ebene – und nicht bloß um eine körperliche Verbindung. Ihr seid alle starke Schauspieler. Ich zweifele nicht daran, und ihr dürft nicht daran zweifeln, was immer als Nächstes passiert oder nicht passiert. Wärt ihr schauspielerisch nicht so stark und hättet ihr uns nicht schon beeindruckt, dann wärt ihr jetzt gar nicht hier. Und ich wäre gewiss keine fünfeinhalbtausend Kilometer geflogen, um euch zu treffen. *Aber* sich ein Mädchen schnappen und ihr die Zunge in den Hals stecken, das kann jeder x-beliebige Junge. Und übrigens, Damian, es gehört sich nicht für einen Schauspieler, die Zunge einzusetzen, zumindest nicht ohne Erlaubnis –«

»Das wusste ich nicht.«

Havelski warf ihm einen strengen »Unterbrich mich nicht«-Blick zu und fuhr fort. »Okay, wir machen die Szene jetzt noch einmal, und diesmal möchte ich, dass ihr alle an die Chemie denkt. Ich möchte, dass ihr von Anfang bis Ende daran denkt, und wenn noch mal geknutscht wird, komme ich rüber und trenne die beiden, und das wird nicht lustig.«

Das bezweifelte wohl niemand.

»Elektra, mach eine kleine Pause. Lana, komm du bitte her und lies mit Damian.«

Okay, die schlechte Nachricht war also, dass ich wieder mal eine absolute Demütigung erfahren hatte, aber die gute Nachricht lautete, dass ich endlich meinen ersten Kuss hinter mich gebracht hatte. Es war wahrscheinlich der unromantischste erste Kuss der Weltgeschichte. Und womöglich noch der öffentlichste. In diesem Punkt war ich mir aber nicht ganz sicher, denn selbst ich hatte schon ziemlich viele öffentliche Knutschereien gesehen. (Die wenigsten Jungs unter achtzehn, die auch nur die geringste Chance haben, einem Mädchen näherzukommen, warten, bis sie an einem ruhigen Ort sind – und wenn ich es mir recht überlege, machen sich die meisten Mädchen, die ich kenne, auch keinen Kopf darum.) Aber es gibt bestimmt nicht viele, die ihren ersten Kuss vor einem Hollywood-Regisseur und seinem Gefolge bekommen – das bleibt den meisten erspart.

Nach einer Pause von zehn Minuten war ich wieder dran, diesmal zusammen mit Carlo. Weil es eine Liebesszene war, dachte Carlo offensichtlich, dass wir uns praktisch gegenseitig auf den Zehen stehen sollten, und kam mir ziemlich nah. Damian hatte nach Chips mit Käsearoma geschmeckt, Carlos Atem roch nach Minze und Anis. An der »Ich verspreche dir, Straker, ich werde dich beschützen«-Stelle sahen wir uns tief in die Augen, und als er mir die Tränen aus dem Gesicht wischte (japp, ich kann auf Kommando weinen, das ist mein großes Plus), war ich voll dabei. Es musste ganz gut gelaufen sein, denn als wir fertig waren, war es sehr still im

Raum. Erst nach ein paar Minuten merkte ich, dass ich Carlos Hand noch festhielt. Voll peinlich. Sein Ego war so schon groß genug!

Als ich die anderen die Szene spielen sah, war ich verunsichert.

Sie waren alle richtig gut. Und ich war eine Amateurin.

Ich war traurig, als die Veranstaltung vorbei war: Es fühlte sich an wie das Ende von etwas – klar, wahrscheinlich war es für mich das Ende des *Straker*-Projekts. Wir umarmten uns alle. Wir konkurrierten zwar miteinander, aber wir hatten die Sache zusammen durchgezogen. Der Tag hatte uns zusammengeschweißt, auch wenn das ein bisschen abgedroschen klingt.

Ich ging zum Auto meiner Mutter, als jemand nach mir rief. Es war Carlo. Er winkte mich zu sich, und ich ging natürlich hin (wie Digby, wenn man mit einem Leckerli winkt). »Hör mal, was diese Szene angeht«, sagte er, und ich nickte. »Wir sind noch nicht miteinander fertig, E. Wir sehen uns bei den Proben!« Damit drehte er sich um und ging, ohne auf Antwort zu warten, davon. Er hatte also nicht das Gefühl, dass das schon das Ende war.

Carlo war arrogant, keine Frage, aber es stand ihm gut.

Ich mochte ihn.

Ich lachte immer noch, als ich ins Auto stieg.

»Wie ist es gelaufen?«, fragte meine Mutter. (Was sonst?) »Du siehst zufrieden aus.«

Ich hatte überlebt, und darauf war ich ziemlich stolz. Und es hatte Spaß gemacht – na ja, teilweise zumindest.

»Es war … interessant«, sagte ich nach kurzem Nachdenken, und das war nicht gelogen.

Damians Attacke war ganz schön eklig gewesen, aber wenn ich den kleinen Carlo-Flirt dazurechnete, hatte ich keinen schlechten Tag verbracht. Der große Gott des Theaters, Dionysos, und der heilige Genesius, der Patron der Schauspieler und anderer Künstler (der mitten in einer Vorstellung zum Christentum konvertierte und daraufhin enthauptet wurde), hatten mir eine Liebesszene gegeben, und ich hatte sie hinter mich gebracht.

Besser spät als nie.

Gut, ich hatte sie nicht mit Archie gespielt, aber ich hätte meinen ersten Kuss auch nie mit ihm ausprobieren wollen. Dazu stand viel zu viel auf dem Spiel. Ich mochte Archie wirklich sehr.

Von: Stella, Agentur Haden

Datum: 24. Juni 15:44

An: Julia James

Cc: Charlotte, Agentur Haden

Betreff: Projekt Straker (Arbeitstitel) – Termine

Liebe Julia,

nach unserem heutigen Telefonat habe ich eine weitere E-Mail von Suited Casting bekommen. Janey hat noch einmal darauf hingewiesen, dass sie schnellstmöglich von allen wissen muss, ob sie zu den geplanten Drehterminen zur Verfügung stehen, obwohl im Hinblick auf die Besetzung noch keine Entscheidungen getroffen wurden.

Elektra ist schon weit gekommen und hat sehr gute Leistungen gebracht, aber Janey hat eindeutig zu verstehen gegeben, dass alle drei Mädchen bei dem Casting sehr gut abgeschnitten haben und es ein starkes Feld ist (die anderen beiden Mädchen haben mehr Erfahrung). Ich möchte nicht, dass Sie und Elektra zu viel in die Terminanfrage hineininterpretieren.

Zögern Sie nicht, mich anzurufen, wenn Sie darüber sprechen möchten.

Herzliche Grüße

Stella

KAPITEL 30

»Die Schauspielerei hat etwas Merkwürdiges mit mir angestellt. Ich sitze oft da und denke: ›Ich liebe es, aber ich würde meine Tochter nicht auf die Bühne schicken.‹«

Eddie Redmayne

»Ich weiß nicht, Elektra. Die fragen, ob du *zwei ganze Monate* zur Verfügung stehen kannst. Zwei Monate, und dann kommt schon bald die große Prüfung.«

»Das ist nur eine *theoretische* Frage, Mum. Kein Grund zur Aufregung. Es wird sowieso nicht passieren.«

»Die Frage ist vielleicht theoretisch, aber meine Antwort muss der Realität entsprechen. Zwei ganze Monate«, jammerte sie.

»Zwei ganze Monate *in den Sommerferien.*«

»Aber du musst an die Schule denken! Deine Leistungen in den nächsten Jahren entscheiden über deine Zukunft«, sagte sie (wie so oft).

»Ach, komm schon, Mum, glaubst du im Ernst, ich würde in den Ferien für die Prüfungen lernen? Weißt du, was Leute in meinem Alter in den Sommerferien machen? Sie trinken im Park Bier oder gehen auf Musikfestivals, wenn sie es sich leisten können. Und wenn sie stinkreich sind, trinken sie ihr Bier vielleicht irgendwo im sonnigen Ausland …«

Meine Mutter schüttelte sich demonstrativ. »Du bist fünfzehn, Elektra! Ich glaube nicht, dass Fünfzehnjährige so etwas machen. Wie kommst du auf die Idee, wir würden dich auf Festivals gehen lassen? Ich habe da Geschichten gehört – weißt du, wie viele Drogen es auf solchen Events gibt?«

Ja, gut, ich hatte eine gewisse Vorstellung, denn ich kannte die Geschichten der Mädchen aus der Oberstufe, aber das gehörte jetzt nicht hierher. »Ich sage doch auch gar nicht, dass ich auf ein Festival will.« Jetzt jedenfalls noch nicht. Diese Schlacht würde ich wie jeder andere nach der elften Klasse schlagen (vielleicht würde ich bis dahin aber auch etwas Besseres finden, als drei Nächte im Regen auf einem Acker zu zelten und gruselige Klos aufzusuchen).

Ich wollte Mum nur aufziehen, was kinderleicht war.

»Keine Sorge, Mum, ich meine doch nur, dass ich in den Ferien bestimmt nicht mit meiner Lektüreliste anfange. Aber weißt du was? Am Set hätte ich wahrscheinlich mehr Zeit zum Lesen als sonst irgendwo. Und wenn du dir Sorgen über das Teenager-Freizeitverhalten machst, dann wäre ich bestimmt an einem Set in Begleitung einer Aufsichtsperson am besten aufgehoben.«

Sie seufzte theatralisch. »Ich weiß nicht. Ich habe einfach Angst, dass dich das Ganze aus der Bahn werfen könnte.«

Das ist das Problem: Eltern denken nicht nur, dass sie dich »in der Bahn« haben, sie halten das auch noch für gut.

»Ich bekomme die Rolle doch gar nicht. Die nehmen garantiert Amy.« Ich mochte Lana (viel) lieber, und sie hatte die Streitszene meiner Meinung nach am besten gelesen, und Amy war die Erfahrenste von uns dreien (und die Hübscheste). »Stella hat gesagt, sie checken nur vorab, ob alle Zeit *hätten*, um Probleme zu vermeiden. Damit will sie nicht bloß unsere Erwartungen dämpfen.«

»Ich weiß, ich weiß, aber was ist, wenn es doch anders ausgeht? Wenn sie dich haben wollen, Elektra? Was dann?«

Ja, was dann? So weit hatte ich noch gar nicht gedacht … »Dad ist jedenfalls einverstanden«, sagte ich.

»Dad ist *nicht* einverstanden. Dad hat noch gar keine Zeit gehabt, um darüber nachzudenken, und im Augenblick würde er sowieso zu *allem* Ja sagen.«

Das stimmte. Mein Vater war glücklich, obwohl der Kunde eine krumme Wand (im Versuch seit der Steinzeit) eingebaut haben wollte. Er war beschäftigt und ständig mit den Gedanken woanders. Was bei Eltern offen gesagt die beste Kombination ist.

»Eulalie meint, ich soll es auf jeden Fall machen, wenn ich die Chance bekomme.«

»Eulalie würde dir auch dazu raten, dich nackt auszuziehen und an einem Kronleuchter zu schaukeln, wenn du die Chance bekommst.«

Mum hatte wahrscheinlich recht. Die Eulalie-Überzeugungstaktik war wohl nicht das Richtige.

»Molly hat gesagt, wenn Miranda ihrem Sohn erlaubt, eine Filmrolle anzunehmen, dann wirft ihn das komplett aus der Bahn, und er landet in der Entzugsklinik.«

»Oh, um Himmels willen, Mum! Mirandas Sohn landet so oder so in der Entzugsklinik, das hat in der Familie Tradition. Warum kümmert es dich überhaupt, was deine Freundinnen denken?«

»Und dich kümmert es nicht, was deine Freundinnen denken?«

Ein eiskalter Tiefschlag. Sie wusste, dass ich nicht mit Moss über den *Straker*-Recall geredet hatte, weil ich immer noch nicht mit Moss redete. Und sie wusste, dass mir Moss' Meinung wirklich sehr am Herzen lag. Ich glaubte zu wissen, was Moss sagen würde, aber vielleicht irrte ich mich. Vielleicht hatte ich auch davon keine Ahnung.

Mum ging inzwischen in der Küche auf und ab und verwirrte den armen Digby total. Er versuchte, ihr aus dem Weg zu gehen, und landete doch immer wieder vor ihren Füßen.

»Du machst Digby voll verrückt. Du machst mich voll verrückt! Bitte setz dich.«

Sie ignorierte mich. Und beunruhigenderweise ignorierte sie auch Digby. Das tat sie sonst nie.

»Mum, bitte, sieh mich an!« Ich hielt sie an der Hand fest, als sie an mir vorbeikam.

»Ich verbringe Stunden damit, dich anzusehen.«

»In dem Sinn, dass dir immer auffällt, wenn ich Ringe unter den Augen habe oder einen Pickel auf der Stirn kriege oder nicht die richtigen Sportsachen anhabe, aber ansonsten bekommst du nicht viel mit. Und ich meine nicht nur, dass ich voll erwachsen geworden bin.«

»Sag nicht immer ›voll‹«, sagte sie (wie so oft). Ich überhörte es (wie so oft), und sie redete weiter. »Natürlich merke ich, dass du *erwachsener* wirst.« Weil sie das Wort so komisch betonte, verzog ich das Gesicht, und sie guckte ein bisschen beleidigt, als hätte ich angedeutet, dass sie irgendetwas falsch machte. Aber sie machte nichts falsch. Sie wollte einfach nur, dass ich für immer ihr kleines Mädchen blieb. Dafür konnte sie nichts.

Und ich konnte nichts dafür, dass ich das nicht wollte.

»Wirklich? Merkst du es *wirklich*? Oder hinkst du der Zeit ungefähr ein Jahr hinterher? So kommt es mir nämlich vor, weil du mich genauso behandelst wie an dem Tag, als Stella mich unter Vertrag genommen hat.«

Sie setzte sich neben mich und sah mich aufmerksam an.

Ich fuhr fort. »Genau dieses Gespräch haben wir schon hundert Mal geführt, und das ist einfach nicht fair. Du solltest mir nicht andauernd dieselben Sachen sagen, weil ich nicht mehr dieselbe bin.« Ich fand, das war ein ziemlich einleuchtendes Argument. Aber meine Mutter sah mich nur verwirrt an. »Und ich mache nicht mehr dieselben Sachen.«

»Was für Sachen? Du meinst, in Bezug auf Jungs und so?«

»Nein, davon rede ich nicht.« Gott, das war echt harte Arbeit. »Ich rede davon, dass ich jetzt Texte lerne und zu Castings gehe und damit klarkomme, wenn sie mich nicht wollen, und trotz allem meine Hausaufgaben mache.« Meistens. »Ich meine, dass ich das alles geregelt kriege.«

»Ich weiß, und ich bin stolz auf dich. Aber du machst das noch nicht mal ein Jahr.«

»Aber schon eine ganze Zeit lang. Ihr müsst anfangen, mir zu vertrauen.«

»Wir vertrauen dir.«

»Nein, nicht richtig. Ihr verlasst euch halbwegs darauf, dass ich nicht trinke oder rauche oder schwanger werde, aber ihr traut mir nicht zu, dass ich selbst über meine Zukunft entscheiden kann.«

»Ich weiß es einfach nicht.«

»Ich denke, ich werde es wissen«, sagte ich.

Sie sah mich an. »Du *wirst* es wissen?«

Ich nickte.

»Das heißt, du weißt es noch nicht? Du bist dir noch nicht sicher?«

Mir gingen die letzten Monate durch den Kopf: Warteräume voller Konkurrentinnen, Kirchengebäude, die andere Elektra neben Daniel Craig, Heulen an Archies Schulter, Daisys Tränen, mein großartiger Regisseur Ed, die Zeit im ACT, der Squirrelina-Spot, vergebliches Warten auf Anrufe und das dann endlich klingelnde Telefon.

Ich zögerte. »Nicht ganz. Im Moment ist es nur etwas, das passieren *kann*, wahrscheinlich aber nicht passiert. Ich bin nicht dumm, Mum, ich weiß, dass es eine wichtige Entscheidung ist.« Eine viel wichtigere Entscheidung, als ginge es um eine kleine Nebenrolle oder darum, einem Eichhörnchen seine Stimme zu geben. Sie würde einiges verändern. Darüber hatte ich schon nachgedacht. »Ich weiß, dass es harte Arbeit ist. Und ich möchte meine Entscheidungen sehr gern allein treffen. Das heißt nicht, dass ich euch nicht zuhöre, natürlich höre ich euch zu. Es ist … Es ist nur so, dass es *mein* Leben ist, und ich möchte, dass *ihr mir auch zuhört*.«

Sie sah mich lange an. »Weißt du, was wir brauchen? Wir brauchen eine *Liste*.« (Sie sagte »Liste«, als könnte sie damit die Welt retten.) »Wir brauchen Papier, und wir brauchen Stifte. Also, *du* brauchst das alles – du musst die Liste machen.«

Sie hatte recht. Eine Liste machen gibt einem das Gefühl, alles unter Kontrolle zu haben.

1. Stella und Charlotte sollen mich anmailen/anrufen und nicht Mum.

»Einverstanden?«, fragte ich.

»Ich denke, sie müssen mich wohl kontaktieren, weil du noch keine sechzehn bist«, sagte Mum. »Wie wäre es, wenn du schreibst, dass sie die Mails immer an dich *und* mich schicken sollen. Und du musst dann natürlich deine E-Mails checken. Es ist mir egal, wen von uns sie anrufen, aber du bist ja tagsüber in der Schule.«

Ich korrigierte und erweiterte meinen ersten Versuch:

1. Stella und Charlotte sollen mich und Mum anmailen/anrufen ~~und nicht Mum~~. Mum muss mir auf jedenen Fall bei der ersten Gelegenheit ganz genau sagen, was am Telefon besprochen wurde.

»Einverstanden?«

»Einverstanden«, sagte sie. »Was kommt als Nächstes?«

2. Mum redet nicht mit Stella und Charlotte über meine »Karriere«, ohne dass ich dabei bin.

»Einverstanden?«

»Einverstanden«, bestätigte sie.

3. Mum und Dad reden nicht über meine »Karriere«, ohne dass ich dabei bin.

»Einverstanden?«, fragte ich.

»Nein.«

»Verhandlungsspielraum?«

»Nein.«

Ich strich diesen Punkt durch. Ich brauchte ein neues Blatt Papier.

3. Ich gehe ohne Aufsichtsperson zu Castings und Terminen.

»Darüber haben wir schon gesprochen. Stella sagt, es ist üblich, dass Jugendliche unter sechzehn begleitet werden.«

»Eine Menge Kids tauchen da allein auf. Ehrlich.«

»Wie wäre es, wenn wir uns darauf einigen, dass du allein hingehen kannst, wenn Stella einverstanden ist und es in London und in der Nähe einer U-Bahn-Station ist?«

»Ist das dein letztes Angebot?«

»Ja.«

»Also gut.« Ich schrieb es auf.

»Wenn das hier eine Vertragsverhandlung über deine Unabhängigkeit werden soll, können wir vielleicht auch festhalten, dass du dich bereit erklärst, deine Wäsche selbst zu waschen und gelegentlich zu kochen?«

Ich dachte gründlich darüber nach. »Weißt du, was ich glaube?«, sagte ich.

»Nein. Was?«

»Wir brauchen eigentlich keine Liste. Wir schaffen es auch so.«

Sie lachte. »Klingt nach einem Plan. Dann mache ich jetzt das Abendessen, oder?«

»Ich helfe dir.«

»Und ich verspreche dir, dass ich Stella anrufe und sie bitte, dich als Erste anzumailen, wenn sie etwas Neues zu *Straker* hört.«

Ich machte mir keine großen Hoffnungen. Ich hatte mich praktisch damit abgefunden, dass ich in etwa einem Jahr ins Kino gehen würde, um eine riesige Amy mit einem riesigen Carlo auf einer riesigen Leinwand knutschen zu sehen. Hoffentlich nicht in 3-D.

Es war das Vernünftigste, *Straker* zu vergessen und darüber nachzudenken, was ich auf Stephanies Party anziehen wollte.

★

KAPITEL 31

»Ich bin lieber nüchtern am Steuer und habe unter Kontrolle, wohin ich fahre und was ich mache.«

Lindsay Lohan

»Und wer ist diese Stephanie?«

»Ich habe es dir schon hundert Mal gesagt, Mum. Sie ist in meiner Jahrgangsstufe.« Komm mal runter! Natürlich sagte ich »komm mal runter« nicht laut.

»Aber wer ist sie? Warum hast du noch nie von ihr gesprochen? Wer sind ihre Freunde? Was machen ihre Eltern?«

»Was soll die Fragerei? Das ist doch albern.« Fehler! Aber wir hatten das Ganze schon fünf Mal durchgekaut, und Mum begriff einfach nicht, dass ich meine neuen Freunde nicht um ihre Personenangaben und die ihrer Familie bat. Und ich konnte nicht begreifen, warum sie so ein Theater machte. Vermutlich hatte sie viel zu viele Zeitungsartikel über Hauspartys von Jugendlichen gelesen. Aber so eine Party würde es gar nicht werden (also, wahrscheinlich nicht).

»Das ist nicht albern. Wenn ich dir erlauben soll, eine Woche vor den Sommerprüfungen mitten in der Nacht auf die Party irgendeines Mädchens zu gehen, dann musst du dir schon ein paar Fragen gefallen lassen.«

»Ein paar? *Alle* Fragen, meinst du wohl. Ich habe lerntechnisch alles im Griff.« Hatte ich nicht. »Und die Party ist nicht mitten in der Nacht, sondern um halb neun. Stephanie ist eine von Jennys Freundinnen. Und ich habe bisher nicht über sie gesprochen, weil sie erst seit letztem Jahr bei uns auf der Schule ist.« Überflüssig zu erwähnen, dass ich Stephanie nie erwähnt hatte, weil ich sie eigentlich nicht kannte. »Ich glaube, ihre Mutter ist Anwältin oder irgendetwas, wozu man schicke dunkle Anzüge braucht. Aber ich weiß es nicht genau, weil wir eigentlich nicht über unsere Eltern und ihre Berufe reden, auch wenn du das merkwürdig findest.«

»Es gibt keinen Grund, sarkastisch zu werden, Elektra Ophelia«, sagte meine Mutter und gab mir einen von den Brownies, die sie gerade aus dem Ofen geholt hatte. »Wie willst du denn dahin kommen?« Sie wurde weich.

»Ich nehme die U-Bahn.«

»Das kann nicht dein Ernst sein. In diesem Aufzug?«

An meinem Outfit war überhaupt nichts auszusetzen. Zugegeben, mein Rock war ziemlich kurz (und neu, sehr teuer und genau die richtige Mischung aus elegant und schlampig – vielen Dank, Eulalie), aber ich hatte beschlossen, mich zu meinen Storchenbeinen zu bekennen, statt sie zu verstecken. (»Storchenbeine« ist kein abwertender Ausdruck dafür, dass ich sehr lange, schlanke Beine habe – sie sehen wirklich so aus.) Ich gab Digby eine Ecke von meinem Brownie ab, weil er mich so traurig ansah.

Mein Handy klingelte, und Stellas Nummer erschien auf dem Display. Ach, du Schreck!

»Hallo, Stella«, sagte ich (leider mit einer ziemlichen Piepsstimme). Innerlich rief ich: »GIBT ES ETWAS NEUES ZU *STRAKER*?«, aber das sagte ich nicht, weil ich eine coole, vernünftige Schauspielerin war – eine Schauspielerin, deren Agentin anrief, um Karrierefragen mit ihr persönlich zu besprechen statt mit ihrer Mutter.

»Du fragst dich bestimmt, ob ich etwas Neues zu *Straker* gehört habe«, sagte sie.

»Nicht wirklich«, log ich, und Stella lachte, weil ich keine so gute Schauspielerin war. Meine Mutter sah mich neugierig an und machte »Was ist?«-Grimassen – voll der Rollentausch. »Ich habe nichts Neues gehört«, sagte Stella nach einer unangenehmen Pause. »Deshalb rufe ich nicht an.«

Warum dann? Wegen *Fortuneswell*? Bitte lass es *Fortuneswell* sein! Oder wegen einer Chipswerbung?

»Ich wollte nur Bescheid sagen, dass die Rolle in *Doctors*, für die ich dich vorgeschlagen habe, leider gestrichen wurde.«

»Oh.«

»Sie geht also nicht an jemand anderen. Sie brauchen die Zeit für einen Seitensprung von einem der Ärzte.«

»Oh.«

»Ich wollte dich nur informieren, dass du dir den Termin nicht mehr frei halten musst.«

»Danke«, sagte ich und biss mir auf die Lippen, weil ich sie furchtbar gern über alle anderen Projekte ausgefragt hätte.

»Gern geschehen«, sagte sie ohne jede Ironie und legte auf.

Wie war das mit den niedrigen Erwartungen? Daran musste ich wohl noch ein bisschen arbeiten.

»Mum? Findest du es auch ein bisschen unheimlich, mit Stella zu telefonieren?«

Sie lachte. »Manchmal ja.«

»Danke«, sagte ich. Und dann fragte ich (weil es einen Versuch wert war und sie anscheinend zufrieden mit mir war): »Kann mich vielleicht einer von euch zu der Party fahren?«

»Kann der Junge, mit dem du hingehst, dich nicht abholen? Das gehört sich so bei einer Verabredung.«

»Es ist keine Verabredung.«

»Du hast mir doch gesagt, er habe dich gefragt, ob du mit ihm hingehst.«

»Das bedeutet nicht, dass es eine Verabredung ist.«

»Und ob!«

Sie checkte es einfach nicht. Ich dachte an die vielen Schritte von »Archie zu Stephs Party begleiten« über »Archie näherkommen« (würde er überhaupt was versuchen?) bis hin zu »mit Archie gehen«. Wir hatten noch einen weiten Weg vor uns. Ich überlegte, ob ich meiner Mutter das Ganze erklären sollte. Nein, besser nicht.

Aber sie erklärte sich bereit, mich zu fahren.

Stephanie wohnte in einem großen Haus, und es wirkte noch größer, weil alle Fenster hell erleuchtet waren und die Tür offen stand. Zwei ältere Jungs (ich glaube, es waren ihre Brüder) passten auf, dass niemand reinkam, der nicht reinsollte. Ihre Eltern waren nirgends zu sehen, aber ich schätze mal, ihr Vater ertränkte seine Ängste in der Kneipe, während ihre Mutter das Ganze heimlich vom Nachbarhaus aus beobachtete.

»Hi … äh, ich bin Elektra James.« (Als wäre dort noch eine Elektra – so was passierte einem doch höchstens einmal im Leben, oder?)

Einer der Jungs ging mit gezücktem Stift die Gästeliste durch (er nahm das sehr ernst). »Nee, tut mir leid, ich finde deinen Namen nicht.«

»Nein, ich bin Archie Mortimers Begleitung«, sagte ich halb stolz, halb verlegen.

Es gab wieder eine lange Pause, während er die Namen überprüfte. Entweder machte es ihm Spaß, mich zappeln zu lassen, oder er war ein bisschen lahm. Mir wäre es lieb gewesen, wenn er sich beeilt hätte, denn hinter mir warteten schon drei Leute.

»Den finde ich auch nicht … Oh, doch! Okay, er ist schon da. Geh rein.« Und schon schenkte er den beiden Mädchen seine Aufmerksamkeit, die nach mir gekommen waren. Ich kannte sie nicht – sie mussten von Stephanies alter Schule sein –, aber ich hätte mir fast gewünscht, dass meine Mutter hätte sehen können, wie sie angezogen waren, denn neben ihnen sah ich aus wie eine Nonne.

Es war rappelvoll. Stephanie saß auf der Treppe, und ich hätte ihr gern Hallo gesagt, aber sie hatte ein weinendes Mädchen im Arm.

Ich sah Archie, bevor er mich sah. Er quatschte mit Jenny. Oder quatschte er sie etwa *an*? Die beiden standen sehr dicht beieinander, und Jenny sah fantastisch aus. Sie trug ein enges, kurzes rotes Kleid, hatte sich die Haare zu einer richtigen Mähne toupiert, die Augen schwarz umrandet und ihre schönen Lippen geglosst. Sie sah aus wie mindestens achtzehn.

»Hey, Jenny«, sagte ich verlegen, weil ich nicht »Hey, Archie« sagen wollte.

Sie drehten sich gleichzeitig zu mir um, und daran, dass sie mich beide anstrahlten, merkte ich, dass Archie Jenny nicht angequatscht hatte. Jenny schloss mich fest in die Arme. Sie hatte offensichtlich etwas getrunken und war in dem gefühlsduseligen Zustand, in dem jeder ihr bester Freund war. Archie war allem Anschein nach ziemlich erleichtert, dass ich ihn gerettet hatte.

»Elektra, du bist da! Geil! Ich habe schon den ganzen Nachmittag über versucht, dich zu erreichen. Ich wollte dich abholen.«

Meine Mutter wäre stolz auf ihn gewesen.

»Sorry, aber mein Handy war für ein paar Stunden abgetaucht.« Merkwürdigerweise hatte ich es im Kühlschrank wiedergefunden, aber das musste ich ihm nun wirklich nicht auf die Nase binden.

Er zog mich an sich und umarmte mich, und ich ließ es mir gefallen, weil es schließlich eine Party war und ich im Prinzip nur da war, weil er mich als seine Begleitung eingeladen hatte – aber vor allen Dingen, weil ich sehr gern von ihm umarmt werden wollte.

»Wie ist es gelaufen?« Er legte ganz selbstverständlich den Arm um meine Schultern.

»Was?« Ich war ein bisschen benebelt, aber es fühlte sich gut an. Er roch auch gut, ein bisschen nach Bier und ein bisschen nach frisch gewaschenem T-Shirt (die Kombi ist viel besser, als sie klingt).

»Der *Straker*-Recall!«

Ach ja, der Recall. Der war bis vor fünfundzwanzig Sekunden, als Archie angefangen hatte, mit den Fingern meinen Arm rauf- und runterzustreichen, das Aufregendste in meinem Leben gewesen. Archie war einer der wenigen, mit denen ich über *Straker* reden konnte und der mich verstand (ja, ich hatte ihm davon erzählt – Geheimhaltung war nicht gerade meine Stärke). »War ganz okay, ein bisschen schräg«, sagte ich. »Wir haben Yoga gemacht.«

Archie wirkte nicht besonders überrascht, aber er hatte ja auch schon einige Schauspielworkshops hinter sich. »Hast du ihnen gefallen?«

»Du weißt, dass ich keine Ahnung habe, wie die Antwort auf diese Frage lautet.«

»Sorry«, sagte er und zog mich noch etwas enger an sich. Schönes Gefühl. »Was für Leute waren noch in der engeren Wahl?«

Carlo tauchte aus meiner Erinnerung auf und tauchte sofort wieder ab. Carlo? Welcher Carlo?

»Amy Underhill war da. Also bekomme ich die Rolle bestimmt nicht.«

Archie sah mich verständnislos an.

»Das Mädchen, das in *Sunningtown* die Kelly spielt.«

Er stand immer noch auf dem Schlauch – *Sunningtown* war offensichtlich nicht sein Fall.

»Das ist eine Serie, und Amy ist ziemlich berühmt, und ich schätze, sie hat die Rolle in der Tasche.«

»Du bist bestimmt besser als sie und viel hübscher«, meinte er. Es wäre ein noch schöneres Kompliment gewesen, wenn er gewusst hätte, wer Amy Underhill war, aber ich nahm es trotzdem an (ohne es allzu ernst zu nehmen).

Mittlerweile platzte das Haus aus allen Nähten, und die Musik war wahnsinnig laut. Jenny und Hugo (der Typ, auf den sie schon seit Ewigkeiten stand) hingen einander in den Armen. Ob es daran lag, dass sie betrunken waren und sich gegenseitig stützen mussten, wusste ich nicht, aber ganz egal: Sie sahen glücklich aus.

Archie und ich standen zwar dicht beieinander, aber wir wurden immer wieder angerempelt und konnten uns nirgendwohin setzen (vor dem Knutschsofa hatte sich schon eine Schlange gebildet). Wir gingen nach draußen und hockten uns auf eine niedrige Mauer im Garten, der sehr hübsch aussah. Jemand – ich denke mal, Stephanie – hatte jede Menge Teelichter angezündet und sie rings um die Blumenbeete verteilt. Es war romantisch, und ich will jetzt nicht spießig rüberkommen, aber es war auch ein bisschen gefährlich.

Ich dachte gerade darüber nach, wie leicht Flissys lange Haare (sie machte ziemlich sportlich mit James im Gebüsch rum) Feuer fangen konnten, als Archie die Hand an meine Wange legte und mein Gesicht zu sich drehte. Ich sah ihn lange an. Wartete er darauf, dass ich etwas sagte? Ich starrte verzweifelt in die Büsche, aber die konnten mir auch nicht helfen.

»Ist echt voll schön, wie sie das mit den Kerzen und so gemacht hat«, blubberte ich. Wo waren die Drehbuchautoren und Regisseure aus Hollywood, wenn man sie brauchte?

Ich spürte, wie Archie mich ansah. Sein Blick war intensiv.

Vielleicht beunruhigte ihn aber auch nur meine schwache Kommunikationsfähigkeit.

Ich riskierte noch einen Blick in sein Gesicht und hielt inne. Gott, er war echt mega. Ich spürte, wie seine Hände an meinen Armen hochwanderten und über die Schultern wieder nach unten, bevor er mich an sich zog. Und dann fing er an, mich zu küssen. Ich merkte es erst, als es schon losgegangen war – nicht weil es ein Überraschungsangriff war wie beim Casting, sondern weil es ganz natürlich passierte. Als sich Damian auf mich gestürzt hatte, hatte mein Hirn vor Entsetzen in den Spargang geschaltet, aber diesmal arbeitete es überhaupt nicht. Ich hatte mich völlig zu Recht auf den ersten Kuss mit Archie gefreut.

Ich bekam irgendwie mit, dass ein anderes Pärchen auf uns zukam und sich neben uns setzte. Mir wäre lieber gewesen, wir wären allein geblieben, aber ich würde erst aufhören, wenn sich meine Mutter persönlich neben uns setzte.

Aber auch wenn jemand Ahnung hat (und die hatte Archie) und es sehr schön ist, muss man irgendwann mal aufhören. Ich wusste nicht so recht, was ich sagen sollte, und grinste ihn nur dümmlich an, aber ehrlich gesagt grinste er auch ziemlich dümmlich zurück.

»Hallo, Archie.« Die Stimme kannte ich.

Ich guckte unter Archies Arm durch. Von der Küsserei sah ich zwar etwas verschwommen, aber japp, neben mir saß

Moss. Und sie saß neben (eher auf) Torr. Voll unangenehme Situation.

»Hey, du bist Archie, richtig?« Torr stellte sich vor, und nach ein paar Minuten stand Archie auf und ließ eine kalte, Archie-förmige leere Stelle zurück und redete mit Torr – und nicht mit mir –, und Torr nickte und stand auf und ließ bestimmt eine kalte Torr-förmige leere Stelle zurück.

»Sollen wir sie kurz allein lassen?«, meinte Torr, und Archie nickte, und dann ließen sie uns sitzen, im wahrsten Sinn des Wortes.

Moss und ich schwiegen uns einige lange Minuten an.

»Dann bist du also endlich mit Archie zusammen«, sagte sie schließlich.

»Sieht so aus.«

»Wurde auch Zeit.«

»Japp.«

»Gute Entscheidung.«

»Japp … Und bei dir und Torr alles in Ordnung?«

»Sieht so aus.«

»Schon ganz schön lange.«

»Japp.«

»Gute Entscheidung.« Das meinte ich ehrlich, weil es *ihre* Entscheidung war.

Es gab wieder eine lange Pause, in der wir uns gegenseitig mit schrägen Blicken musterten. »Hübscher kleiner Fetzen«, sagte ich und zeigte auf ihr Kleid (ein enger, schwarzer kleiner Fetzen, der an ihr natürlich großartig aussah).

»Deine Beine sind länger geworden«, entgegnete sie und zeigte auf meinen kurzen Rock, der noch ein Stück hochgerutscht war. Wir begannen beide etwas nervös zu lachen, aber immerhin: Wir lachten.

»Es tut mir so, so leid«, sagte ich, und das meinte ich wirklich, wirklich ernst.

»Lass nur, es tut mir auch leid.«

»Du hast mir so sehr gefehlt«, sagte ich, und sie sagte es im selben Moment, aber reden konnten wir nicht, weil es ja eine Party war und echt total laut, und deshalb umarmten wir uns einfach nur kichernd und quietschend, bis Archie und Torr sich trauten zurückzukommen.

Dann gab es noch mehr Umarmungen, aber ohne Kichern und Quietschen.

Wie vorherzusehen gewesen war, kam ich zu spät nach Hause. Nicht viel zu spät, aber schon ziemlich spät. Und wie vorherzusehen gewesen war, wartete Mum auf mich. Sie hatte – wie vorherzusehen gewesen war – einen Nervenzusammenbruch gehabt.

Warum gehst du *nie* an dein Telefon?«, sagte sie (wie so oft).

»Ich habe es nicht klingeln gehört«, erklärte ich (wie so oft).

»Wenn du dich nicht verantwortungsbewusst verhalten kannst, kannst du nicht ausgehen«, sagte sie. (Das sagte sie nicht so oft, weil ich wirklich nicht so oft ausging.)

»Du hast keine Ahnung, wie verantwortungsbewusst ich mich verhalten habe.« Im Vergleich gesehen stimmte das.

Sie schnalzte missbilligend mit der Zunge, aber dann konnte sie nicht anders: »Hast du Hunger? Willst du Nudeln?«

»Ja, bitte.« Ich war am Verhungern.

»Gut. Ich mache dir Nudeln, und du setzt dich hin und erzählst mir alles.«

Oh. Okay, die Nudeln hatten also einen Haken.

»Moss war auch da«, sagte ich.

Meine Mutter machte ein besorgtes Gesicht. »Oh je, habt ihr euch wieder gestritten?«

»Nein, es war richtig schön, mit ihr zu reden. Alles gut.«

»Das freut mich«, sagte Mum nur und war ausnahmsweise so vernünftig, mir keine Fragen über wirklich wichtige Sachen zu stellen. Das bedeutete allerdings nicht, dass sie mir *gar keine* Fragen stellte. »Und? Hast du Spaß gehabt?«

»Hmm«, machte ich unverbindlich. Ich wollte nicht, dass sie dachte, dass ich keinen Spaß gehabt hatte, aber ich wollte ganz bestimmt nicht, dass sie wusste, wie viel Spaß ich gehabt hatte.

»Dann hast du keinen Spaß gehabt?«

»Doch, doch.« Ich wollte wirklich nicht mit ihr darüber reden.

»War es so schrecklich? Hast du es gehasst? War jemand gemein zu dir?« Sämtliche Teenager-Erziehungsratgeber, die sie je gelesen hatte, hatten sie auf diesen Moment vorbereitet. »Liebes, wenn irgendetwas passiert ist, wenn Gruppendruck auf dich ausgeübt wurde und du irgendetwas getan hast, das du bereust, dann kannst du mir das sagen.«

»ES IST NICHTS PASSIERT! DIE PARTY WAR MEGACOOL!«

»Warum reagierst du dann so wütend? Irgendetwas hat dich doch aus der Fassung gebracht. Sag es mir einfach – und sei nicht so abweisend.«

Ich sprach ganz langsam – so, wie man mit einem kleinen, leicht beschränkten Kind sprechen würde, das droht, sich vor einen Zug zu werfen. »Nein, es war wirklich sehr, sehr schön. Die Party war voll cool. Ich habe nichts getrunken, ich habe keine Drogen genommen und nichts Unanständiges gemacht.«

»Oh, okay.« Sie wirkte fast enttäuscht. »Und die anderen?«

Sie war ein hoffnungsloser Fall. Ich erzählte ihr schließlich von Flissys »Moment« im Gebüsch, weil mein Verstand schon ins Bett gegangen war und die Geschichte wirklich witzig war, weil ich Flissy nichts schuldete und Mum eine Gegenleistung für die Nudeln verdient hatte.

Sie nahm es als Beweis dafür, dass die Party eine wilde Orgie gewesen war, und ließ mich schlafen gehen. Es hatte ihre Angst beseitigt, sich womöglich keine Sorgen mehr machen zu müssen.

KAPITEL 32

»Ich werde jetzt etwas Verrücktes machen [nach dem ganzen Stress]. Ich will leben und meine jungen Jahre genießen. Das ist meine Definition von Erfolg.«

Suki Waterhouse

Mein Telefon klingelte, aber als ich es endlich gefunden hatte – unter dem Bett unter einem Haufen von Strumpfhosen –, hatte es wieder aufgehört. Einen Augenblick später bellte es einmal, und eine Nachricht erschien auf dem Display.

Bist du wach?

Jetzt schon. Ich liebe Moss, aber ihre innere Uhr geht irgendwie falsch, und sie ist morgens schon so furchtbar gesprächig.

Ich hatte letzte Nacht einen total schrägen Traum.

So schräg wie meiner konnte er nicht gewesen sein. Ich hatte geträumt, ich wäre bei dem Recall, und zwar splitterfasernackt. Und ich konnte mein Skript nicht finden. Das war der schlechte Teil. **Bin ich drin vorgekommen?**

Ja. Gut. Wenn nicht, wäre ich nämlich beleidigt gewesen.

War er gut?

Äh, nicht wirklich.

Dann erzähl ihn mir nicht.

Es war nichts Perverses. Aber Archie kam auch vor. 😉

Ist der Traum gut ausgegangen?

Nicht direkt.

DANN ERZÄHL IHN MIR NICHT. Noch mehr traumbedingten Stress konnte ich nicht gebrauchen.

Ich spar's mir auf. Glücklich mit Archie?

Ja. Komm später vorbei, dann bequatschen wir das ausführlich.

Juhu! Kriege ich das ganze Paket?

Du kriegst die Highlights.

Kann erst abends kommen – ist das okay?

Das bedeutete bestimmt, dass sie mit Torr verabredet war.

Perfekt! Ich muss lernen. Und vielleicht kommt Archie noch vorbei ...

Du machst dich jetzt doch nicht rar, oder? 😜

LOL. Riskante Antwort.

Ha, ha, ha.

Mum rief nach mir. Anscheinend bekam ich kein Frühstück, wenn ich nicht innerhalb von fünf Minuten in der Küche war. Und anscheinend hatte ich gar kein Frühstück verdient, weil ich so spät nach Hause gekommen war.

»Du siehst müde aus«, sagte sie.

Ich antwortete nicht mit: »Du siehst immer müde aus«, das wäre zu krass gewesen. Und ich sagte auch nicht: »Du hättest nicht auf mich warten sollen«, weil sie sich dann wieder aufgeregt hätte.

»Du hast bestimmt Hunger.«

»Und wie.«

»Das dachte ich mir. Schinkensandwich?«

»Danke, Mum. Ich hab dich lieb.« Es war wieder der leckerste Geruch der Welt. Digby war total aus dem Häuschen. »Hat Stella angerufen?«, fragte ich mit vollem Mund. Ich hatte mein Handy gegen den Milchkrug gelehnt, damit ich es die ganze Zeit im Auge hatte.

Mum schüttelte den Kopf. »Nein. Und nach unseren neuen Regeln würde sie dich sowieso zuerst anrufen.«

Das hatte ich ganz vergessen. »Meinst du, wir hören am Montag was?«

»Ich weiß es nicht. Ich würde sagen, du solltest versuchen, nicht daran zu denken. Du musst dich um die Schule kümmern. Wie wäre es, wenn du dich einfach darauf konzentrierst, deine Hausaufgaben zu machen?« Ich merkte, dass sie am liebsten noch ein »ausnahmsweise mal« nachgeschoben hätte, aber das verkniff sie sich.

Wie sollte ich mich bei allem, was ich um die Ohren hatte, auf E = QxU konzentrieren?

»Und vergiss die Prüfungen nicht. Der Lernstoff paukt sich nicht von allein, Partys hin oder her, Jungs hin oder her, Film hin oder her.«

Sie sagte die seltsamsten Sachen. Ich flüchtete in den Garten, wo ich allein unter einem Baum sitzen konnte, ohne dass mich jemand volltextete. Wenn Lernen der Preis für Ruhe und Frieden war, dann war ich bereit, ihn zu zahlen.

Und ich wollte wirklich nicht bei den Prüfungen durchfallen.

Wenigstens musste ich für Englisch lernen und nicht für Physik. Newton hatte vielleicht unter einem Baum Einsichten gewonnen, aber bei mir würde das nicht funktionieren. Unsere Pflichtlektüre war *Warten auf Godot*: ein merkwürdiges Theaterstück, das den Sinn hat, dass das Leben im Grunde keinen Sinn hat. Die meiste Zeit sitzen da zwei alte Männer unter einem Baum, die auf Godot warten (und warten und warten …), aber wer oder was Godot ist, weiß keiner von ihnen.

Es war nicht gerade megaspannend, aber insgeheim mochte ich es. Wie könnte man ein Stück nicht mögen, in dem Sätze vorkommen wie: »Nichts passiert, niemand kommt, niemand geht, es ist schrecklich.« Eigentlich müsste es von Jugendlichen gespielt werden, und man bräuchte den Baum nur durch ein Handy zu ersetzen, dann hätte man das, was ungefähr 90 Prozent meines Lebens ausmacht. Das Stück würde in dem Fall »Warten, dass etwas passiert« heißen.

Ich konnte mich nicht konzentrieren. Es lag nicht an der Hitze, obwohl ein Schweißtropfen meinen Arm runterlief und drohte, eine winzige Ameise zu ertränken, die ihn hochkrabbelte. Es lag daran, dass ich die ganze Zeit darauf wartete, dass das Telefon klingelte. Das war Turbo-Warten. Ich wartete so aktiv, dass ich dabei abgenommen hätte, wenn das viele Frustessen nicht gewesen wäre. Auf einen Anruf wegen einer Rolle zu warten, war wesentlich schlimmer, als auf den Anruf eines Jungen zu warten. Wirklich.

»Hey, Elektra.« Archie kam mit zwei großen Eis im Hörnchen durch den Garten. »Tschuldige, bin ein bisschen früh dran.«

Als hätte ich was dagegen. Er war gekommen!

»Deine Mutter hat mich reingelassen.«

»Oh Gott, hat sie dich ausgequetscht? Über deine Eltern, Hobbys, voraussichtlichen Prüfungsergebnisse und deine bevorzugte Uni und Berufswahl?«

»Nee, sie war cool.«

Tatsächlich? Das war etwas Neues.

Er gab mir ein Eis. »Ist schon ein bisschen geschmolzen.«

»Macht nichts«, sagte ich und leckte das geschmolzene Eis ab. Dabei wurde ich ganz verlegen, weil er mich so intensiv ansah. »Komm, setz dich.« Ich klopfte neben mir auf den Rasen, und dann saßen wir Seite an Seite unter dem Baum und aßen unser Eis. Keiner sagte etwas, und ich fühlte mich etwas unbehaglich. Auf der Party hatten wir Musik gehabt und Bier und den ganzen Trubel, und es war alles ganz einfach gewesen. Aber jetzt war helllichter Tag, und ich hatte weder einen kurzen Rock an noch Wimperntusche drauf. Ich trug eine alte Jeans und ein Snoopy-T-Shirt, das ich vor meinem letzten Wachstumsschub als Nachthemd benutzt hatte. Archie hatte mir keine Zeit zum Umziehen gelassen … und ich hatte mir auch nicht zum dritten Mal die Zähne putzen können. Sobald er das letzte bisschen seines Hörnchens verdrückt hatte, legte er den Arm um meine Schultern. Jetzt fühlte ich mich schon viel besser. Ich schmiegte mich an ihn, und es fühlte sich vertraut an. Diesmal roch er nach frisch gewaschenem T-Shirt und Zitronenseife oder -shampoo. Oh ja, das gefiel mir sehr.

»Das isst du doch nicht auf, oder?« Er betrachtete gierig den Rest meines Hörnchens, und ich gab es ihm. Teilen war schön. Er verschlang es mit zwei Bissen, sodass wir endlich beide die Hände frei hatten.

»Elektra!«, rief meine Mutter.

Ich dachte, sie würde so ein schockiertes Gesicht machen, weil sie uns beim Küssen erwischt hatte. Aber dann sah ich, dass sie das Festnetztelefon in der Hand hielt und es anguckte, als wäre es radioaktiv. Ich glaube, sie bekam gar nicht mit, was wir machten.

»Elektra! *Mr Havelski* ist dran … Er will dich sprechen.« Sie war völlig baff.

Ich schaute von ihr zu Archie, der wirklich unheimlich gut aussah.

»Wir werden aber auch ständig gestört«, flüsterte er mir ins Ohr. Sein Atem kitzelte.

Ich lächelte ihn an. »Danke, Mum. Sag Mr Havelski, dass ich ihn zurückrufe.«

~~ENDE~~

(Ja, so cool und gelassen war ich – eine Schauspielerin, die sich voll unter Kontrolle hatte. Wirklich? Im Ernst? Also … nein. Ich versuch's noch mal. Bitte umblättern zu Klappe, die Zweite)

Ehrlich gesagt war ich nicht so dreist, Mr Havelski auf meinen Rückruf warten zu lassen. Dieses Spielchen würde ich nicht mal mit einem Sechstklässler spielen und mit einem Hollywood-Regisseur schon gar nicht. Und Archie hatte seine Hände im Spiel. Er nahm das Telefon einfach und hielt es mir hin.

»Hallo?«, piepste ich.

»Also …« (Havelski klang immer noch wie ein Erdmännchen – wie ein *sehr wichtiges* Erdmännchen.) Es folgte eine unerträgliche Pause. »Also …« Noch so eine Pause.

Ich war kurz davor, in Ohnmacht zu fallen, und klammerte mich an Archie (irgendwo musste ich mich schließlich festhalten).

»Also … Spreche ich jetzt mit meiner Straker?«

Und ich konnte *hören*, wie Havelski in Los Angeles lächelte.

(Klappe, die Zweite)

ENDE

Danksagung
[im Stil einer peinlichen Oskar-Rede …]

Beide: [stolpern die Treppe zur Bühne hoch] Wir möchten einfach allen danken, die uns bei der Verwirklichung unseres Traums unterstützt haben. Wir möchten der Academy danken … [merken, dass sie sich gleich zu Beginn verzetteln, und reißen sich zusammen]

Jonathan, wenn Scraps nicht seinen Trumpf ausgespielt hätte und gestorben wäre, hätten wir dir das Buch gewidmet. Wir lieben dich! Danke an unsere großartige, allerliebste Agentin Hannah Sheppard *für alles* – du bist die Beste! (Und danke an die Manuskriptbetreuungsagentur The Literary Consultancy für die ausgezeichnete Vermittlung.) Danke an das ganze Team von Simon & Schuster, das dieses Buch so schön gestaltet und in die Bücherregale gebracht hat – besonders an unsere hervorragende Redakteurin Jane Griffiths, an Elisa Offord, Jenny Richards und Laura Hough (und an Jane Tait, die entsetzt wäre über die vielen Wiederholungen des Wortes »danke«). Es war eine Gemeinschaftsleistung, und wir sind sehr froh, dass wir euch zurückgerufen haben (ehrlich gesagt habt ihr uns mit dem Kuchen gekriegt). Danke an James Barriscale dafür, dass du den Roman mit Schauspieleraugen gelesen und uns sehr geholfen hast (wobei Einvernehmen darüber bestand, dass die Realität einer guten Textzeile nicht im Weg stehen sollte). Danke an alle von der Golden Egg Academy, besonders an Nicky Marshal (wir hoffen, Daisy mag Daisy). Und danke an die vielen tollen Kinderbuch-Leute, die uns herzlich und freundschaftlich aufgenommen und ihr Fachwissen mit uns geteilt haben, online wie offline (Abi und Jim seien hier besonders erwähnt).

Perdita: [schnappt sich das Mikrofon] Und danke an meine Mutter Sheila dafür, dass sie mich mit Büchern und nicht mit Gemüse zwangsernährt hat (mit Ausnahme von Enid Blyton, zu deren Werk sie eine absurde versnobte Einstellung hatte), und an meine liebe Schwester Linnet und meine ganze Familie und meine unglaublich hilfsbereiten Freunde (besonders dafür, dass ihr mir letzthin die Hand gehalten habt, Hannah, Juliet, Natasha, Lia, Krystina und Grace).

Ich bin so froh, dass ich euch habe … Wow … Das ist einfach … so … überwältigend [bricht unter Tränen zusammen und wird von der Bühne geführt].

Honor: [macht schnell weiter] Danke an alle, die ich durch die Schauspielerei kennengelernt habe – weil sie so unterstützend und witzig und schräg waren, dass sie mich auf die Idee zu diesem Roman gebracht haben. Besonderen Dank an Andrew und Dyana vom Young Actors Theatre. Danke an meine Schule dafür, dass über meine Kieferorthopäden-Termine während der Sportstunden hinweggesehen wurde, die sich in der Zeit vor der Veröffentlichung gehäuft haben. Danke an die absolut coole »echte« Elektra dafür, dass wir ihren Namen klauen durften. Danke an meinen umwerfend gut aussehenden Freund, der mich unglaublich unterstützt. LOL, war nur ein Witz, den gibt es nicht. Aber ein fettes Danke an alle meine Freunde, besonders an meine Mädels Chiara Richardson, Katerina Lelikova, Reeny Eyi und Tash Jeans. Ich liebe euch über alles, ihr verrückten Hühner. Ja, also wirklich vielen, vielen Dank [stolpert die Treppe von der Bühne runter]!

ÜBER DIE AUTOREN

David Locke 2015

PERDITA Ich war sicherlich die Steueranwältin mit den katastrophalsten Rechenkenntnissen, die es je an einem englischen Gericht gegeben hat. Daher war es eine regelrechte Erleichterung, diesen Beruf an den Nagel zu hängen und mit dem Schreiben anzufangen! Ich bin ein ziemlicher Freak – und manchmal auch ein ganz schönes Weichei. Dafür mag ich Teenager. Tatsächlich mag ich ziemlich viele Leute.

HONOR Ich mache gerade mein Abi, und ich stand schon sehr oft auf der Bühne – meistens bei Schulaufführungen, allerdings habe ich auch ein bisschen professionelle Schauspielerfahrung. Auch wenn ich nicht Elektra bin, kenne ich ihre Probleme doch ziemlich gut, denn ihre peinlichsten Erlebnisse ähneln merkwürdigerweise meinen eigenen … Mein erster Kuss fand nicht nur auf der Bühne statt, sondern auch vor den Augen meiner Eltern und meines Klassenlehrers! Natürlich war klar, dass ich darüber schreiben werde, damit ihr ein bisschen (ähm, ausgiebig) auf meine Kosten lachen könnt!

Quellennachweis

Zitate Chloe Moretz S. 9 aus *The Guardian*, 1. Dezember 2011 (Cath Clarke), Seiten 67 und 181 aus *The Guardian*, 10. August 2013 (Andrea Hubert); Zitate Alex Pettyfer S. 20 aus *The Observer*, 16. Juli 2006 (Phil Hoad), und S. 170 aus *The Guardian*, 14. August 2014 (Laura Barton); Shailene Woodley S. 30 aus *The Observer*, 15. März 2015 (Tim Lewis); Zitat Hailee Steinfeld S. 60 aus *The Observer*, 20. Oktober 2013 (Tim Adams); Romola Garai S. 77 aus *The Guardian*, 15. September 2015 (Webchat); Tom Cruise S. 89 aus *The Observer*, 12. September 2004 (Neil Strauss); Zitat Jennifer Lawrence S. 121 aus *The Guardian*, 13. Dezember 2012 (Xan Brooks); Zitat Daniel Craig S. 109 aus *The Guardian*, 17. November 2006 (Stuart Jeffries); Zitat Robert Pattinson S. 199 aus *The Guardian*, 6. November 2011 (Sanjiv Bhattacharya); Zitat Dakota Fanning aus *The Guardian*, 20. September 2012 (Ryan Gilbey); Zitate Nicholas Hoult S. 263 aus *The Guardian*, 10. Juli 2010 (Rosanna Greenstreet), und S. 273 aus *The Observer*, 31. Januar 2010 (Alice Fisher). **Abdruck mit freundlicher Genehmigung der Guardian News and Media Ltd.**

Zitat Nicholas Hoult, S. 45 aus *The Telegraph*, 14. Januar 2007 (Catherine Shoard); Zitate Tom Hiddleston Seiten 133 und 284 aus *The Telegraph*, 14. Januar 2014 (Chloe Fox); Zitat Jessica Chastain S. 222 aus *The Telegraph*, 11. Januar 2015 (Celia Walden); Zitat Natalie Dormer S. 245 aus *The Telegraph*, 9. August 2015 (Olly Grant); Zitat Eddie Redmayne S. 315 aus *The Telegraph*, 23. November 2009 (Georgia Dehn). **Abdruck mit freundlicher Genehmigung der Telegraph Media Group und gemäß Druckerlaubnis vom 16. Juni 2015 und 1. September 2015.**

Zitat Daniel Radcliffe, S. 101 aus *The Sunday Times*, 10. Juli 2011; Zitate Emma Watson Seiten 111 und 301 aus *The Times*, 27. Juni 2009 (Kate Muir); Zitat Elle Fanning S. 147 aus *The Times*, 19. Oktober 2012 (Kevin Maher); Zitate Asa Butterfield S. 157 aus *The Times*, 30. August 2008 (Kevin Maher) und 5. Dezember 2011 (Alex O'Connell); Zitat Max Irons S. 207 aus *The Times*, 10. September 2014 (Helen Rumbelow); Zitate Kristen Stewart S. 214 und S. 251 aus *The Sunday Times*, 6. September 2009 (Will Lawrence); Zitat Cara Delevigne S. 291 aus *The Times Magazine*, 16. August 2015 (Shane Watson); Zitat Lindsay Lohan S. 324 aus *The Times*, 19. Juni 2004 (Lesley O'Toole); Zitat Suki Waterhouse S. 337 aus *The Sunday Times*, 9. August 2015 (Giles Hattersley). **Abdruck mit freundlicher Genehmigung der News UK and Ireland Ltd.**

Anna möchte nach den Ferien einen It-Girl-würdigen Start an ihrer Schule hinlegen (möglichst ohne peinliche Aussetzer) und endlich durch eigene Talente Berühmtheit erlangen (und nicht nur, weil ihr Vater sich mit der bekanntesten Schauspielerin ever verlobt hat). Außerdem muss Anna unbedingt eine Begabung finden, die den süßesten Jungen der Schule (Connor) ebenso beeindruckt wie das Zeichentalent der Neuen. Und wie sollten sich diese Lebensziele besser umsetzen lassen, als am bevorstehenden Sportfest teilzunehmen?

Band 2: Wie ich versuchte, die größte Sportskanone der Schule zu werden
ISBN 978-3-505-13702-0

Anna möchte bei der Hochzeit ihres Vaters einen It-Girl-würdigen Auftritt hinlegen. Das bedeutet: Möglichst gelassen und cool bleiben, obwohl er die berühmteste Schauspielerin EVER heiratet und es überall von Promis UND Paparazzi wimmeln wird. Bloß nicht aus Versehen auf den Schleier der Braut treten. Auf keine Fall im hohen Bogen in der Hochzeitstorte landen. Die entzückendste Brautjungfer aller Zeiten werden, um Connors Herz (zufällig der süßeste Typ der Schule) zum Hüpfen zu bringen.

Band 3: Wie ich beinah die Promi-Hochzeit des Jahres ruiniert hätte
ISBN 978-3-505-13703-7

Katy Birchall
Plötzlich It-Girl
ca. 300 Seiten, broschiert mit Klappe
Band 1-2: € 12,99 [D]
Band 3: € 14,00 [D]

Schneiderbuch
EGMONT